时光里的色彩

刘丽芬 著

九州出版社
JIUZHOUPRESS

图书在版编目（CIP）数据

时光里的色彩 / 刘丽芬著 . -- 北京 : 九州出版社，2018.5 （2023.7重印）
ISBN 978-7-5108-7022-4

Ⅰ．①时… Ⅱ．①刘… Ⅲ．①散文集－中国－当代 Ⅳ．①I267

中国版本图书馆 CIP 数据核字（2018）第 091541 号

时光里的色彩

作　　者　刘丽芬　著
出版发行　九州出版社
地　　址　北京市西城区阜外大街甲 35 号（100037）
发行电话　（010）68992190/3/5/6
网　　址　www.jiuzhoupress.com
电子信箱　jiuzhou@jiuzhoupress.com
印　　刷　成都市兴雅致印务有限责任公司
开　　本　710 毫米 ×1000 毫米　16 开
印　　张　17
字　　数　296 千字
版　　次　2018 年 8 月第 1 版
印　　次　2023 年 7 月第 3 次印刷
书　　号　ISBN 978-7-5108-7022-4
定　　价　59.80 元

序一

青花瓷般的岁月，宁静而缤纷

完成这样一篇序言，于我，并不是件容易的事。

我浅陋地认为，大凡为人作序者，多是学富五车的德高望重之人，我总觉得自己不够格。去年秋天以来，因为忙于还各种“文债”，她的文稿发我邮箱半年多了，却一直无暇细读。

转眼间，盛夏已至。她告诉我说，出版社已经完成了二审二校。我知道，这是在含蓄地提醒我：序言好了吗？

被人信任，是一种无法拒绝的责任。何况，她是我的本家小妹，又属同一生肖，也算有缘吧。信任不可辜负。我想，再忙也必须得抽空把她的作品先读完。

对于这部散文集，感觉得出她是很看重的，这无疑是她几年来心血的汇集，也是她对一段时光的印记和个人心灵史的回望。她把全书分为“道·寻常”“旧·时光”“觅·痕迹”“遇·清寂”“数·语轻”“解·眉间”“书·记忆”“乐·和音”八个部分，每一辑的开头，还附了一段精美的文字，光看这个构思，就能体会到她的别出心裁，也给人一种时尚感和精致感。

第一辑“道·寻常”。主要对一些日常的人、事、物的观察和思考，通过她柔和的眼神的触摸，留下一道道情感轨迹。更多的是写一种感觉，一种遐思，一种心绪。正如她自己所言：“光阴久长，所有的心绪亦都付于日月。回想过往，于静默间看大地苍茫一片。斜阳依旧，慢三拍，静一生。”她以女性的视角，对鸡毛蒜皮的凡人小事、人间烟火观察细致。比如开篇《时光里的色彩》，她是这样起笔的：“很喜欢一种色彩，焦黄的。像极了少时冬日日光下干枯了的野草。没有风，日头从清晨的霜白一直到晌午的焦黄。”作者就像是一位老到的画家，对色彩的感觉，敏锐而细腻。寥寥数笔，就勾画出了福建西部一幅冬日里旧时光的生活图景。

乡愁，是这个时代的流行病。作者是从漳平赤水一个叫香寮的小山村走向城市的，对童年乡村生活的回望，自然也就成了她笔下关注的内容：“我会捂着鼻子，厌恶极了那被日头晒出来的味道”“会让人闭起眼深呼吸，想着用这样的举动把这香味更多地吸到肺里”“它燃起的烟，足够你泪流满面，还伴着鼻涕让你哭笑不得”，寥寥几笔，形象生动，又不乏谐趣。我也喜欢她这样的结尾：“所以，焦香的味，只能是在日头下才会更香，更加让人舒服，许多的东西，如果离了本心，便是另一种味道了，就如同松香”“焦黄与翠绿，在天地间，和谐地对应着，亦是，知自生长，各自安放，安稳，妥帖”。两种感觉，交织一起，别具意蕴，给人身临其境之感。

在第二辑“旧·时光”里，我仿佛看见了一位文文静静的女子，正静坐窗前凝神遐思。这一辑，她写的大多是记忆中的人、物、事，还有芬芳的花和草。她用柔软的心去记录时光的印痕，既叙述往事——老宅、老人、老事情，也印记心灵的感悟和独白，飘散着怀旧的气息，正所谓“用‘千山鸟飞绝，万径人踪灭’来形容这些情感，让那些破碎支离在我的眉间。额上泻满如斑的光”。这里头有人心的呢喃、智慧的警觉、语言的美感：“没有月亮的夜伸手不见五指，看不清谁的脸，只有开口说话，才知道对方是谁”“稻田从村头一直延伸到村尾，禾苗在夜风里摇舞”“乡村的黑夜是透明的，一如一朵待开的花，富有张力，把我们的梦包裹，然后，悄悄融化”“这些萤火虫儿，便成了孩子想象的出口”“黑夜便这样不动声色地看着我们”“在每个角落的每个细节处，都散落了纯洁与纯朴，一如温暖的翅膀，把我抱在怀里”“它把乡道掩盖，把桥梁托起，把树收藏在风里，把狗叫拉长，把原野清理，把我们的思绪带得更远”……自由，跳跃，无羁无绊，意趣无穷。有一组“流光浅移”的文字，以花写人，显得清新别致，诗意纷纭。

第三辑“觅·痕迹”，主要写去过的一些地方，看到的，听到的，感受到的，曾经走过的，在她生命中烙下的痕迹，清韵于岁月中。用她自己的话来说，就是“一片清韵交叠，灵魂渐生缠绵，各自以独立的气质，浮流于一种空山寂静的美好里”。其中，有一组是对中国农历二十四节气的感悟，以写意的方式、诗的语言，勾勒出一幅幅动人的图景：“五千年的稻谷，立在乡村的指尖上，被轻与重的脚步渐渐抱围。千年的稻香，笼罩着远处的山和近处的水，香了庄稼，湿了归路”，充分显现了作者非凡的灵性、想象力和语言驾驭能力。

“我目睹它们的艳丽，坚忍，骄傲，柔美。默默地为它们腾空内心的角落，让它们盛开更多的荒凉与美好”。第四辑“遇·清寂”，她写春天的“桃花”“梨花”“芥菜花”（《春天什么都好》），也写“窗子”“一夕亮光”“小寒初遇”“花间隐”（《花间隐》），写“静伫的女子”“山下的老人”“一只蝴蝶”“杯中的茶”“午时莲”“老屋和祖母”（《云上的日子》），这里有“花落花开”，有温暖的画面，也有对光阴流逝的惋惜。

第五辑“数·语轻”，是作者对那些可以倾诉的、可以理解的映象的书写，“岁月好似那薄薄的宣纸，把一切包裹，记忆，痕迹，背离，需索，都于此中，各自相安”，无论是“原味生活”还是“生活于别处”，她都偏爱那“安静时光”，这里不仅有一些朋友和场景，更有片片纷飞的心绪。

人生是一场艰难的修行，面临着一次次不可抗拒的生离死别。无论是在戏曲里，还是在古诗里，或者在现实里，无论是一枚叶片还是一座桥，“那些分叉的色线，漫过眉间额头，浸到我深深眷恋的地方。那角度像极了我的手指，弯曲成需求的倾斜。”在第六辑“解·眉间”里，作者“以生命访问历史的写作方式”，“以一个生命的专注去领会另一个生命的灿烂与悲情，以一个灵魂卷走另一个灵魂”，把悲和喜、爱和愁倾注在逝去的、老去的亲人身上、朋友身上，为他们也为自己在彼此的宠爱里轻叹。

“点绛唇”“虞美人”“风入松”“浣溪沙”“青玉案”“摸鱼儿”……在第七辑“书·记忆”里，有她对宋词的演绎，也有她对自己喜欢的书写下的赏评。她爱《红楼梦》，也爱张爱玲，她爱古龙的书，也爱唐诗宋词。她把书的记忆，化作思绪素描，“轻轻掩起那尘封的故事，然后，写成一句句诗行，细细斟酌”。

最后的第八辑“乐·和音”，她“为乐而写，为词而作”，尽管在她心里“与乐和音，所有的遗憾与美好”，如同唐时的柳宋时的月，“都已借词如烟随尘去”，“都在音乐响起的瞬间，滑过光芒，我们已找不到它的出处”，但是我想，对于一个习惯于“望江南”的女子，只要她坚信“今世我是那把伞”，“断桥遗梦”又何尝不是“长河记忆”里的那支“出水莲”？

捧读刘丽芬的专集《时光里的色彩》，如同走进一片宁静而缤纷的天地，从她的句式和语感里，我有种走进民国年代的恍惚感。

她的文字，属于很安静的那一种，很适合在夜深人静之时展读。透过字里行间，我仿佛听到，一位诗意女子的心灵独白。

她的文字，往往随性自然，没有矫揉造作之感。特别是每篇文章的开头，都是那么不经意间就开始了，好像拉家常一般。即使在文章中融入一些古诗，也是信手拈来：“你会听到几声冷蝉的鸣叫声，让人自然地想到王籍的那句‘蝉噪林愈静，鸟鸣山更幽’”“我于此地，为安居，便也无端生出如陆游‘从今若许闲乘月，拄杖无时夜叩门’的美好感慨来”（《安居》）。

她的文字，有张爱玲那种对现世细节的无比爱恋，美艳中带着淡淡忧伤，悲悯情怀中蕴含透彻之悟，深藏素雅中有一种不可侵犯的高贵气息。“有些时候，爱一样东西并不是一味地呵护，亦不是逃离能割舍的”（《阳光的味道》），“如果非要找出一个习惯，习惯别人不习惯的事，也许是我的习惯”（《薰衣草·芳老师》）。

她的文字，有新世纪流行文学的代表人物安妮宝贝的清冷与决绝、华丽与高调、散漫与多变，常常用简少的文字构建短句，营造一种短促的节奏感，干净利落，节奏分明。如：“弯月镰，屈腰杆，右手着力，左手攀扶。遇干枯的枝条一镰即断，遇错结的藤蔓要数刀。啪或滋滋的几声后，暴陈到一边，过冬至后的一个太阳也便晒干了”（《金银花·父亲》），又如：“蔷薇花。她依附在那里，安静着她的主题，在青墙的一角，带着时光的痕，划满全身”（《蔷薇花·结》），“灵魂于此间，看花期在眉间，一路向晴”（《木芙蓉》）。

张爱玲和安妮宝贝，都是刘丽芬最喜爱的著名作家。她们的作品都有着惊人的相似，都同样生活在新旧交替、个性飞扬的年代，作品很多是描写繁华都市里的人情世俗，冷眼旁观都市里的虚假繁荣，抒写堂皇背后的苍凉与荒芜。

而对于刘丽芬来说，张爱玲、安妮宝贝无疑就是她写作上的两位老师，前者熏陶了她的内在气质，后者给了她更多的写作策略和技巧。她散文中随处可见的华丽而精致的语言，奇绝的比喻等修辞手法，空灵绮丽、简洁蕴藉的风格，无疑吸收到了张爱玲和安妮宝贝的精髓。

特别是《颜色的高度》，“瓦灰”“草黄”“乌黑”很明显地借用了张爱玲表现色彩的词素与表现心里、生理感觉的词素之间相结合的艺术手法。

“‘三步一旧人，五步一亲戚’，这便是小城的人情世故。随便一个转头，便会收到一个微笑”“雨后的暮色，树亦是缄默的，一株株的，看着人都寂寞。一如伤感”，刘丽芬属于闽西小城里过得比较惬意和散淡自由的那一部分人吧。家庭经济宽裕，生活舒适安然，有一颗文艺的心，这就构成了她生活中浓郁的小资情调。这种精致的小资情调，玲珑风雅、风格婉约的气息不时会在她的作品中散发出来：“薄薄的绢纸，掩不住你的温柔。浅浅一笑，便惊动我寂寞的心，载起绵绵相思”“宋词在宣纸上走了一半，至此搁笔。我已私藏你的韵味，这一世，你在我的窗前，没有转过身，你的眼不再抬起，只想这样沉默地荒”“晚歌吹亮的岸上，你在看谁的轮回？看穿那一生的流徙？而在墨水的港湾，我用相思与记忆，将你刻画”“浓墨淡妆，哪一笔是你？帘外芭蕉惹骤雨，我在那个小镇惹起你的相思。从此，风雨贮满你的相思，柔指翻飞，门环惹铜绿。琴弦上跳动过你的花期，春山远处，几度夕阳红。如今，我抱千古遗憾，漂泊在这里，望瘦黄花”“湖面轻舟飘过，载着一首古老的歌随着风穿过掌心。沉默的衣襟划伤思念的指纹，一道千年难愈的伤，深深埋在你的心内。琵琶声如今还在响起，你缩在岁月的角落，错过风，错过雨，错过时光轮回，淡忘了花的记忆”，《青花瓷》里的这些古色古香的诗情、艳丽缤纷的意境、缠绵悱恻的情丝，令人沉醉不知归路。

就像对于大多数小城的妇女们而言，跳广场舞、打麻将是她们打发业余时间的主要内容，而对于有着文艺情结的刘丽芬来说，读《红楼梦》、读张爱玲、读戴望舒、读安妮宝贝、读黄裳、读卢晓梅，或者一边品茶，一边和三五志趣相投的闺蜜聊天，偶尔和好友去唱唱歌，才是她喜爱的生活主调。而写作则是她重要的生活方式。在慢生活的九龙江畔，也许像他这样喜欢独处爱清净的文艺女子，并没有多少人能对得上她的语码、成为她心灵的知音，所以守着一个茶馆，读书、写作、听音乐，就成了她日常生活的主要内容。当一个人把自己的所思、所想、所感，倾注在文字上，和文字中的自己对话，与外界沟通，心灵就不至于寂寞和空虚，就能厚积知性女子的那种矜持和“腹有诗书气自华”的高贵。她天生属于茶的。她恬淡的心性，和茶的氛围和意境是如此妥帖。一写起茶，就往往不乏奇思妙想，金句妙语，充满古意诗情。

作为2005年才开始起步的写作者，最可贵的一点，她能充分调动五官，通过视觉、触觉、嗅觉、味觉，以精到的笔触勾勒出一幅山区小城恬静而悠闲的市井图景。“坐在日光下，除了暖和，还有一种香，夹着枯草和尘土的香，还有邻居家里飘出来番薯的香。这就是太阳的味道”“木椅子比篱笆短，但影子似乎更重些。就这么影子压着影子”（《提笔不为风雅》）。“我最喜欢这个时候的家里，有着太阳的味道”“阳光下，曾祖母的脚边，猫懒懒地躺着，猫的身边，便是菜干了，地瓜丝在竹架上面”“我们的影子从长到短再到长，从斜到直，再到斜”（《阳光的味道》）。

常常，她的笔触随思绪漫游，有点无厘头，感觉似乎有点散乱，这些看似随心所欲的联想、意识流的东西，因为没有脱离整体的语境和叙述环境，便自有一番情趣在其间。

“太多的人，一如芳老师会在我的生命里渐渐走开。只是，薰衣草的味道一直在。对芳老师的记忆一直会在”（《薰衣草·芳老师》）“她依附在那里，安静着她的主题，在青墙的一角，带着时光的痕，划满全身”“如流水的年月逝去，仍记得那发丝上逸过来的清香。事隔多年，人已老去”

（《蔷薇花·结》）。也许是她的写作更多是从网络上受到启迪和影响的，她的散文常有新颖别致、韵味无穷的精彩之处，常有奇思妙想的陌生感，但不可否认也难免有碎片感和不完整感，有时还嫌生涩和芜杂了些。但是，她的散文，就像是散落在大地的璞玉，假以时日，认真打磨，一定会散发出熠熠光华。

我深信，在文学之路上，大凡有灵性、有悟性、有诗性、有韧性的写作者，只要放宽视野，博采众长，兼收并蓄，一定会拥有自己独具魅力的崭新天地。

是为序。

刘少雄

2018年7月11日玛利亚台风来临前夜匆草

作者简介：刘少雄，中国作家协会会员、龙岩市作家协会主席。

序二

时光里的色彩

一朵流年之花悠然开放，神秘的红唇吐露所有的未来与过去，当你向她走近，或远离——

那在时间之镜中看世界的是谁？

一个踩着平仄叮当，诗韵的、素简的、明媚的女子，从时光缤纷的色彩里，向我们走来……

她清风秀骨，洁净淡雅；喜欢默默地做自己的事情，并且不介意他人的目光。在她温婉细腻的个性中，既有沉潜的理性，也有热烈的感性。她的思想深邃，一件事会在心里搁置到通透，所以她做事简约而准确，就如她的一句“往来顾盼，不问来去”一样自由超逸潇洒，诗情流淌。她守着一间雅致的茶店，恰似一只张着翅膀的彩蝶，停留在岁月深处，风姿翩翩，神情端然。春花秋月何时了，往事知多少？时光深处的闺秀，仿若时光的代言者。如果，一帧帧的流年往事都是历史烟云中的山水画卷，那么，她则是山水云烟中的一幅水墨留白，有着穿透岁月的恒久之美，人格之美。

这个暖色调的女子，有一个与她温婉个性十分相衬的名字——刘丽芬。

而留白与暖色，更像她的文笔。给人想象的空间，给人艺术的美感；离奇缥缈而又灿烂深远，朦胧之美尽显其中。她文字里的留白是一种智慧，更是一种境界。她笔下的千里江山，锦绣恢宏，奔腾起伏；她笔上的江山千里，烟波浩渺，平远无尽；她描绘的生活，无论是屋舍村落、桥梁渡口、楼阁亭榭，细微处可见的行旅、幽居、捕鱼、观水、烟雨，都是你我寻常世界中不常见的她独有的情怀、启悟与感触，方寸之地亦显天地之宽。

她用一支轻灵的笔，蘸着茶道、音乐与文学的给养，沉浸在阅读与写作里。心中装满自然、万物，装满了知识、宽容和善良，用的是热爱、敏锐、细腻做颜料，向我们描绘她眼里看到的世界，无论是一山一水，一草一木，都因着恰到好处的留白技巧而意蕴更显深远，文字内涵也因留白而变得更加富有鲜活生命力。

她只想去感知和传播真善、真美、真艺术。她在《往来顾盼，不问来去》的文中写道：“经久地承接一切可能，抚触可得的岁月痕迹，不疾不徐……我们的姿态不曾改变，安然如初……”面对这段独白式的夹杂着语言性告诫的话如同裹在一朵花里，无论摇曳冬天还是夏日，你很容易感受到她的细腻、女性天赋的谦恭，以及温顺的被动品质，这种品质赋予她以巨大和深沉的宁静。这种宁静，可以把狂暴野性驯化成精致的温柔；这种温柔，在必要的节点上，会转化出强大的力量，那就是女性比男性更具有纯美，更具有高洁，更具有宽厚，更具有一往无前的探索与献身精神。就像文中的那句话“透彻世间，生死亦是无所谓”。

从刘丽芬的文字里，让我们看到，一个爱茶、爱文字的人，心中充满静气。她仿若每时每刻都在品茶，水是沸的，心是静的。看世事沧桑，风云变幻，她沉静从容，气定神闲。在生命的禅堂里，她大胆接近那些隐匿不可见，却又能真实感召的栖息在细微空间的事物，从短暂、具体、有限中去领悟和参照。不管是社会的、自然的、历史的、科学人文的，从中发现、挖掘神圣或本真的东西，并唤醒神圣或本真的东西，于精神燃烧的火焰中，写下一片片视野辽阔的、清凉与安静的文字。

时间是最好的老师，它让人通过语言学会赞美，感激与肯定。人生在她眼里是一片越活越宽阔的池塘，白莲花盛开，洒满风和阳光。

我看见一个踩着诗韵的女子，从时光缤纷的色彩里，走来……又走向，色彩缤纷的时光里……

柔　霞

作者简介：柔霞，本名孟峻颖，另一笔名为轻柔的霞，孟子73代孙，北京轻柔的霞文化传播发展中心总经理，历任《中国企业报·艺术资本》副主编、《解放军生活》杂志特约记者、《中国诗赋》杂志编审、红袖添香文学网站诗歌主编、中国诗赋网副站长等职。中国诗歌协会会员、中国散文诗协会会员、中国楹联协会会员、中国摄影家协会会员、中国诗赋协会副秘书长，资深编辑、记者，现任CCTV发现之旅·“文化寻根”栏目主编。

目录

第三辑 觅·痕迹

第四辑 遇·清寂

第五辑 数·语轻

第六辑 解·眉间

第七辑 书·记忆

第八辑 乐·和音

第一辑 道·寻常

光阴久长，所有的心绪亦都付于日月。回想过往，于静默间看大地苍茫一片。斜阳依旧，慢三拍，静一生。

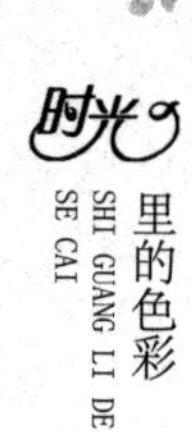

时光里的色彩

很喜欢一种色彩，焦黄的。像极了少时冬日日光下干枯了的野草。没有风，日头从清晨的霜白一直到晌午的焦黄。小时候经常会注视山野里空旷的地方，偶尔几声老人咳嗽的声音，然后很静。草上没有了生命，只有日头散落下来的温暖。偶尔也会看到大门口抽着烟走过的男人。悠闲带着无视。小鸡是不管这些的。还在焦黄的草垛上找寻食物。

南方的冬天没有雪。想看霜也是要早些起来。太阳出来后，便就没有。我不知道北方有雪时的寒意。我的小村下霜时，感觉骨头会冷得生疼，霜风吹得连呼吸都会紧起来，鼻子红得发疼。脸和手还会慢慢地裂开口子，脸上粗粗的，等霜少时大人们用温水使劲地搓去那层结了疤的裂口，我不喜欢这样的疼感，极力挣扎，大人们这时是不会松手的，也只能乖乖地让他们搓完。第二天起早，发现，脸平整了很多。再下霜，脚又裂了口，等霜不大时，再搓。整个冬天，就是这样来来去去。

喜欢冬天，去学校早读课时可以在太阳下读，读得人懒懒的，声音越来越小，有的人既是睡了，也有的拨弄自己的鞋子，那时，穷点的人没有袜子，所以，晒太阳时就想着把脚也晒晒。我会捂着鼻子，厌恶极了那被日头晒出来的味道，又不好表现，因为有穿袜子的人总会被没袜子的人看不起，还会被瞪眼，也会因为能穿袜子而不好意思。所以，不能明显地讨厌起来。先生也不会去管，他们自己也在日头下睡着了，这时候，大家像猫不在家的老鼠，悄悄地放肆。

冬天日头短，我们早早就可以回家。这时，觉得饿极了，回去就缠着祖母吃凉饭，因为回家要等很久才能吃饭，我们是等不了的，祖母每个人一个一小半碗，浇点中午剩下的菜汁。我们便欢天喜地地吃起来。然后，又去天井里玩着，好像那时一天就是这么忙着玩，也不会当心成绩，只是在吃晚饭后，在灯下做完老师布置的作业。再整理好母亲为我们做的书包，多种布头接成的小花包，现在想起，还是那么欢喜。

冬天的风利太阳暖那时，家家户户门头都挂着风鸭。杀好鸭子，剖开用竹子撑开，挂起，任风吹日头晒，等流油时，便收起，放它几天，再放于锅中煮熟，便是人间美味，送些给外地的亲朋，是最大的情意了。快过年时，家家亦是酿红酒，一两个月后便见清红的色泽，再与鸡和猪脚一起炖它半天，待贵客临门，笑语满屋。女人忙了一年，就为了这些，周而复始，并不会觉得日子空乏厌倦，反之愈加充实起来。这时候你再看外面的草，焦黄焦黄的，偶尔过点风，日头从斜再到斜，就这样暖暖的。

也喜欢翠绿的。我喜欢用这个翠，脆生生的绿，我们这里冬天的绿就是这样的。山离屋子很近，每个抬眼间都能与山相对眸。屋后竹子的绿，屋前菜园的绿，远处松柏的绿。翠翠的，没有一点点粉尘。屋后的竹林冬笋没出笋尖就要挖起来了，这时，就要有经验的老手才能有好的成绩，当看笋炮就知道有多少有多深，顺着竹根再寻去，必是会有很大的发现，亦是可以唱着歌把笋挖起。再担回家，或卖或煮，各种花样，都是欢天喜地的。

菜园是女人的天下，男人是不插足。如果哪个男人常在菜园男人会被瞧不起，女人亦会被嘲笑懒惰。谁都不要担这个坏名声，家家的菜园都是女人在拨弄，品种多少也是看女人的聪慧与勤劳了。而且必得都郁郁葱葱才能叫巧。饭桌上也是品种多样女人才能舒心地笑起来，吃到男人打嗝孩子擦嘴才是最安慰的了。

松，最为挺拔。绿得脆脆的，有人会砍下它的小枝丫档屋前的菜园，怕的是家鸡不安分的侵犯。这时，经过那里，便有松油，焦香的味儿。并不令人厌恶，而是会让人闭起眼深呼吸，想着用这样的举动把这香味更多地吸到肺里。松木是不能当柴烧，它燃起的烟，足够你泪流满面，还伴着鼻涕让你哭笑不得。所以，焦香的味，只能是在日头下才会更香，更加让人舒服，许多的东西，如果离了本心，便是另一种味道了，就如同松香。

焦黄与翠绿，在天地间，和谐地对应着，亦是，知自生长，各自安放，安稳，妥帖。

安 居

我不是个要求太多的人。所理解的安居便是一处舒适洁净的住所就好。无要求它的所在地方，亦无要求它的大小。所最为安心的便是一家人平安健康就可。无要求大富大贵，亦无需要纸醉金迷。

我所居住的小城，不如别地的一个小镇，人不太多，楼房亦没有太高，人们生活悠闲，不急不迫。我极喜欢这样的慢生活，没有太多的紧迫感亦无需太去拼命。小城没有什么名盛古居，亦没有让人骄傲的名人。但是，我喜欢这里不大不小的街道，不高不矮的房屋。你眼睛所能触及的，便是你能走到的。在小城的某个街道，可以随时见一个故人，所谓，“三步一旧人，五步一亲戚”，这便是小城的人情世故。随便一个转头，便会收到一个微笑。

我居住的地方，为小城的东部，小区的山顶是一个古旧新建的塔。人们于早间或傍晚时分，便结三携俩到塔下，锻炼，休闲，话家常，一片平和的境意。擦肩而过时，无声点个头，也算是一种默契。小区离闹市稍远，所以颇为寂静。四周满是树木，树间亦有竹子，风一吹竹叶沙沙响，你若在房中，会以为雨下得如此之大，骇得急忙推门关窗，才知，亦是一个可爱的“骗局”。小区内分为电梯房与别墅区，我所居住的别墅区不是通常理解的豪华，倒有几分古朴与简约。

我的房子于东面塔下。我与夫把它装成简中式，喜欢木头透出来的稳重气息，所以，房内大都以木为主。中国风电视背景墙是我们俩极为满意的，夫最为得意的还是我们那转角楼梯，因为木料是他发万份心所得，做出来的效果亦是出乎意料的透亮。所以，每次扶梯而上时，他都会感叹一番，我亦是心中欢喜。

小区的清晨是安静的，没有车水马龙，亦没有呼叫往来。最先叫醒我们的是后山的鸟儿，你听了并不觉得烦躁，倒听出悦耳来。如若再早点起来，便可听到对面小山若隐若现练嗓子的，亦可以听到晨间塔下练太极拳舒缓的古风乐声。再过不了多久，三三两两的孩童被放在车上急匆匆送学去。莫有嘈杂，一切井然有序，有尘世的气息又离烟火的味道。

如若不小心经过哪个庭院，一簇簇的三角枚，艳丽清雅，还有哪家门前的炮仗花，爬藤而上，金黄色的花，随藤开放，生出几许悠然，几许稳妥，让我想到五柳先生那悠悠见南山的情怀来。每个庭院持有特色，或木头或铁艺，透着各家的品位及喜好，亦透着俗世中难得的一隅安然。

很喜欢小区的暮色，伴着树叶响声，不远处的晚霞，有时感觉回到少年时期，出门可见山，抬头可望树。小区忙了一天的人们，漫步于门前屋后，或遛狗，或散步，所见时，大家点个头，说一句家常，没有城里的生疏感，多了几分亲切。邻里如孩提时，自然相扶，过往对笑。

最喜是小区的雨后，湿的墙，湿的石头。透着暮的微光，亦闪着它那灼灼其华的光彩。这时候的草于此间是零乱的，似是而非的疲惫的绿，会在那一瞬间，令人觉出冷清来。雨后的暮色，树亦是缄默的，一株株的，看着人都寂寞。一如伤感，很浓地体现着，这样的气息。远的山近的景，天际淡白的流云，还有那竹树边无意露出来的泥泞中的脚印，仿若能让人失神的亲默。这时候，你会听到几声冷蝉的鸣叫声，让人自然地想到王籍的那句“蝉噪林愈静，鸟鸣山更幽”。于此处渲染小区山林的幽静虽不如古时那般，但也生生生出归隐的感觉来。这时候的幽静恬淡，恰是文海诗的那一种意境，起码，我今可以妥帖于心中感受出来。

我不经常于寂静中独行。倒时经常会抬头看远天中偶尔吹起的烟火。那应是远处工业区的浓烟，不那么美好，但会令我想起干净空气时的烟火。一直觉着烟是有颜色的空气，一如水中的墨渍，成就一幅水墨画。

我于此地，为安居，便也无端生出如陆游“从今若许闲乘月，拄杖无时夜叩门”的美好感慨来。我默然于尘世，寂静于此处，也时常停下脚步审视自己，想起自己曾写过一句“慢三拍，静一生”，人生莫过于如此。亦是时时愿安。

提笔不为风雅

一

少时的清晨，秋末开始，经常会随大人们在晒场上晒太阳，坐在木桩上，缩着手，身子伏蜷，头放于自己的膝上，有时也垂在祖母的膝头。整个人都在日光下，亮白亮白的。少时的日子，能记着的是昨天，不去太在意今日，亦不会去想明天。没有心事，亦不去思量什么。实在的心思里，就觉得，所有的东西都会在长大后安妥放着。

坐在日光下，除了暖和，还有一种香，夹着枯草和尘土的香，还有邻居家里飘出来番薯的香。这就是太阳的味道。不管是秋天，还是冬，大家爱晒被子，晒着被子，衣物，还晒着孩子，许多孩子是不爱的，我亦是喜欢，静静地坐在日光下，在阳光香味里被暖意包融，在亮白的光里，如鱼水般的妥帖。

这时候的晒场就如漏光的光柱，无边的静，所有的尘土于此间静落，背风的墙，亮白安详，看着日光下自己的影子，亦实亦虚，一如时光中的一满一浅。

二

最为清晰的事，大都于在午后，阳光明亮，篱笆满足的样子，木椅子比身子还要长，躺起来，特别安妥。把自己搁于那处，听沙土被吹起来的声音，还有偶尔的狗叫声。木椅子比篱笆短，但影子似乎更重些。就这么影子压着影子。还有老石臼，积水浮着枯叶，水润出青的苔藓，积水明净得可以照出天来。

就着这光阴冉冉，看着远处，时光就这样熟悉的味道，熟悉得可以以为，篱笆可以长出叶子，石臼木椅都可以活过来，也觉得是理所当然。蜘蛛也在这个当口顺路而逃。那时经常会在从椅子起来的时候，听到了屋后母亲的声音，我跑去屋后看那里的菜园，木槿边上的竹子，还有那没人走了的小路，那时，觉得就应该这么走着，可以从这里走出村子。

三

我不经常于寂静中独行。倒时经常会抬头看远天中偶尔吹起的烟火。那应是不远处工业区的浓烟，不那么美好，但会令我想起干净空气时的烟火。一直觉着烟是有颜色的空气，一如水中的墨渍。可见不可触，像影子般。说到影子亦让我想起小时候和小伙伴吵架时，会去踩他人的影子，踩中了还会用脚尖使劲蹬几下，仿若这样就算赢了。踩中的人狂喜，被踩的人不敢逃跑，生怕自己的影子因为被踩住而因跑起来就会被撕断了。一如白纸一样，撕了就接不上来，后果很是令人不敢想象，于是被踩的人就这样颓废起来。如今的孩子是不玩这些看似无聊的游戏的。我却是感觉到遗憾了。

四

今晚的秋雨不长，夜很凉，如村里晚稻收完后，每逢雨夜，就坐于门前的小石凳上，拾起门前的稻草，就这么接起绳，学着大人两手搓起来。搓绳之手，不紧不慢，连绵着，绳在手上越来越长就这样一圈一圈地绕着自己，好似双手可以走路般。这便是草绳，我结的草绳是不牢固的，不会用到哪里去，就这么圈在那儿，也没人丢了。搓着，接着，夜就这么越来越短。月亮就走到的山的那头。

这样的潮湿暮色里，总是会让人想起这些。只觉得时光带走很多东西，在不经意与妥协间，我们丢弃很多。心里自然接受这样的改变，只是偶然会去想起，不影响心情。这时候，雨停不久，月亮露出那一点。微白的天际，似黎明。透过小区里不高的树，一个个影子，月光透过树叶，自己的影子就这样被三三两两地遮起来。“浮云卷霭，明月流光。”这时候就是如此。初秋的月，慢慢就这样越来越亮了。

苍山素野

春日说旧事，从前的日子，日是日月是月，纵是村夫村妇世界，亦是亮堂堂。

春天雨后白浊的溪水跌跌绊绊抚过溪底的石头，有声有色地响彻不息。岸边的行人亦无理会这不住的流水声。日光下依旧尽意尽忙尽喧嚣，夜里只见灯窗寂静。春雨似那山泉水落入叶子地滴落，水雾白迷迷，藤蔓点点滴，落入那刚出尖的草上，嫩得如低泣。

于百花开尽的春末，春色归绿，夏亦使来。万物夜大日长，李子，梨子，梅子山间野露轻风一过，便欣然摇晃，偶有阴霾间或有日头，有时会三五天寻不得太阳，似随花一般落于某处。乡野人家是不理会美景好喜，年年劳作，年年收成。娶妻生孙遂愿便安。偶尔回乡，看到无端生出的几幢高楼，与村子格格不入，从来认为村野山苍四合小院，风雨不避，不紧不迫最为妥帖。偶尔走过几只鹅，或三两只觅食的鸡，这便是山村里最为宁静的画面。

记得少时老屋后的一棵荔枝李，看过它的花，亦吃过它的果，与它一起晒过太阳。初春在背风的墙角，我们于李树边，玩不过几天，忽见它便花满枝，李树繁花，热闹开着。花开一身素，洁白天地间，枝干隐于花间，手一扶，便落下几片洁白来。一场花开尽过，几场春雨透过，又不过多久，李子累累，枝条弯曲，必用竹子扶撑。旧历六月间，便可见青皮裂肉，从裂皱处，可见微红果肉。若李子熟时，便可听蝉鸣。

如今的人对于金银花甚是欢喜，解毒降火，人人喜之。旧时的我不知如此好。只见大人们四月间，空闲时便提一小竹篮，一泡茶的工夫，就满满于竹匾中晒晾。金银花于岩石上，于路边灌木中，裸根爬行，一直把那岩石爬满，把灌藤缠满。会有那么几处，小巢玲珑小巧隐于之间，或是蚂蚁或是鹊儿从里边爬出来。两两一家，各不相突，宛若人间世态，相安一处。金银花开时，空气中一种清清逸逸的香气，一如晚饭花，亦如花粉笑般，一丝丝甜的气息弥漫开。

花蒂亦是有蜜，蜂儿知，孩子知，蜂采，孩儿摘，小脸黑黑的小孩，摘花嘴里吮，那么一滴如丝般的甜隐约于喉间，你亦是要认真感知，便可觉到。

去老屋路的一半，走过一畦畦田，竹林的山脚下，有一老屋，屋子有半公里大，屋边有一旗杆。旧时是一大户人家，相传这屋子的祖上出过举人，举人及第后，便荣耀回归，荒村远地，此是大事，为不使乡人看轻，便在此修大屋奉旨立牌坊，可以想象那一片繁景。不知多少年岁，屋子里的人悄悄地子孙凋零，屋子倒塌，人丁不再。我从懂事起，便对这个地方有些许敬畏，老人们亦是说到这屋时，神情凝重欲言又止，我想知亦是不敢问，至今不知这屋如何会于突然间败落。每时走过这里，便用小跑，眼亦是不敢看屋子，连飞起的屋檐亦感觉到一股诡异。

去学校要经过一条溪，四五丈开阔。无雨时，有些地方半丈深，平日溪水浅浅地流，盖过卵石三五寸。溪水流长蜿蜒，溪边田陌，人家，溪上架一木桥，两尺宽。偶尔溪边花开入目，细雨斜斜，蓑衣漫漫。七岁那年，清晨与好友上学，突然好友鞋子湿透，便回家换，我拿两人的午餐便担，颤悠悠桥过，眼看溪水，眼随之而流，忽然头晕，身子如坐船般，斜悠悠地，便落入水中。幸有乡人于身后，见我落水，便于岸边追，淌于河中把我托起，待我醒来，已于家中床上，床头满是红蛋，村人朴实有爱，听我落水晕厥，都煮蛋染红放于我睡的床头，寓意灾后红运当头。好友于教室未见我，知我出事，中午便来家寻，两人相视一笑，两小无猜。

春日说旧事，光阴久长，所有的心绪亦都付于日月。回想过往，于静默间看大地苍茫一片。斜阳依旧，慢三拍，静一生。

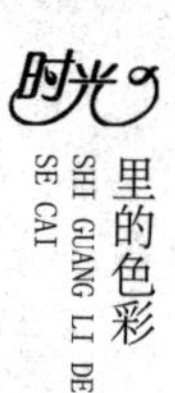

纯 素

茶 饮

茶多出自深山幽谷，得益于山野宁静的自然环境，秉性高洁，不入俗流。茶圣陆羽在《茶经》中指出：茶叶至寒，最宜精行俭德之人。古人认为，茶能清心、陶情、去杂、生精。茶寄托着人类高洁清雅的情怀。佛教以涤净心灵之凡尘，求得明心见性，了脱生死，自度度人为目的的宗教。两者秉性有许多共通和重合之处。

一如苦雨老人所说：我们于日用必需的东西以外，必须还有一点无用的游戏与享乐，生活才觉得有意思。我们看夕阳，看秋河，看花，听雨，闻香，喝不求解渴的酒，吃不求饱的点心，都是生活上必要的——虽然是无用的装点，而且是愈精炼愈好。

不管你是怎样沏茶、在哪里喝茶，分享品茶的时光，都会成为放松和放开世俗思想的美妙空间。人们返璞归真，不再心为形役。一如茶树自然地伸向天空，植物自然而然地转向阳光。再邀三五知己，安静地品上一道心怡之茶，回归到谦逊而自然的自身。努力在喧嚣的尘世之中寻觅一种纯净、安然之音。

“饮茶以客少为贵，众则喧，喧则雅趣乏矣。独啜曰幽，二客曰胜，三四曰趣，五六曰泛……”细想，其中的深意并非单以人数的多寡来断定喝茶雅俗之别，远离嘈杂喧嚣，回归内心的宁静和疏淡，才是饮茶的本意。

不论你泡的是妆容素裹白牡丹，还是纯净无瑕的龙井或是风情万种的祁红，还是雍容华贵的东方美人，或是韵味十足的铁观音，还是老成持重的熟普，或是醇厚滋味与回甘，内敛、典雅的水仙，便于彼时把这山水间的纯朴连同那天与地，一同泡于茶盏，任其翻滚。附于那山水间的纯朴的时光，一个人或几个人，安静地坐在角落里，一首舒缓的音乐，如茶水一样漫过心际，静好于那一刻的慵懒。或浅浅的风，未央了眸中的时光。于这样的静谧，盈一怀恬淡，任指下翻动岁月。似一些婉约，亦唯美于那一瞬间，便在茶与水转变中妥帖了苍凉。

素笺心语，低眉含笑。于续水间，感受一番心境，滤去浮躁，沉淀深思。来一场欲语还休的沉默；欲笑还颦的快意；一种“千红一杯，万艳同窑”热闹后的落寞。看着茶叶的翻卷舒展，感慨世情冷暖，浮浮沉沉。一杯茶，包容了一切悲喜，亦接纳一切友善与不友善的表情。是夜，茶香满室，杯中茶由淡变浓，浮浮沉沉。于这淡间浮沉间便亦知晓何为坦然。纯素之美，于此处得以平和表述。

茶 席

茶席，原作坐卧之垫具，后引申为座席、席位及酒筵。茶席泛指习茶、饮茶的桌席。它是以茶器为素材，并与其他器物及艺术相结合，展现某种茶事功能或表达某个主题的艺术组合形式。当你遇见茶席与茶相守，便知这期间渐成的内容与茶的轻盈厚重。

四季的更迭、晨昏交替，节气之转变与空间所在，亦是泡茶之人积累的生活素养。若能于一方寂静，最让人真切感受到一席茶的优雅韵味，此间就是为茶而生的器具。无论是唐代陆羽创制的茶器二十八式，还是宋代审安老人的十二种茶器，或现代茶席的茶道六君子，深蕴饮茶之道的泡茶之人总能从一壶一杯的交替斟泻之间，在心里慢慢勾画出将要喝到茶的性格和味道，这便是茶席之妙处。

视觉入手，心灵出口，茶席中的静与茶与器与空间融合的对应，那有意似无意地呈现着心灵的状态，并于你触觉间掌握审美的规则有形亦无迹可寻。于你抬眼间让美变得更可控。

岁月的某日，天气微濛，选择自己喜爱的一款茶，沉醉于一场无我的茶事。回归到简单，与生活关联度越高就越有力量，这便是茶席的气韵。令人于这浮华的世事仅空出的不多的时间里，将自己安放于这一方茶席，团膝而坐，耳边甚是清净。享受那瞬间的慵懒时光，无论能否入茶参禅，都不愁把烦躁泡净。小桥流水，丝竹于耳，亭前听昆曲，雪中泛太湖，啸聚同好。一席茶，一池荷，熏香迟暮，花馔青灯。一如那“琴拨幽静处，茶煮溪桥边，书约黄昏后，剑拔不平时”，一如“行到水穷处，坐看云起时”，一如“高卧丘壑中，逃名尘世外”……

席地而坐，青韵一曲，不理时光，透着点古旧，也许还会冷清，有那么几天，有人会慢慢踱步进来，丢弃所有的面具华丽的修饰，一泡茶，一时，一日。

说不定是哪个夏夜，空气中回旋着炎热的气息，你于此间，立于那一

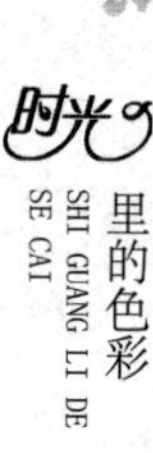

席素色之中。看不到的安然，于你周遭漫开来。一番凉气便扑面而来，直直穿过你的心灵。与你的影子，往左亦右温度都在你适合之间。在黑夜与白昼之间还原季节最初的清丽，亦还原于这纯素的本真。

茶 服

初识茶服于几年前，在一间茶馆里，见一素衣女子，不算漂亮，着那一袭素衣素裙有一番飘逸风骨，随着她的走动更似一缕无尘之素。谈话间，知晓这便是茶服。后来的日子，不再提起。只是此间美好，于心中深深收着，茶服之美，纯素无尘。

她始于汉，是一种有着千年历史，专适于茶事活动的职业服装，一般以苎麻、粗布制作取义“静、清、柔、和”，突出素雅、宽简、质朴、舒适、大方。茶服之美，纵然史上对茶人服饰的着墨不重，但在唐周昉《调琴啜茗图》、宋徽宗《文会图》、宋女分茶画像砖等无不间接或直接地展示了历代茶事活动中的服饰之美，历史精髓的积淀最能彰显茶人衣事的深厚底蕴。无论你细观还是一眼而过，亦无法遮去那优雅与端庄之美。

若说女子如水，那么，着茶服的女子便如晨露。滴滴无暇。那份灵动与素洁，于世间行走，令人无法无视。似于那阳光下，照见前尘作云，隔世为雾，今生只在某一天，以圆润以静以优雅以无争的样子示人。若有缘，阳光下便能见到它以泪滑下的姿势悄然委地，猝不及防的入了心，无痕无迹，划落无声，亦不会扰乱你的平静。你若无视，必是无缘。

若说女子如花，那么，着茶服的女子则似浅濯幽曳的清莲。独于风中，不与世争，自有她的美。一如乐府的诗句，温婉，安静地在塘的一角，带着一场悄无声息的涟漪荡漾。浅香低出，静静地开在一水之间。她缠缱于水中央，栖于清幽灵境经行处添上一抹春色。脉脉不语，但仿若心事万千，细探却又不着痕迹淡定中沉淀出岁月的模样，婉约而清扬。

茶服之美，亦是纯素之美，于茶香宁静处透着的那股东方神韵。宛若古典水墨丹青，在时光深处，波澜不惊蕴藏着起伏与浩荡，每一次迎着风荡漾与合拢着，伴随着根茎深处骨感的忧伤，袭上路人的额角，悄然绽放。就这么清雅着，那么庄重着。

茶饼往事

水仙茶饼，记忆中，温暖的画面。在今时，夏日午后，突然而至的雨，那些远去的，渐疏影子，随着水仙茶饼，慢慢清晰起来。

记得小时候，清明前后，便可以看到母亲与祖母，挎着茶篓在后山的茶园里忙采茶，我们小辈的便跟在背后，摘花弄草。茶叶嫩黄，大人们只采最顶的叶尖，一般三片标准叶尖，采下来的茶叶一定得用篓装不能压实，怕是影响茶叶的伸度。一篓篓满了倒到箩筐里再由父亲挑回家。

清明时节，天气时雨时晴，下雨时不能采茶，怕影响茶香，天晴时，大家就开始忙碌了。采回来的茶叶就由曾祖母“晒青”，晒青的时候，阳光最好是最充足的时候但不宜太热。曾祖母打开竹匾，轻轻把茶叶倒进去，铺开，放在阳光下，使其水分被吸收，这时是要专人看着的。感觉大部分微软时，再拿到屋里阴凉的地方，这是“晾青”，放在阴屋里让叶子再活起来，这是最重要的一个环节。再“摇青”直到叶子再次全陪舒展开，然后，再放在阳光下，重复这样的动作。直到三四遍后，叶子最上层的水分被阳光吸干，有了完全的软意但颜色依然是要嫩绿，“摇青”是进一步促进茶叶走水和发酵，一直摇到茶叶“红边绿肚”，散发出浓浓的花果香为止。掌握轻摇薄摊多晾原则，随摇次增加作用力加重，且有明显的跳跃程度，才能摇出高香味浓品质。

等到茶叶没有热感完全冷却下来时，这时便是曾祖父的事，到曾祖父忙时一般都要到晚上。这时候便是“杀青”，曾祖父不许女人碰茶叶了，女人必须在他要做茶的时候把灶头和厨房擦洗干净，再从屋里拿来专做茶叶的锅，那时，灶头是不能有一点油味的，否则会影响茶叶的味感。所以，全家在这个时候是倾力洗净。曾祖父从来不让人乱说话，大家一声不哼地各忙各的，那时的我们也安安静静地不乱说话了。

在煤油灯下，曾祖父和祖父便开始炒茶叶，起火，等锅底热得起红晕祖父便倒入茶叶，曾祖父便不停地用手炒动，这是一个硬功夫，随便的人是无法做到的，因为曾祖父曾学过武功，体力上对他来说会轻松些，炒动的时间与火候这便是经验了，锅多热，茶多少，翻几次，都有讲究。这时一般都是曾祖父和祖父、父亲三个人完成。炒到绿色有些变黄时，再从锅里拿起来，冷却了之后再炒这样要重复四遍左右，直至有茶香时再起锅。这时候动作要很快，茶叶不能停留在锅底，所以要边炒边起锅不能有一点点的焦味。

接下来便是“揉”了，男人们洗净脚（那时都用脚揉搓是很多老人土做法）趁热用尽揉搓。揉捻方法是“趁热、重压、短时”，以揉出茶汁，揉成条索为适度。

曾祖父炒茶的同时，女人们在外面就准备棉纸了，把棉纸割四方比巴掌大些，等曾祖父把茶炒好放在桌上时就要趁热用木模具压筑茶叶成型，棉白纸包成四四方方定型，盖上有着自家特色的红印子，一如标签每家各有特色，大都用朱砂印多些。一包包如四方的茶饼，放的时候不能和其他任何东西放在一起，包的过程要压实便可，这是最简单的过程了，“茶饼”就完成了一大半，包好茶接下来便是最重要的一个环节了，就是最后一道工序：“烘烤”。烤茶用的一定要竹炭因为它烧起来无烟，而木炭的烟较大烤出来的茶叶会有火烟的味道，这样便是失败的了。所以，我们家大都用竹炭，烤时，火不能很旺怕烧焦了，又不能太小，这便是长期经验才能把握得烤茶的火候。烤茶时要放在一间干净的房里，最好不能有太刺鼻味道的房间，由曾祖母和祖母两个人完成。烤茶用的也是竹编的篓，两头空，中间一个匾高些下面有个空间可放竹炭盆子。初烘、复烘、足干步骤。烘焙过程宜不时翻动。翻动时，动作要轻不能有异物掉到炭盆里引起烟，加炭时，待到炭全部烧红无烟时，才可烤茶，这样一直到茶香完全出来，拿在手上脆脆硬硬的时候，曾祖父便会先拿一包泡泡，直至他说可以了，茶饼就做好了。

然后，母亲拿来洗干净的塑料袋，保管也是很重要的，茶叶最忌异味，因了它的干性。做得再好的茶叶如果保管不好，就等于前面的功夫都是白费心的了，所以收藏茶叶时，不能和其他东西放在一起。这样，水仙茶饼就完全做好了。

水仙茶饼外形呈方形，内质香气花香显著，滋味醇厚鲜爽，汤色橙黄，叶底黄亮，红边鲜明。属乌龙茶紧压茶。我们都喜欢喝水仙茶，因为它是用实火炒过再烤过，不伤胃。一般的绿茶比较伤胃，所以，祖父都不太让我们喝绿茶，特别是女子。

曾祖父喜欢用泉水泡茶，泡茶的水不能滚太长时间，最好是两次便要拿起来，最宜用小壶刚好两泡茶水，用的茶具最好是紫砂。第一泡续水时间不能长，停几秒就要倒了，可以用来洗烫茶杯。第二泡续水的时间长些，喝水仙最好喝的是第三泡，续水的时间可以再长些。入喉微苦而后甘，第四泡是清醇。

水仙茶耐泡，一包茶饼可以泡很长时间。记得那时每天，曾祖母和祖母总会在清早时分，拿两三包水仙茶，放在大大的陶壶里，冲上开水，任茶叶在其中慢慢升展，待到茶凉放于大门左边的桌上，再放上一个碗和清水，可以让过路的，做农活的，口渴了，时时进来喝一杯。我们小孩子，夏天里，更喜欢的便是这一大壶茶水，放学回家，咕噜咕噜欢快畅饮然后，“啊”一声，凉意从心口直到脸上。这便是我们喜欢的水仙茶里的：“冷水泡茶”。

这是我家中的水仙茶饼，加了层温暖的味道，令人时时想起那些细微的，不被人提起，但亦不被忘却的温馨。这样，清醇爽口回甘无穷的味道，水仙茶饼，承载着，不仅是叶片的清香，更是，一代代的温暖传承与记忆。茶饼往事，这样的味道，这样的滋味，无须刻意记起，因为已在心中。

往来顾盼，不问来去

一

九龙江，绵远悠长，以它不变的姿势，静静地流淌，流过我的童年，带着我的青春，直至中年。我居住的小城，对它的眷顾依然，还有自然而然的情愫，已无法用简单的言语可表，仿佛是以生即来的依赖，又似乎是一种生存依托。当初的不经意闯入和如今的融入，这个慢条斯理的小城，我窥见它的变化。有人说不喜欢，我却是说不上喜欢或不喜欢，只觉着，已然生活，无需过多的计较。

岁月的转变可以带走许多，纯粹，简净，纯然，还有青春。以及江边的柳树，浅江的水藻。时光变换着用它们独有的方式，自如地斩断，延续，生长，萌蘖，枯瘦，老去。一如那些流传已久的故事，亘古地悲欢，执着地合离。小城里的人们，安静地存在着，又安然，缓慢地消失，亦随时光，变化着，再用另一种方式继续。所有的发生，似乎有它的痕变，但又不可触摸，周而复始，容颜相似却又是万千不同。

二

看一本书，在它的故事里沉浸。佛生与青莲，他们经历，夏雨，秋月，绚烂亦迷离。淡淡的故事，一如雁过，有声，无痕。岁月把佛生与青莲变成老者，在三十年后的那一天，两个坟头，一座山。两个携手的人，走完他们平凡的一生，一起生活，一同往生。被这样的故事感动，每个言语的画面，看似平淡无奇，却又独具一隅地散发它的光芒。平淡，亦平凡。它的闪光，亦是这样。如此完满。

合上书，看外面的周遭，一切安静无碍，日头从山顶淡淡拂过，似要抹去人间路上的淡浓痕迹。书里的故事，传达的是一种平静安然的美，我亦是极喜欢如此安排。似不经意地在我们的额上刻上深深的禅意，深刻，静然，简洁，平凡。作者已然达到他的意传，遂静立，了悟，沉默。那么，人间万物山色亦是空芒，水光亦是潋滟。或繁华，或贫瘠，亦是会依次呈现而后逐一遁去。若可凌空于世，也应是俯瞰世间，立于潮头，淡看世事。

三

昨日，与友相聚。目光落于她的眼角，岁月磨去了她的美丽，送来一份淡然的成熟，她眼角的细纹似乎也昭示着我亦是如此。回看与她的过往，陈旧的，似无可遁寻，又可触摸。我们的过往，可寻的事物，也在经年后的今日渐渐调落，各自皈依，似也是尘归尘，土归土，宁静着它的完满。笑闹间，日光明媚，秋风清爽。

我们都好好地生活在这个小城，彼此不惊扰，亦是相互扶持。一同观望时光纤指划落枝叶，一同看岁月如何薄凉掠去温柔。经久地承接一切可能，抚触可得的岁月痕迹，不疾不徐地保留着美好的踪迹，我们的姿态不曾改变，安然如初，悠然自持。

微信上的三毛，好似还在世间。平然的文字，曾温柔着我青葱的岁月。她似一如细沙里的琥珀，经久地磨练，透彻世间，生死亦是无所谓了。世间的许多事，我们不必细致地问询，亦无需纠缠它的结局。一如眼前的石子，纹理间，似零落，又有致的距离，仿若是某时，某人的阅历，都镌刻着过往，好似无声的话语，似诉非说，都在它的缝隙中隐着它独有的寓意。

电视上也说着三毛的过往，或好，或错。我亦是不太喜欢这样的访谈。人已去，对错皆为后事，再论又如何？那些尘往，曾经，还有埋藏已久的密语，已不关哀乐，无关喜怒，一如一张被挂许久的古画，静于岁月，自有它的位置，有人自会珍藏。可以被记起的美丽，静自于时光深处，被深深的风霜的颜色，透着它灰沉的厚重，也会散发着它的味道，这是一种不被惊扰的气息。能让人记下的，必有它独有的特质，虽满是尘埃，亦有它漫长的踪迹，亦有属于它地老天荒的沉寂。

四

许多时候，可以由一则文字，探寻它故事的内涵。随来的质感，也厚重，亦轻盈，也细致，亦粗粝。它的每一次笔锋，都深深地刻着光阴的压抑与凝重，深情与安然。任时光打磨，光阴去来，兀自风雨不移。文字中的所有的愈合伤处，亦会被持续地敲打疏离。亦会在时间深处被层层包裹。

时间，在抬眼间流过，经久不息。小城亦在变化着，一如每瞬会出现的不解，经年后，时间也许会给我们当下不知如何回答的回复。或许，人们已记不起的那些微小的旧时光的味道，还有褪去色泽的记忆。他们仍在

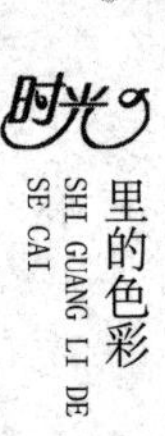

行走的姿势中更替着日与夜，交错着光影往来，循着各种轨迹，在黑暗里，次第被湮没，而后，人们又以同样的步履，重新出走，重复着这样的规则。无需更多的思索，无需改变，简单地可以令人一遍遍地往复循环。

时日皆长亦短，彼伏此起，往来顾盼，不问来去。

素心简语

1

窗外的三角梅，被风大把大把吹落，露台上，飘着一片绯红。阳光闪烁在那粉红的花瓣上，伸出的手指因了触摸，随着掌上的纹路，一路渗透，亦清香起来。是这样渐失热气的秋天，温暖而寂静，阳光透过屋后的树叶，一如水般倾泻而来。

这样的日子，随意于菜市场，随意地讨价还价，一种寻常市井人生，寻常的喧哗，寻常的烦琐。明亮的天空，满满地罩着蓝，似一种人生，亦是一种病顽，难以言说的蓝，昭示着秋的高远与深邃。我喜欢这样的感觉，不必太在意，亦无须刻意。

2

许久的疏离文字，放空的内心，似可以盛下生活种种。文字便被挤成一块小方块，一如那飘落的落英，有着它的尺度，亦有它的痕迹。我喜欢把文字喻成花朵，可以绚烂一时，就那么一瞬便可以令人难忘，无关人生，亦无关生活。我相信，文字自有它的温度，可以永恒不老，不似那年轻的容颜，终抵不过岁月摧残。或者，文字只是一时的心情或是感悟，但，那是一种记录，许多人对于文字是不屑，我亦是不敢的，对于它，更多的是敬畏与爱护。

也时常觉得，无话可说。或欢喜的，或陌生，亦是无言无语。大多时候，把时间和记忆付与心内的自语还有文字的书写。有时，书写比言语更完整。

翻开历年的文字，也稚嫩也自我。无大气亦无沉稳。我仍护爱有加。这是一个纯白的世界，可以在里面涂鸦着，或直线，或弧线。随意而惬意。在它的面前，心灵得以安然。每次书写都是一次心灵之旅，连续着，积累着，也变化着。每个结尾与开端，它们不必有关联，仍可见证时光中遗落下来的瞬间。

3

有时也与书相伴，安妮说：好像在黑暗中隐藏了很久它出现的时候，光线有些刺眼，让人晕眩。这个狡黠的女子，在她那宽阔的空间里，走着自己的人生，自我亦大气。我喜欢她笔下那有些自负又决绝的人物与场景，她可以把我们带到一个空幻的时空中，与之沉浮。

我亦喜欢《左手的掌纹》，具有图案美的树类上，还流连着淡淡的夕照，而脚底下的山谷里，阴影已经扩大。极喜欢余光中这样的描写，不被尘世纷扰，随着这些语句，看到他脱俗的风骨。

我不能去凭说一本书的好坏，既然成章，便有它独有的韵味。许久没有再看三毛了，亦许久没去翻开张爱玲。野夫这个名字，是在网上无意中见着。便去淘来。《江上的母亲》看到一半，我的心灵便似被撕开的疼，平和而安静的叙述："我突然发现，母亲已经衰老了，她一生的坚强无畏似乎荡然无存，竟至一下虚弱得像个害怕的孩子……她艰难和一跃轰然划破默默秋江，那惨烈的涟漪却至今荡漾我的心头。"这是一种切肤之痛，他的文字，似一道伤口，每一句述说都似一把盐。

4

许久没回一百公里外的小村了。那个有着父母的故乡。秋天忙碌的人们，阳光下的笑容，还有那乡音重重的地方，安放着我的过往。这些情绪飘浮在空气中，流动而后漫溢。想起时心里安定而温暖。那一百公里以外的饱满的俗世生活，真实而自然，没有矫饰，亦不会虚浮，生活与情感的渐沉，令我身心都觉得最为安然，在心中不被修饰地延展着，继续着。

也想念二十多年前的那株木槿。在老厝的右边。我懂事时，它已经很老，干枯的干身，祖父说，是曾祖父种的。要生养的女子一般不去种这样的花，老人说，这花会开不会结果，所以，年轻妇女，都不许去种它，由不再生养的老人去种。木槿生命力极强。无须根须，一小根枝丫，在春天里插于土上，来年就可开花。我们这里通常都叫它"肉花"。因为，它可以食用。木槿花期长，一个夏天，隔几天就可以吃它。和着茄子，放点酸菜。便是人间美味了。后来的日子，花开着开着，就这样枯了，而后腐干。

还想念老厝前的苹果树。曾祖父不知何时种的，到我关注它的时候，已经老大了。每年的春天它都出叶，枝干就是不粗壮起来。人们都说，这是北方的东西，不适合在我们南方生养。真不出人们所说，这棵苹果树一直到它死，都没有结果过。曾祖父就是不砍了它，直到有一年，父亲把那枯了的枝丫砍去，曾祖父只是咳嗽两下，不去理会了。

5

我幼时很是嘴甜，这是大人们说的，极爱清洁。后来长大了，便不怎么言语了，清洁还是一直是的。我也不知从何时起会寡言起来。不常与同年的孩子一起玩。后来长大了亦是如此，能够交流的很少，一两个或三四个，不再扩大，一直到现在。不太会直接表达自己的情绪，与人相处起来总会疏离。

年少时，喜欢抬头看蓝蓝的天，春天的山野，秋天的落叶。或清新，或明亮，它们会令心情时而开怀，时而感怀。会一个人也哼着越剧，天上掉下个林妹妹……被发现时，红着脸让眼睛与更远的山来一场邂逅，便不再去理会，还有谁在等我唱接下来的唱词。也采些番薯叶，连梗一起，隔着折开一小断，像极了京剧里的花旦前而垂着的长长珠链。也学着昆剧里的水绣，甩起小小的袖口。许久了，都不曾去拾起这些记忆，如今，再记起时，发现，它们也不遥远。

在这个悠闲的当口，想着过往，记着今时。日子就这样，走着。十月渐然过半，这个小城依然的井然有序，许多人找到了新的事情要做，许多人也需要学会新的笑脸，熟悉新的语言，一切都会平安过渡，秋也深了。

流光·相见·又及

流　光

走过来的那条街，落满白色梧桐花，一树的梧桐花，安静的蜷缩，似乎也假装在期待谁的安慰。

这个时节，风也日渐缺失了锐气。街头的人们，大都蜷缩着走路，似乎整个世界都跟着蜷缩。而我却可以不动声色地静静地去暖一些深处的寒意。一些不能被察觉的地方。

看一场对街角戏剧，那些陌生路人的期待，更多的时候只是注意力的转移。我需要有一片臆想的空间，一直需要。沉思，可以安静而醇厚，然后可以填写的很多内容，听时间的沙流，看云朵挪动。嗅一杯咖啡的甘苦。于是，过往如泉涌的激情，在这个城市的季节里，大多如同退潮时某一处浅滩残岸，水声哗啦哗啦的节节后退。

回家的路上，走在沙子路上，软得沙响。彼时，如果遇见，请只选择看我安静而细瘦的身影，请捡起一片卷曲的叶子，抻开，顺着纹路可听到细碎的脚步声，看着寂寥从干枯的纤维中漫出来，缠绕每一根手指。然后，请默不作声。

许多时候，许多人，不是看不见就不存在，不是记住的就永远不会消失。不是谁都还在用一种神秘的方式，不温不火地处理每个人的悲哀。

相　见

阳光不太灿烂的四月的清晨。电话把我从梦中吵醒，一个故人要来，一些往事的画面便浮动而起。小城中旧的车，一湖秋水的长堤，夕阳的时候，飘动的长发，一双紧握的手，两道划破光的背影。有些事总是无能为力。美好的东西，经不起时间的折磨。一些往事，离不开它的结束，还有纠缠在心中来不及的后悔和祝福。喜欢回忆一些片断。突然发现，结局与离开都不重要了。现在才明白，此刻想要的是一点点的安心感受，等到她站在我的面前时，我可以安心地对着她微笑。

有些事，无法了结，一再地延续。只是想看手心时，那延缓的纹路，可以有想笑的时候。下雨时，水落下有不同的痕迹和姿势。每个人也以不同的姿态行色匆匆。朝着不同的方向行走，看不到任何的犹豫。四月，突然下起了太阳雨，直视阳光时，发觉眼睛被刺得生疼，眩晕。我仿若在等一趟汽车去向未明的远方。似乎一切都不能掌控。

天空有多美，少时的愿望，寻找那些划过天际的流星的痕迹。总以为站在天上可以将美丽尽收眼底。我仿佛被风刮走，似乎听到自己的名字。突然想，我应该很重，那阵风应是刮不走的，我依然可以听到谁在直呼我的名字。在那一刻我看到天真的很蓝。还有那刺目的太阳。我知道，我离它们太遥远。

等不到心生荒凉时，她出现了。那个从我生命里走出很久的吸烟女子。江边的坝子上，有雨，有风，很凉。

梅突然跑起来，跑动时溅起雨水，像是遗落在地面上谁的伤心。是否也曾如我们一样渴望温暖或者阳光，瞬间的安慰过后，孑然蒸腾，化为乌有，自此无迹可寻。

已是很久没有看到这小城了。梅对着我说。一如喧嚣，杂乱无序，心底却温暖地知道，自有喜欢它的地方。

我们徜徉到自己书写的小说里过往故事的主人公出没的场合，风景谙就，意愿如初。我与她如戏里的水袖般飘逸。没有转身走开。

菜市上的油麦菜颜色苍翠，拈起一片，折断，辛辣的植物气息，比回忆来得更直接，且能让眼睛明亮。扯开后的丝线，不弃纠缠，如此交错着，倚仗着逼眼的绿，与之狠狠对峙。

不知岁月沉淀了我们，还是我们沉淀了岁月。时光随季节陡然流转，容颜已改变，风掠过的梧桐花已然凋谢殆尽，却还是随发出声响。而时光中的我们，又能怎样？让所有的记忆留在心底，用最少的时间来回忆和记录。

开车从桥上驶过，玻璃外一汪苍凉，一些记忆破碎在这片水天里的往昔，竟在这时候与眼神浑成一色。回忆时朦胧或是明亮，这一切似乎已和以往无关联亦无意义。

物是人非事事休，不语，泪却也掬成一簇烟花陨落的幻影。我在心里默念着一些她不喜欢的词句。

她坐在我旁边，一丝烟雾能及的距离。这个狡黠的女子，还没能看尽繁华破败，却已风霜尽染。

妖娆，从未吝啬对她的给予，侵袭。

看到那些眼角的痕，一丝一丝蔓延开。眼睛一如往昔明亮，些许丝状纹路纵横其中。这样的两处影像，在哪一瞬间会交错，不过只是瞬间，来不及留下甜蜜或悲伤，却已各自岔开。我在她的眼中，是否也如此这般？

她想点起一支烟，潮湿的空气阻止了火机靠近时嗞嗞的声响。车窗被打开的时候，我手有些许的颤抖。

她的烟躺在袋中，带着体温，如此干燥，却还是没能在突然而至的雨中诠释我们相互之间给的温暖。迷茫的，慌不择路的我们，难为着时光，追随着一些阴晦，让一些自此了断。岁月在很多时候允许了我们的决然，一如宿命原谅了我们的纠缠。

风雨一至，只余呜咽。

看她的嘴唇微微潮湿，烟蒂在她左右手中辗转，很久都不曾摸索出合适的拿捏角度，指尖和眼眶已各自暗色笼袭，酸涩不堪。

青烟从口中散出，是蓝色的苍白。

双手在膝上交错的时候，时光已然流转。

又 及

我拿着这本书，《牡丹亭》。看着汤显祖笔尖轻荡，柳梦梅和杜丽娘就如此辗转在了一场不容错过的注定中。不知缘由的情痴爱浓，娓娓演绎撼人的一往情深。

一场惊梦是那么的惊心动魄又温存缠绵。不知缘由的情痴爱浓，娓娓演绎撼人的一往情深。传世几百年的经典，在这个初夏时日，被我轻轻提起。沉默地想起这些，被一些不能确定影子扰乱，在梅的旁边，心结无处解。悲愁亦无能释。这应是当时杜丽娘的心情吧？我总会在自己安静的时候，想起这些，猜想亘古之人的心灵世界。

梅终会凋谢，情终有别离时，戏也会落幕故事如一场烟花般的绽放中已毁灭殆尽，而我们今时却感觉它的光暖。似乎有人再唱：这般花花草草由人忘，生生死死随人愿，便酸酸楚楚无人怨。

一曲游园惊梦。一幅遗落画像。一座梅花观。一个怨柳生。一个痴杜娘。我似乎是跨越时空，目睹一场情，一场痴，还有那一场不容置疑的爱。幽幽地暗生心底，涩涩地浸染舌端。

王实甫的《西厢记》，有如深巷的婉约与悠远。有主有仆，有爱，有恋。深意如巷子的春意。一个端庄美丽，而多愁善感，一个机灵慧黠，而活泼可爱。戏文里总将她们主仆安排一个害相思，一个开后门。如果没有主便没了春情，没有仆便没了秋实。不管少了谁，故事都是会不完整了。故事，便有了春意有了声色。人间情意便牵系姻缘，联结因果，岁月不动声色的成全。

清纯的故事终是让人欢喜的，谁又能知，故事后的真实。张珙似是专一，莺莺终还是被抛弃。许是因为人们所期盼的，把故事演译得那么完满。而真实的故事却是如此凄冷，所以，戏里，红娘成了主角，人们不愿再谈及真实故事后的结局，把故事愈演愈美。

想着唱词：碧云天黄花地西风紧，北雁飞南翔。问晓来谁染得霜林绛？总是离人泪千行。似可以看到一个女子形单影孤徘徊的身影。我总会在看完后，叹息，这是故事，似乎又不是，它有着远古走来的真实气息。看故事，听故事。情爱亦是有缺憾。亦是有寂寞。

当我在臆想中回来，抬眼看窗外。一群人在高声说笑。为了刚完成的旅行，或是某些无聊游戏中的得失。他们脸上显出幸福的感觉，只是洋溢出的色彩太多，看久了让人眩晕。

这些红男绿女们在传阅着各自的骄傲和持久的却不怎么真实的矜持，还有略显苍白的感悟和唏嘘。我想我们都是游离态的，为何非要找个理由，找个名分，把很多人绑在一起呢？仅仅是因为我们的寂寞？

听着唱词，思绪穿越现代与古代，光影重叠又分离。

时光就这样走过，四月五月，忽冷忽热的时节，静坐时我看到了橱窗外的阳光正好。

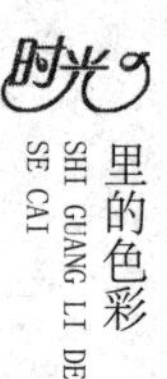

秋之流韵

蹒跚荒漠的骆驼

用一种亘古的姿势，驮着生命最为原始的背景，注定了一世将默默耕耘那片荒漠。在风沙肆虐的掩饰里，用最初的情感演绎着一种悲壮一种永恒。几千年辛劳，几千年守望，那份最为原始的感动就悬挂在历史的边缘。你便自然地成为了荒漠中最初最纯粹的主角。

骨子里的那份顽强与执着和着那一份坚持，成就了一种永恒不变的画面。曾尝试着凿开一片绿洲，似乎是你一生的责任，每日的朝阳与落日都在岁月深处成为亘古不变的一种景象，令人为之向往，为之仰望。

不是所有的梦想都能实现，当梦想越来越遥远时，那份深根的激情依然在跳跃着，彼时，又怎能不因为生命中的这一种美丽的追求与不懈而感动而自豪。

岁月在骆驼的身上印下了沧桑的痕，时光抹不掉那份坚强。沙漠行走的骆驼，缓慢而淡定，用尽一生的爱呵护着那一片荒漠，它将是一种生命的支柱，永恒，踏实……

仰望阵飞的离雁

不经意间，你们便这样从我头顶经过，打开翅膀，用叫声从那片生活过的土地上剥离，我可以知道，没有什么痛能胜过你这样的疼。

天空是单调的亦是丰富，因了雁的叫声而让我有了充满仰望的目光。不论是向往还是渴望，无论追索还是期待，都将会成为你最为悲壮的场景与角色。

季节越来越接近冬了，雁每年都在进行着同一种漂泊，进行着一种迁徙。唳叫如此尖利而凝重，这似乎也不能撕裂对于故乡的一种牵念与爱。你们举止从容而简单，不会忘了关乎故乡的记忆，一如每年的这个天空，这条路，只要你们还在，叫声就会准时传来，队列就会准时出现。从不错过，不论队伍是否增加是否减少。

许多许多的秋叶，落魄而落，在秋的阳光下，似点着枯燥的火焰在风中翻飞。没有谁能如你们一样，一直保持一种姿色，一种有序的队列，展示在我的面前。这是一种永久的坚持，亦是一种永恒的毅力。因此，天空因了你们而魅力四射。

瓦蓝的天空，被划开了若大的口子。如若一个人能找到灵魂的故乡，那是多么的不容易。我看到雁正准时离去，淡定从容，我看到异乡的土地上满是游子的身影，他们却总是背朝故乡，面容灿烂。

看一枝柔弱莲花

一如古时乐府的诗句，温婉，安静地在塘的一角，在我不经意的时候，带着一场悄无声息的涟漪荡漾。

风总是合时宜地从某个方向吹来。吹着那一抹惹眼的安静，自顾地摇曳。我很多时候总是会忽略这些。一如我一直忽略生活中说不清的细节。

墨绿的蓬叶滤去日光的余温，一片温暖在云朵的倒影里欢喜蔓延，直至笼上我的心头。

她立在一角，高挑而静默。

秋日的一切声响似乎都与她无关，也并不在意也会有云卷云舒的日子，会有多少蜂蝶搅乱这一角的安静。

她应该是骄傲的，一如浮华尘世断崖边的一株蔓草，迎风舞，无所谓尘世的一切扰乱。

她应该不羡慕参天的广阔与高远，不厌倦伏地的潮湿与黯然，恣意欢笑，收拢悲苦。烦扰与琐碎纠结成藤，放肆缠绕。

她应该是不在意那些困顿与渴望凝滞成霜任凭疯狂侵袭，她还是安然自若。

她长长久久地在淡定中沉淀出岁月的模样，婉约而清扬。

她缱绻于水中央，栖于清幽灵境经行处添上一抹秋色。波澜不惊蕴藏着起伏与浩荡，每一次迎着风荡漾与合拢着，伴随着根茎深处骨感的忧伤，袭上路人的额角，悄然绽放。

她独处与孤独相映成伤，不辞侵扰，遮了眉角的黛色。挣扎与优柔两两相对，却如何也拈不起过往与生生不息的思量。

终于，遁入红尘，在我的眼前，绽放成一朵干枯的莲花。

她立在那，静默优雅。

知晓了她清幽的出处，便不忍打扰。

收起的一片恩宠，纵然幻化成石，也远赴水远天高处，只为，她的花株边有我一掬微光。

嗅一季怒放的紫薇

在不经意抬头间，眼帘便赶上一场盛宴，淡淡的清香溢满脸庞，秋风，不凉。阳台上的一角，一抹紫色正探身，是不是转过一个墙角就会遇见传说中的幸福，揣着这样的话，一路缓行，不理时光。

她伫立在那里，安静着她的主题，在青墙的一角，带着时光的痕，划满全身。闭上眼，用我的手感知她的柔摩挲她的静，她给的温柔曲线很快地蔓上了我的眼眸，那么执着与安然，令人生羡。

不想说她的高贵，因着她的韧与美。一如玫瑰的种子无意地落入山野，一样的蓝天白云，却最终开出易逝的花。很多的时候，人生不也是如此吗？

理不清这紫色的缘由，也不愿探究，怕是扯开枝枝蔓蔓的覆盖，遭遇她不愿提及的创伤。只是这样静静地走着，顺着她冥冥的指引，臆想前方徐徐展开的如诗画卷。不敢想突然会有一场暴风雨，是如何地倾泻，那时再过用力的守护是否也是枉然？如能等到云开雾散的晴空下，雀跃在她身边守那一份安静与美丽，可是也有我？突然很害怕有雨的时候，那是一场怎样的漓淋？

还是在这一香馥前迷失，不知该如何守住这份美丽。有些措手不及之感。不过，在这一刻，深紫蔓延，花开正好，在这适时的相遇与欢喜间，还是压缀了几枝带露的紫薇。

欲拒还迎，不舍纠缠，悄然的怦然与爱恋占据了几分时光流转。她的一树花红斜面迎风，一枝独秀穿透围栏，我的觊觎和贪念该如何收起，才能静对时光辗转，笑说自此成全。

初秋简诉处暑

走在穿单衣的人群里，偶尔可以见到那些穿学蓝色毛衣的女子。才知，季节一天深似一天。叶子依然绿着，你抬头时，发现，云有些淡了，风也轻了些。一个人穿过黄昏，舒缓的节奏像足音，一直随着你。

你从灯下拂去头发上的落叶。一张面容浮动在你的眼前，那是娘亲的脸，叫你的心生出微痛的挂念。这样的日子，许多的时候，你似乎置身在一种相近的境界里。耳边的蝉声却听出另一种疲软。

在院子的树下，独坐到深院。你的思绪终于从迢迢的往事中回来，才发现该回房加衣了。

清晨的短信还在，灯下的你打开，弟弟说，明天家里割稻子，今年又丰收了。转身看见月亮正静静地陪着你，深情的眼神像极了一个人，那个叫你乳名的人，你小声唤她的时，便有人在月光的另一头回应你。

散落的时光

春天的寒气与湿气恰到好处地袭进我的居所，很喜欢这种潮湿清冷带着一点点霉气的味道。窗外是朦胧一片，这样的天气与季节，很适合我安静地回忆，那些青涩又纯粹的记忆。我在房里走来走去，看似为了舒展身体，其实，在彼时，更像是为了抓住那瞬间倏忽而来，稍纵而去的闪念。

电视上，正播放着两个朋友的离别，汽笛声久久地回响着，屏幕画面静止了。这个画面，让我想起许多年前，十三四岁时，一如李商隐写的“十五泣春风，背面秋千下”的年纪，也是这个季节。母亲带我到村前的车站送她的一位朋友，我站在母亲的身后，是一个完全不用大人费心寒暄的孩子。我已记不起母亲和她朋友如何地依依惜别，还是一如人们常有的客套的热情。只是，还能记得后来汽车发出的一声长长的，沉闷的鸣笛，那声音在空旷中，绵延散去，随着夹着乍暖还寒的春天的微风，凉凉的，似乎可以剜割我的心。然后，车慢慢启动，我看着他们和我们挥手告别，再后来，便与我们挥着隔窗而过，渐然远去。

这时，我莫名地涌出，没有原因，便这样无谓地伤感起来，可是，这个客人，我并不认识的啊。我站在母亲的身后，尴尬极了，不好意地用手抹去泪水。车又一声地长鸣，有些凄凉，有些孤独，那种感觉，抛散在渐行渐远的空中和那不远处黄昏里山前的云朵还有那摇晃的干草，浓彩重墨，似乎饱含着人间的离愁和别绪，那时的我，也莫名有了低落与缠绵。

在后来的岁月里，我一次又一次地经历了同样这样的离别场面，我便认定自己是不适合与人送别的，便有意地回避了。

在以后的日子里，慢慢地，我知晓自己是听不得那长长的凄凉的鸣笛声的，那声音沉甸甸的，一如大提琴的低吟，一如古排箫的低婉，让人恍惚，让人沉郁。人去了，那时，便会觉得心空了一角，如梦一般，空茫，散淡。时光，如攥在手心里的沙子，多少的人世别离，从此的故事便在这离别中成了天涯痕迹，就这样随风飘散。

以我当年那未谙人世又脆敏的心，怎能经得那些想象中真实存在的曲折回肠的忧伤呢？

学生时期，毕业告别会上，轻泣声和沉默的泪眼，直抵我的心灵，离愁的情绪压住我的心灵最软的神经，让我喘不过去来，捂着胸口的疼痛，在学校的树阴下流了半天泪。墙外屋的一角，和墙角上的青藤，不远处叶子在黄昏中舞动，还有树上栖居的小鸟无不都在煽动着我的伤感，我在夏日的分别中和那湿漉漉的牵手里，感受着分离在即，天各一方的怀绪，然后在浓重的暮色里，怅然漫步。

一个青春少女的忧伤，在想象中升华，真挚而迷茫。

踉跄地走过了那不成熟的青春时期。如今，现实足可以让人泰然处之，一如所有成年人，眼泪似乎被岁月磨砺得越来越少了。

如今与朋友离别，淡淡的几句叮咛，几个眼神，几个动作，便足以表明心迹，几句轻描淡写的言笑，仿若花香随意挥洒在空中，沁人心脾。然后在风中，听那沉郁的汽笛声在头上的空中响起，再回响。对着那渐行渐远的声音，摊开手心，报以微笑，不轻易伤感，让离愁，在岁月中表达成默然，在岁月的距离中写下牵挂与祝福。把这一生中的友情收藏于岁月书页的褶皱中，让其越来越厚实，越来越舒展，然后，在余下的岁月里，安然细数。

一直以来，我曾投合于一种类似于多忧善感，伤旧惜古之人，这是我性格上的缺陷与伤痕。岁月流逝，在我走过青春，越来越深地走向中年的时候，许多的偏爱便会在岁月的沉淀里不经意地转向，转于另一种自然而从容的生命形态。我自身与生俱来的郁郁寡欢的性格，在无形中被一点点地覆盖，那不是消逝陨灭，而是被一种生命中所沉积下来的成熟的人生姿态融化成一体。我想，在这些散落的时光里只有厚实豁达的心灵，才能滋养从容闲适的情怀。

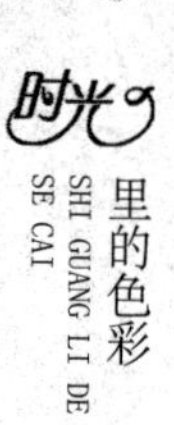

尘香流年

2008始于星期二，农历戊子年，黄帝纪年4706年。

二　月

很多的时间在想一些看似无聊的问题。

比如那些在天桥上与地下通道里袒露伤口以换得生存之需的人。比如那些同样在这些地方戴着墨镜低头弹奏吉他的人。比如下雨天走过人行道的那个从眼睛到脚尽被黑色包裹的女人。这样的事情不知道该不该称之为无聊的问题。也许无聊的人在无聊的时候所思所想的一切都应算是无聊。

我靠在床头，毫无头绪时，慵懒于此。

常常会在夜里突然醒来时，找不到一个合适的地方让自己平静。而自己更对这烦恼的来由一无所知。

哪一天，忽然想写一封信给一个许久未谋面的朋友。然后起身就会去找纸笔，不用找的只有心情。那是提起笔就会有的。

我永远不能拒绝笔尖和纸张摩擦所带来的诱惑。它能给人快感。满足的快感。因为倾泻，因为之后的空乏。

电邮里她说自己爱上了别人的丈夫。却又能清醒地看到结局。不知道应该如何结束。她说现在的心里，有些不能承受这样的苦难。

她说早已忘记了怎样的开始。模糊了那些月光如银的日子里，是怎样的一种渐然扭曲。

我与她说他与她的城市有多远。

不知道。

我问她你离他有多近。

很近。

她权且把前者作为现实，把后者作为假设，你就能看见什么叫虚幻，什么叫辛苦恣睢。

她应该是苦难的女子。也许不是要承载的太多，而是太少。

三　月

年少的时候一直喜欢自己的语文老师。江南的窈窕女子。从她那儿知道宝玉，林妹妹，然后疯了似地迷上了《石头记》。记忆中她，没有鼻梁上的眼镜，没有粉尘的呛味。如流水的年月逝去，仍记得那发丝上逸过来的清香。事隔多年，人已老去。

我深深知道，最风韵犹存的其实是心底那份最初的青涩记忆。

每年的春天清明时，会回家乡。每次推开故居小院的门，母亲都安静地憩在那儿。怎么会没有旧日袭来，怎么不让人不叹伤。只是一切在睁开双眼后尽是悲苦，余怅万丈。

那个不怎么寂静的夜，搬过一只童年时的竹椅。拭去那些经年的尘灰。月光下，它们漫舞，不知最终会逸落在哪个童魇的梦里。轻坐着，听母亲说春日里的一树桃花，夏夜的几声蝉鸣，秋初的几片殒叶。听母亲说邻居的难处说亲戚的友好。听着听着，我便在母亲已熟睡的轻鼾中流泪了。

十二岁的时便去了城里。从此，一步步远离母亲。那时的我，不知道县城离家有多远，凌晨时趴在车窗上看远处的一座座他乡的山。那些黢黑的庞大的连绵的怪物最终阻断了我和注定要别离的故乡。

一个经历让我曾经以自己是一个丧失了故乡的人。太过频繁的迁徙，本已丧失了它的意义。

有过多少的路程，又有过多少在梦中错过的山。看到一个片段，她儿时随父亲回家乡，随他寻找他生父生前的点滴，还有太爷爷那一大把不刺手的胡子。好长，好长。她第一次看到涕泪纵横，父亲在第一次谋面的祖父母面前痛哭流涕。太祖母抱父亲时颤抖着发白的头发与沧桑的皱纹。

想到年暮时的自己是否也会有如此无助，也许到时心中已积满了比片段里太爷爷的胡须更长的飘摇野草。

人太多的时候只是在路上。偶尔看车站里那些大大小小的背囊，看票根上那些各异的城市名称。迷蒙的时候更愿意当它们是种安慰，没有终结的寄托。

拍过很多路上的照片。铁轨。杂草。夕阳。甬道。小站的交通员。马背上睡着的孩子。

把它们都冲淡成记忆，连同无数的劝阻，一起装进背囊。顺带家乡，送给白发苍苍的语文老师和我那喜欢沉默的父亲。然后看着他们无声的笑容。我欣喜地停驻在他们仍有的叹息中。

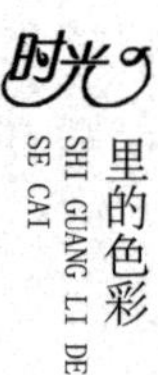

四　月

不喜欢有太多经历。

想自己的生活是一片一片的。没有习惯，只有生活本身。如果非要找出一个习惯，习惯别人不习惯的事，也许是我的习惯。

那一天，阳光灿烂，与朋友远行，远远的。坐火车。从任何一个属于或不属于自己的地方。看着站台上庸忙的人们，猜想他们的身份，去往，最终的归宿。

喜欢黑夜里的列车。包容宽大的感觉，却又有不可猜测的危机感。它能让你坐下来写自己，以及旅行，再到达目的地。在长途列车上可以认识不相识的人。听他们的故事和唠叨。然后在下车后又成为陌生人。他们让我可以在某一个瞬间对自己抱有希望，也会让我想忘记自己的所有。

人很多时候不都完全是自己的，或者身上和脑子里会有别人的东西。也许是情感和余恨。惺惺相惜和离去有缘，还有那些挪动本已停却的双脚。无需一个个借口，只要喜欢。

与朋友走到车站。看火车和站台。

想着铁轨异端的明媚里是否也会有一个如此凝视着黑暗，体会仄仄中冰冷的人。也许你就是，或者你还没沉到如许的深。

仍然与朋友走。

远远的。

深蓝色的包，里面有书。药。有纸和笔。有所有的我能对它们负责的东西。有时坐下对雪白的纸没有一点头绪。有时却会在我身边一无所有时有无穷尽的东西要写。

想写点关于一个于车上相识于车上离别的人。一个异地。一些处于边缘的情感。

就是这样的一个人。琐碎。落寞。悠闲。一些于人不解的举动。一些事情发生和结束都在瞬间的索然的背景里。背离。脱节。骤然的。

也许彼时的哪一刻相见，却是头也不回地走掉。陌生人里，时间和空间没有为我们留下一丁点的印记。

五　月

5月12日，农历四月初八，洗佛节。晴。有风。太阳很大。梧桐树落下的毛球很多。四点，电视新闻里，一场灾难席卷。天与地同哭，我在电视面前惊骇，场面一片混乱，画面抖动，很多人的眼都随之疼痛，这是我的回忆里最怕提及的伤，这是大爱下的痛，我突然感觉我的情感如此难以承受。

报纸上在说那个城市的历史可以上溯到两千年以前的文脉沉淀。古老的建筑在历经风雨之后拥有了超出自身之外的价值。老巷子里的院落街道以它近百年的岁月被视为老邑都的象征。而它们在灾难面前突然消失，而我们却束手无策。

那些无数个下午，那些的街道应该是都浸润着茶香和笑声。石板路、木门、梧桐树、院子和树叶间的阳光有最温柔的力量。

一去不返的时间，变为了我们蓦然回首凝视的地方。那些在朴素的院落里消逝在那个日子里，变为了回眸时的万千感受。而定格成一个破落的画面。

哀莫大于心死。那些血腥味犹存的记忆，它会萦在你心头，绕在你耳边，束住你的手，缠住你的脚，最终缚紧你的灵魂，把你死死的钉在锈迹斑斑的十字架上。

默哀日里，三分钟，带着几十忆人的哀痛，娱乐节目全部停播，各大网站首页均以黑白色，喇叭，鸣笛，空中响起警报。行人停下，上课的停下，那个哀痛足以让泪水冲击心灵的最深处。沉默、哀痛，我们如是。

六　月

有人就这样突兀在生命里了，然后越发敏感，神经质的敏感，不能承受一点点来自反叛似的动作、语言或眼神。然后，我在音乐里沉淀自己，想来歌曲中是有很强烈的成长感的。

带着一种情绪在所唱的歌里，和过往的某个片断对接，就会体会到一种静默的成长。这可以是对曾经心路的温习，也可以是对日益坚硬的心灵的软化。我在音乐里寻找一些诗意。忽然发现，成长，也许会在瞬间里感悟和唏嘘。

在这个小城里。没有找到它的中央。我想那些敏感袭来的时候，周遭的力量会把我挤垮。

我不够坚强，很多的人事迁徙，来去匆匆，郁郁寡欢，牵牵扯扯。得到的不是别人失去的，失去的也不是别人所必须得到的。你会觉得这也是一种悲哀。太多的过往堆积在心里，堵得你透不过气。然后你沉寂，收缩所有的防线，掩着伤口夺路而逃。

有人说，有信仰的人和没有信仰的人看上去是不一样的，特别是女人。有信仰的祥和面善好看，没信仰的显得有些无助紧张。我发现，我是后者。

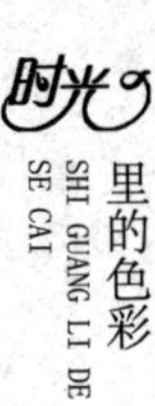

可是，谁能说过曾经沧海的人是不在意情感的零敲碎打的。这个六月，太阳不热，我心也渐趋平静。

结

一群人在高声说笑。为了刚完成的旅行，或是某些无聊游戏中的得失。他们脸上显出幸福的感觉，只是洋溢出的色彩太多，看久了让人眩晕。

这些红男绿女们在传阅着各自的骄傲和持久的却不怎么真实的矜持，还有略显苍白的感悟和唏嘘。我想我们都是游离态的，为何非要找个理由，找个名分，把很多人绑在一起呢？仅仅是因为我们的寂寞？

我仍然钟爱梧桐，落叶乔木。幼时树干呈白色，叶子掌状分裂，叶柄长，花单性，黄绿色。木质轻而坚韧，可制乐器和各种器具。种子可以吃，也可榨油。为象征幸福和快乐之良木。

十月，十一月，无霜期每年从春初第一次降霜到秋末第一次降霜之间的时间。是有利植物生长的季节。各地的无霜期随气候的寒暖而不同。

静坐时我看到了橱窗里温度计上的一行字。

冷暖两相知。

第二辑 旧·时光

用“千山鸟飞绝，万径人踪灭”来形容这些情感，让那些破碎支离在我的眉间。额上泻满如斑的光。

细数旧时光

老 宅

青砖黑瓦，画檐石雕。灰色的墙，灰色的门。我没有住过老宅，少年时，时常听得祖母与曾祖母说着它的旧事。它隐在竹林间，西厢处的墙角，一棵和它差不多年龄的梨树，果子总是结得老高，少时的我们，对那棵梨树，总是充满遐想，希望它会在梨子成熟时，随风飘下来几个，因为，实在是太高，我们很难能吃到刚好成熟的梨子。老宅，坐东朝西，没有下堂，大门放在偏北的地方，所有的房间都打了水泥，想必，当初，是最好的房子了。老宅大厅光线明亮，房间却是阴暗狭小。记得记事起，老宅的正房的小阁楼里，放着几口寿材，抬眼间便可以看到，散发着它独有的气息，因此，我们便不敢走进正房，经过时，亦不敢抬头看它们。有一种莫名的恐惧与敬畏，让我在每一次眼神触及它们时，有一种想要被窒息的感觉。于是，对于老宅，便有了另一种不可亲近，与害怕。

老宅靠内的墙大都是木质结构，曾祖父从镇里搬到这里时，几番周折才住进这个老宅。因为从外地来，没有田没有地，日子过得清苦而飘摇。亲戚们纵然是常常接济日子还是艰难。有亲戚提议，老宅里有一个孤寡老人，亦是我们的一个亲戚，因为无夫无儿无女，家中有房有田亦有地，只希望找个可以养老送终的养子。于是曾祖父与曾祖母带着祖父住了进来。侍奉她，直至终老。

听曾祖母说，老宅里的高祖母，为人冷淡，亦不太与人交往，纵是有事，亦是很少求于他人。但，很疼爱祖父与父亲。高祖母是解放前宁洋县县长的一个亲戚。因为家处离县城很远，不能一天到达，于是在此处，建了房，好有个歇脚之处，又因无人看管，便请来了高祖母打扫看护。高祖母尽心尽力，亦有结婚，但终不能偕老，解放后，许多人去了台湾，县长也不例外，丢下家人宅子，从此没有消息。高祖母也并没有因此受到打击。曾祖母说，每一次县长要回乡时，便会在这里歇一个晚上，身后，便是一大帮的人。

有时，有坐着轿子的贵妇人，绑着小脚，穿着绸缎的衣裙，满头的金银，说话细声细语，身边跟着的丫头亦是俊得不得了。曾祖母要为她们打好洗脚水拿到房内，由她们的丫头管着，如果贵妇人高兴，也会赏些小铜钱给曾祖母她们。第二日，大班人马浩浩荡荡。曾祖母说，虽然他们是大官，但，对高祖母一家是礼数周全客客气气，不时救济。我对于老宅里的故事是好奇的，但，很少能听到老人们详情尽说，偶尔也就那么随口说几件。

对于老宅的历史，我们小辈是模糊的。我记事起，我们家已搬出了老宅许多年。大人们，把没什么用得，或大件的家具都会放在老宅里，也把鸡鸭，放在老宅的天井里养着。于是，或在清晨，或在傍晚，老宅里，依然人气浓郁。我最怕在傍晚的时候去老宅，母亲会在这个时候叫我去喂养鸡鸭。于是，我便会叫上妹妹与我一同去，妹妹亦是害怕的，但，大人吩咐的事又不得不做，于是，两个小鬼牵手蹑手蹑脚，我们最怕的就是正房里那几口寿材。每次眼睛触到那个福字，心便会莫名的颤抖起来，如今想来，这应是对死的一种恐惧，因此，便心生畏惧。我们急急地走过正房，急急地洒下谷食，匆匆锁上那已斑驳的大门，跑着回到家里，还要回头看，有没有诸如人们传说的背影什么的跟过来。于是，拍胸，舒了口气。

老宅在岁月中，散发着它独有的节奏，缓慢地在我们面前，逐渐陈旧。如今快要倒塌的老宅，承载着它的故事，隐晦的，独特的，阳光的，都随之而渐渐成为空气中，那抹不可触摸的气息。我无法用自己的心灵触觉去感知它那特有的凝重与简约。好似在每次提及它时，便是从很远再回到原点，无法启及，无法丢弃，一如孩童时，对它墙角边的那棵梨树帮，充满期待又充满矛盾。

影　韵

小时候我总喜欢站在黄昏苍茫下仰望它。它一如一道可以通向夜的门，在暮色中伫立。也喜欢在这样的景象里回忆，不知是心境老了还是现在的繁华丢了太多的纯朴，我总会回忆年少时能记起的场景。

在夏天黄昏的夕阳中，我们随意地跑起来鞋子抛向空中，这时刚出来的蝙蝠便随之改变方向，鞋子便在这个时候在空中画了两道弧线，而后急速落地，在这个当口，蝙蝠掉头飞向更高的空中。因此，我们更是一遍遍地把鞋子抛向空中，想着把蝙蝠打下来，一头撞在地上，可我们，每次都没有成功。它们无言地忽右忽右，或高或低，那沉默的暗影，让黄昏变得更加亲近与神秘。然后，夕阳慢慢地淡去，黄昏便这样滋长成黑夜，朴素又透明。

早年，村子还没有电灯，忙碌一天的人们吃完饭，就会在哪家门口有大坪子里，拿几个小凳，一壶茶水，女人们用扇拍打蚊子，拉着家常，男人们便点着烟，说着今年的农活。有月亮时，人们便会泡起茶，一杯接着一杯，偶尔也看看门前的菜园，也看看不远的山，说的话题总离不开孩子与农作。哪家孩子考上重点，哪家孩子不读书，谁家的田里没水了，谁家的稻子长虫。没有月亮的夜伸手不见五指，看不清谁的脸，只有开口说话，才知道对方是谁。村子里，稻田从村头一直延伸到村尾，禾苗在夜风里摇舞。向西的一个缓坡里，能看到萤火闪烁。我们在大人周围嬉闹着，刚洗过澡的身体已是大汗淋淋。

乡村的黑夜是透明的，一如一朵待开的花，富有张力，把我们的梦包裹，然后，悄悄融化。那时的夜清新又干净，散发着泥土的芳香。萤火虫儿在它的翅影里游走，邻家的男孩子便拍手，萤火虫儿就越飞越近，它们绕过芒花，飞进院墙，我们便跑进院内，把它们拍打在地上，然后装进透明瓶子里，它就在黑暗中透着一圈一圈的光，我们便把它放在芒花边上的草地上，用它来吸引更多的萤火虫儿。

我们时常会追着萤火虫儿，一个个地把它们装在透明的瓶子里，晚上把它们一个个放出来，于是，蚊帐内，如星星点点，美丽又梦幻，除了这些，夜里，便没什么可看的了，这些萤火虫儿，便成了孩子想象的出口。

黑夜便这样不动声色地看着我们。黑夜里已无人居住的老屋显得孤独又神秘，在夜里，我经过它时，总会看老屋门口闪着光的铜锁，在那时安静的夜里，它显出的是一份寂寞与冷清。老屋和老宅不同，它有有二层台阶，七间屋子，一个大厅，一个天井，白天里，偶尔可以看到蚂蚱跳过长满青苔的台阶。老屋的气息是安详宁静的，屋后是一片石竹林中间有一条山道，墙的各两边开着两个窗子，像极了老屋的耳朵，左边的窗子边，有一棵硕大的梨树，右边的窗子是小路。

我便沿着那条中路绕过老屋的大门，住西边的梨树走去，因为太高，一直是打不着梨的，常常就这样仰望着，期待来一场很大的风，把它们吹落，偶尔也真的会有风来，也掉几个梨下来，这时的我，幸福地傻笑，然后抱着它们，找邻家姐妹去。

我还可以从这两个窗子里往内看，看老屋的过往与安宁。偶尔会有壁虎从窗棂里爬出来。我就顺着老屋的墙根走，看着它，直到它再次进窗。

乡村是安静的，如果有雨，便能听到禾苗叶子动听的演奏，沙沙，哗哗。屋檐的水滴落到那已被滴成小螺形的口里，有节奏地，在夜里，或在白天的午后，嘀，嘀，然后我伸出手，接住它们，水溅满袖口，便会听到曾祖母叫，湿了湿了。

回忆是酒，越品越醇，回忆是茶，愈品愈香。我想念那纯粹的夜，它从山顶一直到树枝，在每个角落的每个细节处，都散落了纯洁与纯朴，一如温暖的翅膀，把我抱在怀里，任我想象，任我依附。它把乡道掩盖，把桥梁托起，把树收藏在风里，把狗叫拉长，把原野清理，把我们的思绪带得更远。

乡村的夜，我曾经的那一抹韵，它停在不远处，在树梢之上，在屋檐之下，它正悄悄地蕴孕一场场希望，在黎明到来之前，把它们一一散落。

阳光的味道

1

很早的时候，就很想为一些记忆详细地记下。时光匆匆而过。也常常会去想念已远离，在记忆中的那些微笑，还有那些，有着阳光味道的人，事，地方。我亦不知是什么，什么样的举动才能让这些记忆越来越清晰。一再地想保鲜那份温暖，担心时光中尘世的灰侵蚀灵魂的东西太多，像潮水一样，在岁月中，不断地淹没和扑打。有时，会感沉一种沉重的窒息，想着让自己于阳光之下，放肆呼吸。

喜欢在电视上看旅游节目。《走遍中国》，木笛的声音，显出它独有的孤独和苍凉。空旷的沙漠，灵秀山水，还有那厚底布鞋及沉重的脚步，独行，便成了一种高大与宽厚的影子。会在镜头转换的刹那，有了一种体会，这是可以让心发凉及灼热并存的感受。

2

我的家乡山清水秀，有一座天台山。成年后的我，已很少去了。许是缘于对故乡的一种不能割舍的情怀，那日的清晨，与友人，重踏旧地。踏入那有着几百年岁月的古道，青苔深浅处，无不透出那厚重的沧桑。

那是我们村人敬供几百年，甚至上千年的“佛地”。便也想起，小时候，和曾祖母及奶奶，挑着供品，带着欣喜与雀跃，一摇一蹦，朝那村人的“圣地”走去。庙里供着慧真祖师。乡亲们，每年的农历六月初一或十五，都会如我们家这般，忙于那个方向，走去。或三三两两或成群结队，都祈求祖师保佑平安。

六月这一个月是热闹的，庙里火食时时供应，无须交费。清凉的风，祥和的气氛，有些远近闻名的乡人亦在这个时候相聚于此，于是，有些久未见面的旧友，亲戚，便也聚于此，这里也成了相聚相见之地。也有人带着心愿来求，在这里，有一个特别的旧俗“圆梦”，如若你有心愿，便可以六月这一月的某一天，大多人选在初一和十五两天。来这里睡个小觉，眯上一小会，在要去睡之前，必在祖师面前点香说缘由，求祖师赐梦。

这时，安然睡去，便会在浅睡时收获一个梦，醒来，可找这里的和尚解梦，便是你求愿之答案，好坏皆在其中。这一旧俗，从最初一直延于如今，仍有人津津于此。小时候，我也随大家去求梦，睡一觉起来，竟无梦可解，许是山风清静，成全我一梦了无痕了。

如今，庙宇仍在，去的人越来越少了。在不久的将来，不知这里会不会被现在的文明所湮灭。与友人，一阶阶地走。极喜那种起落艰难和空洞。于临高处，高声喊起。听那脆脆的回声。也可以在寂静之外，回忆，向往。

到达山顶，走过庙宇，拜过祖师，便安心行走。在山风中沉默，山外繁华浮世，山里，却是这般寂静。世事在改变，山里的一草一木却是那么淡定长成。如今想来，有多少人，能够了安于现状淡然尘世。我亦是不能的。五月间，是这里杜鹃花盛开的时节，满山的红，满山的纯粹，它们不被打扰地开放着，那么含蓄又那般张扬。

山风吹过，微凉，整个山谷的花，在对风的方向摇晃着，这时，如果你能赶在清晨到达山顶，在云海之下，在云雾之中，赏杜鹃，别有一番唯美与大气之感，这种宽阔与婉约并存的时候，是最震撼的。那是一种尘世之外的缘分。是能把你的视角震出眼泪来的。在我还感在为此感慨之时，便也知，眼前的美景是无法拥有的。

3

在如今离乡多年的时光中，许多的感受轮回着，从最初回到虚无。在小城里游荡时，夹在陌生人之中，体会着它繁华的气息。也会在某个休闲室里，挑一个靠窗的位置，与好友相对而栖。坐在温暖的阳光中，凝望窗外，看尘烟和风情，在这样的安静里，便似乎也是快乐的，这种感觉没有停息。时光，也在我在一想一望间慢慢更替。

也就在这个当口，想起曾祖母和奶奶，在阳光下纳鞋的场景。小时候的鞋都是大人们做的布鞋。春耕农忙，夏日炎热。这二个季节，是家里人忙于生计的时候，到了秋天，便匆忙收割。待到鸟飞尽，食仓满时，老人们便有闲下来的时候。说休息，是谈不上的。在初冬大约十月初开始，家里的女人们便忙碌起来，忙于做鞋，也忙于做些地瓜丝及干菜了，这时候，家中的女人们也叫着休息男人们去走家串户，吃茶喝点小酒。

有时曾祖母便在霜天晓角时，起来洗被子。还用米浆过一遍，等到太阳出来时，便晾于竹竿上。等到临进傍晚时，便收起放于大大的竹筵中，这时的被单是硬而香的，曾祖母仔细铺开来，把被芯放上，再放上彩被，便这样，从一个角斜着三角缝起，四个角必是斜脚的，才能让被子平整起来。这时，我会躺于她刚铺好的被单子，那香味，如今依然那么清晰。

我最喜欢这个时候的家里，有着太阳的味道。清早的时候，家人们铺开大大的筐箕，再把要晒的东西铺平。然后，母亲把不用的布头，一层层地粘起，曾祖母用它比着鞋样，剪出大大小小的鞋样子。奶奶用木锤子，使劲拍打它们，让其结实。就这样，一步步做着。我们小孩子，在那个时候是最快乐的。可以在阳光下，听家常，听曾祖母那细腻甜美的山哥：对面山林，一朵花哟，阿哥走路，别回头咯。唱着，听着，笑着。

阳光下，曾祖母的脚边，猫懒懒地躺着，猫的身边，便是菜干了，地瓜丝在竹架上面，女人们，拿起针线，纳鞋底。等过年时，一双双新的鞋在我们的脚下，温暖舒适。时间就这样走着，中午的时候，母亲便准备一家人的饭菜，父亲与祖父偶尔在亲友家，便只有女人和孩子的时候，母亲也就不那么精致煮菜，芥菜与笋干，加上一两个蛋。我们的影子从长到短再到长，从斜到直，再到斜。到傍晚时分，母亲去煮晚饭，奶奶摘菜，曾祖母便会拿来竹筐，收聚这些有太阳味道的菜干和地瓜丝。我们随时捧起一把地瓜丝放于口中，使劲嚼起来，嚼着它那有着太阳的味道，嬉笑不已。

4

在每年的冬天的最后日子，也会随老人们去还愿，去庙宇，去大树下。那是村头的大树石壁上，那里人们供着一尊村上古老的老人。人们都说，在那里求字与官和财是最有神的。老人们每年的年头必去求，为孩子亦为男人，为家里。到年底，便一个一个还了。

其实，那个石壁上，并没看到像，只是一个传说，古时候，有一个姓付的人家和一个张姓人家，都去学了道法，回来便看谁道法精通，便也斗起法来。后来，张姓人家被付姓熏了黑脸，便气不过来，把付姓人家赶到这个林子的石壁洞，因为后来斗法，付姓输了，便不敢再出来。后来，村人时时来祭拜，也相信有神灵起来。老人虔诚膜拜，我们都在嬉笑，老人们小声吆喝。我们便也跪下，感谢一年来的保佑平安与发达。

这时候，我最喜欢是这里的清静了。坐在小溪边的石头，看小鱼游过，看石螺缓动，便也会拾起几颗彩石来。带回家，放在玻璃瓶中，时时打量。

再后来的日子，大家们便忙于过年，除尘，蒸年糕，祭祖，备年货，送年礼，新衣服也在纳鞋子期间，一一做好，放整。等着正月初一那日，我们再穿上，于是，我们便天天盼着过年，天天去看看新衣，看它们会不会长出翅膀，飞于梦中，穿于身上。

5

曾祖母喜欢苦楝，常用它煮水，然后在夏季，擦我们的身子。它对于夏日常会有一些小皮肤病的人是最好的一种疗法。即使，我们没有得什么皮肤病，曾祖母也会在适合的时候，为我们擦拭。我极喜欢这种青草，微苦，亦有些涩的味道。

曾祖母常常会对我们说，它欢喜温暖湿润，所以它无所不至。远离原生的南越乐土，因着本性的执着，贪婪着险象环生的燕北温湿。隆冬的一场风雨，萧了华叶，烂了虬枝，枯了柔心。

曾祖母说话是诗意的，现在想来，她的每一句话都是那么安然，亦是可以吟唱的。我想，如果她能够生养在这个时代，她会是最好的诗人了。曾祖母，执着，几乎是固执种植苦楝，采摘苦楝，晒干，收起。用她特有的利索，把它们收藏，如今，已无人再种再摘了。

苦楝，我贪恋那一树芳华，狂热那一树粉紫，它不惜以苦为冠来珍视一树花开后的果实。索冬枝头，苦楝丧失所有，只余一树褪却光鲜的孤果。它们不再光泽，面容憔悴，悬在枝头。四面厉风，扯开道道裂口，乌黑干皱的皮向外打卷。

它们傲然，它们不语，它们已爱上这样的纠缠，它们知道它们的期盼。春风划破浮冰的障，入土为歇，扎根发芽。

即使春不再来，即使土壤不再恬沃，这处隐痛也已漫过了一季的爱恋。

苦楝，自此不再语言，自此不再侵占谁的半点春光，它自知一己的天命与操守。

它的茫然神伤是自然的恩慈，微渺期待是天定的宿命。它从此无意季节变迁，再不理睬春的召呼。执意蜷缩在命运的冻土，安然地遭受侵蚀、腐化、消逝，它把一丸命定的苦栽植进土地的脉络里，以粉身碎骨的姿势笑看灿若桃花。

苦楝，落叶大乔木。春暖花开时，请微笑享用，自此，再无人侵扰。它干直立，树冠伞形。细色泽，叶绿色，花开粉紫色。冬季落叶。

阳性植物。需强光。耐热、稍耐寒、耐瘠、耐风、耐碱，大树移前需断根处理。我的曾祖母，何不是如此呢。苦楝，落叶大乔木。已无人再栽种它。

6

八岁的时候，我得到一份礼物，一盆太阳花。那个夏天，金送来的时候，花开得非常艳。放在我后院的木架上。以后的日子，我便每天去看它。那些时日，放学时，便飞跑，我不知我能给太阳花什么，只是想着回去看它，一颗心在跑的时候跳得疼痛。我不分时间地给它浇水，它在我能触到的视角中，依然艳丽。我爱惜地用手轻轻抚摸，像婴儿一样，纯洁，无邪。我常常凝望着它，用我那纯粹的心。两个星期后，它突然发黄，我心慌得连忙给它更多的水。我以为，这是最有力量的方法。金对我说，你给它浇太多的水了。太阳花，不必这么细心的，随便养就可以。

我手足无措地看着金。将信将疑。接下来的日子，我不再天天浇水，花还是慢慢枯萎，叶子渐渐干枯。金叹息一声，你是不分时间浇它，太阳灼热时，你不能还浇呢。我才明白，这是我的罪过，这般美丽，便在我太过无知的呵护下，悄然消逝。

我把那盆花干枯的太阳花捧回金的住处，说，救活它吧。泪流满面。再不看它一眼，飞跑出去。金说，你真的不要它吗？是的，我承担不起这责任哩。还是断了好。太阳花又回到它原来的地方，我偶尔去看它。看它的花瓣慢慢飘落，叶子也随之而落。也看它在金的呵护下，悄悄长出新芽，然后，又开起花来。

金说，还送你。我摇头拒绝，她吃惊着说，你真残忍。我亦不知如何答她，现在想来，太深刻的感情，只能让我选择逃离吧。甚至以为再无更多的勇气去承担那份责任。那时的天真与单纯，不明白，有些时候，爱一样东西并不是一味地呵护，亦不是逃离能割舍的。现在如此寂静的内心才能够明白。

7

人生中，我会去许多的地方，会认识更多的人。去过的地方，邂逅的人，遭遇的事，看过的风景。所有的每个细节，每个美丽的点滴，都值得我如此用心去拾起，去回忆，或完整或残缺，往事在时间里没有褪色，亦没有时间鲜活。

曾经有过的繁华和显赫，在时光中，如过眼云烟，抹掉了的酒香，亦有着它沧桑的味道。暗淡了一些失缺，也覆盖了许多尘锐。所有挣扎过的灵魂，都值得我去回忆，去尊重。

渐老时光

清 晨

秋天，我所居住的小城，突然下起了雨，小城的天空晨雾里微微的寒气。

站在阳台上，薄雾轻轻地浮在地面以上四十米的半空，覆着这个城市的梦，没有谁忍心打扰。清晨四面八方的声音及其发出者，夹着匆忙与喧哗，多半的表情应该是心不甘情不愿的。头顶灰白的天空上，流动的只有时间，氤氲着这座日渐偏离轨迹的城池。

突然怀念家乡的清晨。怀念与祖母外婆在一起的时光。睁开眼便是满目的和蔼可亲，俯身下去听到的是醇香的泥土中芽苗抽长的声音。这些最原始最自然的声色在渐渐离自己的感官远去时，又突然被我拉回。许久的离开，如今置身故乡之外的任何一个地方，有一种感觉不分时令季节的突然来袭。那叫牵念。

在这个亲人在或不在的城市，我看着日历熟悉季节，听着心跳摸索温暖，可以在阳光下沉默，可以在月色里任意诗意，想着曾经的温暖与血液亲情，闭着双眼醒来，便力争微笑，力求安好地生活在这里。

祖 母

傍晚时，在祖母的房里，梳理着她稀疏而灰白的发丝，听祖母琐碎地说着过往，说着邻居哪一家生了孩子，哪一家取了亲，我们家的兔子生了几只，家里的菜在前几天的霜冻被冻死了根，说着那些我差点忘了的、只有祖母能记起的片段。感觉到光阴此时那么的清亮，以至于雨什么时候停了都不知。祖母依然用她温缓、淡定的口吻说着，说着说着，祖母便苍老了许多。

从小就一直和祖母一起，从一岁一直到出嫁。祖母好似母鸡护小鸡一样爱着我。因为与母亲不在一起，所以，便疏离母爱，祖母便填补这个空缺。她的爱无声无息，不急不躁，在最适时，最稳妥地出现。祖母的一生可以写成小说，祖母的坚强，是我一直仰望。

那年姑夫离世时，祖母沉默地为姑夫整理寿衣，看着她的背，那么瘦弱，又那么高大。一种力量在她的身上传递，灰白的发丝有些零乱，我的祖母老了，我才感觉，她也是需要安慰的。祖母摸着姑夫的遗体说，孩子，你来我们家三十年了。然后，只抚着姑夫的脸，像给婴儿洗脸般轻柔。祖母干涸的眼，疲乏的脸，我看着她在感伤的中央，而我却束手无策。祖母的双眼，就像凝视候鸟，发现那种远望的飞行，可这一切不过是专注的殇动而已。夕阳，远方，渐寒的季风。我八旬的祖母。

祖父去世那日，阳台上已枯了许久的紫薇花突然有芽。回到家中，祖母坐在床上，第一次见她如此脆弱，像一根柱子突然坍塌，把所有的坚强都瓦解。如果沉默可以安抚深隐的伤，那么它可是无尽的深。一种失去深植心底痛不欲生，瞬间穿越心灵的隧道。无助潮湿的阴冷，片断在无序的剪辑，一场痛，一幕烟。我的祖父带走了她一生的艳丽与无奈及幸福。祖父安葬那日，祖母静静地坐着，我握着她的手，凉意直透我的心底。我知道，祖母的天，从此，塌了。

祖父离世后，祖母不肯离开那个屋子。我每次去看她时，总看她栖在屋子里的角落里，看窗外，迷离的眼，有些空洞，有些祈盼。她总说，祖父没有走，一直在看着自己。我从祖母的眼中，看到了失落与孤单。坐在她的身边，突然感觉，祖母从没如此忽视自己。才知，祖母的心，已随祖父去了，再无多余的力量关注身边人和事。

祖父三周年那日，我们都回家。祭台上，放着祭品，我从北京带来一些北京风味小吃，祖母说：老头子，大孙女从北京带回东西了。祖母平静的脸。嘴角微笑。她给我们每个人发了一个红包。很厚，我惊讶地看她。祖母说，这是我的纪念，我在有生之年里，在头脑还清醒时，先把我的“手尾”给你们，算是祖母一生辛劳的祝福吧。以后，我若哪天离开，这便是我的一些念想。

似乎是太久的泥淖，带着没来得及风干的淤泥气息。只需一瞬，已在面前，俯身，纷扰开合如此静默。

这力量持久而强大，千帆过竟，撩乱心海的平静，涟漪漾开，圈套难解。与祖母的时光里，知晓了十指交缠的温暖，不安中左手换到右手，时光却一如倒影。我仿若拈住一株妖冶的花，看胸前也被浸成纠缠的图案，不忍拭去，无限亲近那片辛辣，淡忘日出日落的刻度。我说过要用“千山鸟飞绝，万径人踪灭”来形容这些情感，让那些破碎支离在我的眉间。额上泻满如斑的光。

外祖母

去看外婆时，昨日上午9点半难过地哭了。她灰白的头发在屋中，皱纹刻过我的手掌宠爱画得那么长，我的手心曲线在那里纠缠，在寂静中，被夜撕得那样难堪。我的外婆在光阴里逐渐，把钗与牙丢了，而我无法帮她找到。

外祖母一生辛劳，她好强的个性，使得外祖父便早早地自己居住，外祖母便倔强地独自生活。也孤独地护着自己的心。外祖母的屋子是芳香的，窗子亮茶几平滑。外祖母爱干净，就连外面的走廊也是被她拖得干干净净，她伤了一只手，也能做得如此好。

她坐在床沿。受伤的手拿着梳子很久都不曾摸索出合适的拿捏角度，指尖和眼眶已各自暗色笼袭，酸涩不堪。外祖母随舅舅离开家乡太久了，外祖母说：囡，你今天来，就像天上掉下金子般。她苍老的脸有了些许艳光。囡，我一天没说一句话，他们都在忙，他们都说我不听话，把手摔了。囡，我不是故意的。

我梳着她稀而白的发丝，轻轻的，一如外祖母少时为我梳头的力度。外祖母说着话，重复着。外祖母的神智越来越不好了，总是忘了曾经说的话。她说：囡，你听到谁在说什么吗？不是外面很热闹的缘故，是屋里有人一直和我说话，整天整夜地烦我。我很怕。奶，那是你没睡好。不是的，囡，我是大限将近了。囡，我想回故乡。只有你一个人时我才敢这么说。我想回去的。去老屋。囡，你要煮饭了吗？要回去了吗？我的外祖母，我曾经好强的她，这么瘦小，这么需要依靠，我该如何面对你，我渐老的外婆？外婆，你让我泪流满面。在这瞬间怒放的欢喜与期盼尚有余温前，我想我是不应该离开的。

离去，是最大的苦炼，甚过修行。

囡，你回去吧。我要赶你走了，因为，你终是要回去的。今天，天上掉了金子了，外婆感谢呢。外婆，我要如何才能抚平她心内的孤单，她那渐失的心智，我们要如何才能找回。我走于楼下，回望站在阳台上的外婆，她瘦弱孤单的身子久久地站着，久久地不肯回去。她的额前划出的生硬怨痕，清晰醒目，写满孤单的寂寞的悲伤。

我转身之前，再看看有过灿烂的地方，纹路清晰，难以名状的矛盾与不舍。

告别之后，别发出任何声音。

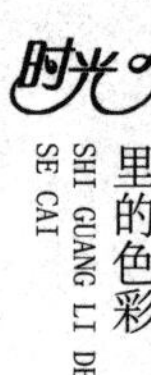

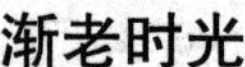

渐老时光

祖母与外婆，曾在我幼弱的额前画了一朵幽兰，一如在母亲的鬓边画山朵兰一样，开得如此绚丽。那些分叉的色线，漫过眉间额头，浸到我深深眷恋的地方。那角度像极了我的手指，弯曲成需求的倾斜。我在她们中间只需轻轻一呼，左手中便是你的右手，长长指尖划过我的手心。血液涌动的声音清晰和谐，带着安然久远的低鸣。可是，我如何都不能找回她们的时光。只能看着她们的背影，看时光如何老去。

我的双眼见识了岁月，它们，在每个季节里，在这个渐寒的秋日里，化成另一种姿势，脆弱而绵动。惦念与温暖灼伤了一些静默，在大家都溺爱的布满尘灰的镜前。我闭起的眼睛，还是可以看到了它的不安和恐惧。

一直是把时间撕成条形的印花棉布，温柔在每一个迟疑的瞬间，时光被我揉在了手心，曲线中满是尘土的味道。我努力用不易察觉的姿势传递那一丝最暖的阳光。想笑得一如从前，像孩子一样。

流光浅移

康乃馨·母亲

去年的这个时候，从花市里买了盆康乃馨。买的时候没有太多期待，只是因了这花与母亲相联，也因了这花的美丽，心里想着能否在自己的栽培下开花。不料，前些天，花真的开了，刚好在母亲节前夕。不知是花有灵性，还是花期如此，我惊喜于这般美丽。它安静在我的阳台上，开得温婉亦豪放。每个花齿之间相连处最显温柔。开花这些时日，我经常驻足，没有太多感想，只是看着看着。

养花与日子相并着，没有冲突，闲时浇浇水，洗洗叶子。这时候，心灵便会静下来，专注于此。一如与母亲在一起时，便是这样的感觉。母亲是不知有母亲节这个节日的，不知是真的不知道还是不去在意。妹妹每年会在母亲节这一天打个电话和母亲说节日快乐，母亲便会笑着说，这丫头，有啥节日的，都一样。言语之外不乏欢喜。我也会在这时打电话，并没说节日什么的，只是和母亲说些家常，让母亲听听我的声音。有时间时，会回去看母亲。带些礼物，亦没有对母亲说是因了这个节日，母亲也没问为什么回家。只笑着说，花这些钱干啥。

每年的春天，会挑个日子，开车回家。每次推开故居小院的门，母亲都安静地憩在那儿。然后，在寂静的夜，搬过一只童年时的竹椅轻坐着，听母亲说春日里的一树桃花，夏夜的几声蝉鸣，秋初的几片殒叶。听母亲说邻居的难处说亲戚的友好。听着听着，我便在母亲已熟睡的轻鼾中流泪了。

去年，终因母亲的身体，母亲，闲了下来。母亲闲下来后，整日无事可做，心里闷得慌。看她焦虑的神情，我不知如何是好。母亲说，身体终是不好了，整夜地失眠，日子该如何打发呢？很少从母亲那儿听到如此无奈的话，她话里透出一种对岁月的无奈，道出那份沧桑让人心慌。

十二岁的时候便去了城里。从此，一步步远离母亲。那时的我，不知道

县城离家有多远，凌晨时趴在车窗上看远处的一座座他乡的山。那些黝黑的庞大的连绵的怪物最终阻断了我和注定要别离的故乡。

从家乡到县城到福州再到厦门再到如今的小城，有过多少的路程，又有过多少在梦中错过的山。太过频繁的迁徙，本已丧失了它的意义。

金银花·父亲

父亲总是安静的。也很少去关注父亲的情绪。只是看到父亲眉角的沧桑才觉着，父亲亦是需要安抚的。接下来的时日，我们如若回家便与父亲打牌。故意让他赢了，然后，笑着听父亲那爽朗又得意的笑声。

忽然想起忍冬，他们还叫它左缠藤，金银花。茎长，叶对生，生于路旁山坡灌丛或疏林中。夏季开花，有绿色的花萼，唇形的瓣。秋季有球形的浆果，熟时黑色。

弯月镰，屈腰杆，右手着力，左手攀扶。遇干枯的枝条一镰即断，遇错结的藤蔓要数刀。啪或滋滋的几声后，暴陈到一边，过冬至后的一个太阳也便晒干了。

传说很久以前，在五指岭山腰里，住着一个金姓采药老汉，和山下任姓老中医合伙，开了家中药铺。金老汉有一女儿叫银花，任老医生有一儿子，叫任冬。任冬银花从小就相亲相爱。后来，为驱赶瘟神，任冬惨遭暗算，银花悲伤过渡，一头撞死在任冬坟前。乡亲们把他俩合葬在一起，却见整个五指岭漫山遍野都开满了金藤花，当地凡是患了瘟疫的病人，喝了金藤花茶，立刻都痊愈。人们为祝福银花和任冬永远相爱，有人就把这种花叫作“鸳鸯藤”“二花”。

忍冬性寒，味甘，花香迷人，忧郁。就像福克纳的《喧哗与骚动》中忍冬的香一直在纠缠、弥漫，关于父亲的回忆中能嗅到忍冬气味随时会跑出来“在南方阴雨的黄昏时节，什么东西都混杂着忍冬的香味”。

去年的冬，父亲给了一罐二花，带着喝吧，冬寒，家乡的土种出来的东西解忧解毒。往来的奔波早已忘了那罐二花的存在，有时自视年轻体健，有时瞧不上那些细小的碎末，便也从不去喝它。父亲有时提起，也便随口应承着搪塞过去了。

早晨的电话里，父亲说你感冒了吗，要不我再给你寄些二花吧，带着喝，家乡的土种出来的东西解忧解毒。

抬头看到小城这片雾蒙云黯的天空，再也说不出话来……

薰衣草·芳老师

和康乃馨同个时间带回它，也在这个春天，差不多的日子开花，紫色的花有有些像儿时看到狗尾草。淡淡的清香的味道，华丽而又质朴。开得温婉又放肆。

很小的时候是从一本图画书里知道它。年少的时候一直喜欢自己的语文老师。江南的窈窕女子。从她那儿知道宝玉，林妹妹，然后疯了似的迷上了《石头记》。亦是从她那儿知道薰衣草。记忆中她，没有鼻梁上的眼镜，没有粉尘的呛味。一条白色的布裙，一双白色的布鞋。

记忆中的学校是旧的，桌子是破的。坐在没有玻璃的窗子边，终于熬过了寒冷的冬。这时的位置同学们终于妒忌了。终于可以偷闲望窗外屋檐上的雨滴，看着雨滴如何一滴滴敲打窗下残破的瓦盆。听听田间吆喝声，大婶们要菜籽的呼喊声。还有那刚犁过的一片白茫茫的水田。这样的风景那时是独享了。我会在这时思绪从课堂里跑得很久，这时候，芳老师便会轻敲我的头，把我从遐想中拉回来，宁静的目光有些许的嗔意。她转身时，我很清晰地闻到了清香的味道，一如薰衣草之味，淡淡的。

后来，她走了。没有和我们告别。在那个暑假里，托人给了我一本作文书。我紧紧抱着书，看着村口那条通往大山外面的小道。后来，只听人说她结婚了，再后来，听说她调到另一个城市，渐渐地，没有了她的消息，我也渐渐地不再记起她。

再后来，我亦是她那样的年纪，也渐渐苍老。想自己的生活是一片一片的。没有习惯，只有生活本身。如果非要找出一个习惯，习惯别人不习惯的事，也许是我的习惯。

那一天，阳光灿烂，我一个人的远行，走得远远的。坐火车。随时离去。从任何一个属于或不属于自己的地方。看着站台上庸忙的人们，猜想他们的身份，去往，最终的归宿。

喜欢黑夜里的列车。包容宽大的感觉，却又有不可猜测的危机感。它能让你坐下来写自己，以及旅行，再到达目的地。在长途列车上可以认识不相识的人。听他们的故事和唠叨。然后在下车后又成为陌生人。他们让我可以在哪一个瞬间对自己抱有希望，也会让我想忘记自己的所有。

人很多时候不都完全是自己的，或者身上和脑子里会有别人的东西。也许是情感和余恨。惺惺相惜于和离去有缘，还有那些挪动本已停却的双脚。无需一个个借口，只要喜欢。走在月台上，忽然想起芳老师，那个引我喜爱文学的语文老师。如今想来，她是否还健在，是否已是白发苍苍。

太多的人，一如芳老师会在我的生命里渐渐走开。只是，薰衣草的味道一直在。对芳老师的记忆一直会在。

花事了·续红楼

从当当网上买了卢晓梅的花事了。有张爱玲的味道，亦有安妮的味道。她在她们俩之间，独成了自己的姿势。那应是一位如花的女子，从书页上看到照片，很美的笑容亦有很美的五官。文字决绝又温婉，每个故事都带着花香，用花的名义。极喜欢她那样的叙述方式。不知是因了张爱玲和安妮，有些爱不释手。喜欢她为主人公取的名字，捷生，羽生。

有些故事太简单了，像就发生在我的生活里。这是卢晓梅在每个人物里注入了血与灵。才让我有如此亲密的感觉。走进她的故事，也似走进她的生活，又或者是自己的生活与故事。是我融入书还是她的思想牵引我。我不去寻思的。于这本书有些爱不释手。对于她的序我足足看了三遍，是喜欢，无缘由的。

同样从当当网买下了刘心武续红楼梦。很敬佩他的学识和坚持，也喜爱他对于红楼梦的喜爱。他说，只是喜爱才有了续，并无太多理由。对于这句话，我是相信的。刘续的红楼梦是很精彩的，看到焙茗为从灾难中走出的宝玉，下跪，宝玉扶住他就是不许，我的眼泪莫名的流了出来。所有的大观园的女子在刘的续书着都有了结局。都如花一样，美丽的生命在瞬间调零。宝玉终是去了，湘云却是又哭又笑，想来，她是懂他的。

刘的续还是有现代的味道，他还是无法更接近于曹，于是，也会心生遗憾，或者，书无须去续也未必不是好事。有些未竟的事和有些东西也许残缺了更显它的美丽。但竟然续也，亦有一份精彩在里面。看完了续书，并没太多感慨，只是觉得，续书中的故事是可以独立成本的。

蔷薇花·结

蔷薇花。她依附在那里，安静着她的主题，在青墙的一角，带着时光的痕，划满全身。闭上眼，用我的手感知她的柔摩挲她的静，她给的温柔曲线很快地蔓上了我的眼眸，那么执着与安然，令人生羡。

不想说她的攀附，因着她的韧与美。一如玫瑰的种子无意地落入山野，一样的蓝天白云，却最终开出易逝的花。很多的时候，人生不也是如此吗？

理不清这满墙绚烂的缘由，也不愿探究，怕是扯开枝枝蔓蔓的覆盖，遭遇她不愿提及的创伤。

有时，会在漫步时，寻找另一个自己。琐碎。落寞。悠闲。一些于人不解的举动。一些事情发生和结束都在瞬间的索然的情感里。背离。脱节。与人相识着，分离着。骤然的。

也许彼时的哪一刻相见，却是头也不回地走掉。陌生人里，时间和空间没有为我们留下一丁点的印记。我深深知道，最风韵犹存的其实是心底那份最初的青涩记忆。或把它们都冲淡成记忆，连同无数的劝阻，一起装进背囊。带顺家乡，送给白发苍苍的母亲和我那喜欢沉默的父亲。然后看着他们无声的笑容。我欣喜地停驻在他们仍有的叹息中。

如流水的年月逝去，仍记得那发丝上逸过来的清香。事隔多年，人已老去。

走在蔷薇花丛里，她的一树花红斜面迎风，一枝独秀穿透围栏，我的觊觎和贪念该如何收起，才能静对时光辗转，笑说自此成全。

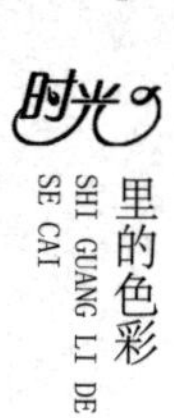

看花期在眉间，一路向晴

栀　子

栀子花在立夏前便会开。栀子花是白色，能长栀子的花是单瓣，多瓣的为现在人观赏的。母亲与祖母并不知有多瓣的。栀子花开的时候，多雨。要说花期，应是不短的，但因南方雨水多，一般都在五六天便结黄。立夏前的南方天气多变，一会太阳一会雨，栀子花便不能经受了。在时雨时晴时，也就干了。而后，慢慢地就蕴孕栀子。

村子并无人种栀子，一般都为野生。虽是如此，它们还是开得很好，亦结得很好。栀子结果的过程比起李子和梨子的时间会更长些。我在很小的时候，阴历十月上下，有霜的时候。

便有随祖母去摘采，栀子并不长在太深的山里，只在房前屋后或无人管的灌木丛里。也有一些勤劳的人，如有看到哪个丛里有栀子树，便会劈开乱草与杂木。并不去理会谁会去摘采。只是想让采摘的人更为容易与方便而已。

成熟的栀子成铁锈红色。大约有五六根须瓣，果子成菱状，每个菱角处，有一条长长的小根须。有的成熟的栀子，会落于树下，我便是捡栀子的了。祖母小心翼翼地摘下栀子，生怕伤了栀树，生怕因她的采摘伤了根须，轻轻地来回摘采。我在这个时候，也不是专心的，一会儿捡栀子，一会儿采野菊，还一会儿摘吃的野果，这时的天气是微寒的，我亦会在玩得流出汗来。冬季的日头总是走得快。日子便也随之短了。祖母和我回来时，大家都等着我们吃午饭。野栀子并不是如自家摘种的可以生长的很多，与祖母采回来的栀子不过就小簸箕装一半而已。但，全家人亦是很高兴的了。

吃过午饭，我便随同伴去疯玩去了。曾祖母把栀子铺开来，放在太阳下晒。母亲与姑姑们依旧忙冬日里的活计，并没去看栀子，我偶尔会与同伴站在栀子旁，用手轻轻去抚摸它的菱角。

孩子是快乐而善忘的。等我几乎都忘了栀子时，会听到曾祖母与祖母说，煮点栀子汤吧。说话的同时，曾祖母便把水放到锅里，这时，它并不放油。然后，拿出三四颗栀子，用菜刀在菜板上轻轻拍，直到把栀子拍裂，但不能拍碎。放到锅里刚下的水里让其一起熬，直到栀子水变黄了，祖母兔肉剁碎，放上地瓜粉，用手一直捏，直到兔肉成黏状，这时曾祖母一定是会把火烧得很旺的，祖母便在水开得最欢时，放下兔肉，并不去搅动。盖上锅盖，这时的火要最旺的，等那么一二分钟，便把粘在一起的兔子搅散开来。这时，把准备好的蒜头也拍碎。放入锅中，再把调料一起下。马上起锅。这时的兔肉汤是微黄的，亦是清香。全家人便围于桌前，脆脆的兔肉，清香而微苦的汤，这是全家人到现在为止依旧喜爱的汤。

总记得，每每有客人来，家中亦会煮小肠或鸡肉汤，煮法亦是一样。栀子汤不宜放太久，太久汤会太苦，亦会让那种清香的味道散去。栀子性为微寒，祛火，养肝，但伤胃，不宜经常吃，冬天的时候会吃得少些，夏天，大人们会煮得勤些。

如今，回家时，还会吃到母亲这样煮的栀子汤，依然的味道，依然让我怀念不已。

灯芯草

灯芯草的叶子圆的，线般长长的，如葱一样，但是细细的。亦是丛簇而生，长在所有的水沟边，随处可见，一丛丛，细细密密，长及牛腿，如发丝般，丝丝缕缕，纠缠不休。我不知灯芯是叶还是茎，看它实在不像叶子，但它又光滑软韧，极逼眼的青绿。我如今亦是不知它算是茎还是叶。

灯芯草在多水而阴阳日的地方长得尤为欢畅，比通常看到的灯芯会更粗更长，这时候，多时要放牛草的时候，我便会牵着牛，摘下它，撕开它的表层，灯芯草的芯是白色的，像海绵般柔软而有韧性。牛是不吃灯芯草的。记得小时候，祖母用灯芯草做灯芯。把撕好的灯芯，放在手心，大约小手指般大，把它揉得更软，更结实，成条，放到煤油碗里，点起，由开初的一点火芯，慢慢地一点点亮起，在夜里的微风中，摇晃起来。远远看去，真是一灯如豆。

灯芯草其实更喜喜长在水洼湿地，亦会开花，细细的，白白的。与茭白，水芹菖草一起，这样的灯芯草长得又结实又长，牛羊鱼还有鸭以及虫子都不吃，秋冬时，亦不会枯，生长力极强，就是被踩了，看了好像软蹋蹋，没几天，又会重新活过来。因此，人们也时常割来做成草席。在太阳底下晒半日，让其更有韧性时，才编起来。待编好时，再拿出太阳下晒，这时最好晒久些。把灯芯草表层的水分晒干，亦让它原有的味道散些去，

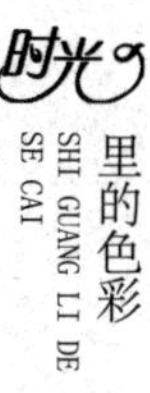

直到有了太阳的味道，水分干得差不多时，成黄白，便拿来睡了，又凉爽，又耐用。

小时，喜欢在傍晚的时候，坐于灯芯草边。因为，灯芯草长得最旺最长的地方，亦是最阴凉的。我便就这样坐在这里，一根根地拔下它。有那么十几根，抓在手心里。这时候，太阳刚好落下，青蛙便会出来，它们亦喜欢伏在灯芯草上，呱呱地叫，边叫边跳，我便用脚去动灯芯草，它就跳得越欢，亦不跳得太远。灯掌时分，母亲叫晚饭的声音传来，我便一跳一跳地往家走，把手里的那把灯芯草拿给父亲，父亲便为我做如我小手掌般大的小篓子，两分钟的时间便好。父亲还会在小篓上面做个小结绳，拿在手上，像个小灯笼，绿绿的，我会在那里面，放些小粮或小野花。美极了。

清早的灯芯草是挂不住露水的，滑溜溜的。亦有小蜘蛛在上面结个小网，沾些露水，算是替灯芯草挂些晶莹来。乡村的孩子的夜时欢快的。夏夜里，不管是有月亮否，萤火虫三五群地飞着，飞来飞去，有时，不飞。然后，落于灯芯草里，闪闪点点。远看，让你喜爱得不得了。

如今的乡村，湿洼地越来越少，路也都是水泥路了。如今回家，已不太常看到灯芯草了，想必萤火虫也越来越小了吧。

木芙蓉

最初不知这花叫木芙蓉，倒是这几年才知道。小时候不是喜欢种花的，因为有那次种太阳花失败后，再不去种了。不知是心性本来就懒，还是不够坚持，后来的日子，种花于我来说好像是很难的事。以前不喜种花，但却是喜欢看花赏花。

当初在老屋的不远处，突然野出了一株不知叫啥的花。开得极为艳，叶子为星状。花有些像牡丹。我那时是没见过牡丹，都是在书上的图片上观其影，只觉得，这花像极了，以至后来的日子，我都把它当牡丹来赏。

每次去上学时，都会经过它。它有好几种颜色，白色，淡紫色及粉色。花苞旺极了，花期亦是很长。上午与下午花的颜色是不一样的，到上午时，花的颜色便会更深些，每朵花枯的很快，但结苞却是很多，所以，整株看起来，一直是开得艳丽的。

也会去采它，但，它的株上，长了许多的蚂蚁，还有一些细小的虫子，因此，我就是采了，亦是不能留在手上太长时间。它没有香味，只是艳着。有时，远远地看它，地田野边。坐于田埂上，时而阳光剧烈，时而浓云飘过，亦会落下硕大的雨点。大风吹过，花便会落下一些，光线于此时突然变幻，自己亦不知晓时光转变时，亦是一种成长。那花发出的声响还有摇着的花蕊，景象极是让我入迷，如今想来，那样的久坐，亦是不觉厌倦，还有那些熟悉的气息，洒在太阳下，洒向山峦间的村子里，一朵朵，一束束，静谧而强壮。

记忆中，那些微小的东西，会在如今的时日时常记起，记忆的木芙蓉，粉粉白白，一簇簇的，开得像是可以令人断了魂。辗转时光之后，背负岁月中所残留的，付出与索取之后。

灵魂于此间，看花期在眉间，一路向晴。

回到流水的深处

河　流

冬日黄瑟下，河流静止。好似在贮藏季节带来的沉淀。

日头任凭霜白，一如细细的刀刃，击碎清霜。河的岸边，一户窗内，笑颜微雨。

有人拉开了窗帘，探出身子。

一张微黄的脸，充满生气，笑眸眯起，看那发白的日头。今天，又是一个好日子。

日子，旧梦，残年。在村子的小溪流里，流来流去。

一如冬日里，那不动声色的力量，在隐忍中，待春天的勃发。

冷月，挂在枯枝上，摇落最后一枚叶子。母亲的油灯，正点亮了。

村子的河流，时急时缓，好似和着哪对恋人的乐曲，亦悲亦喜。

村子的河流，卷着村上的故事，愈流愈瘦，变化着它优美的弧度。

霜天晓角，河流没有停下，故事依然在上演。

只有母亲手中的那油灯，渐渐不再点亮。

小　桥

只有两根木头的小桥，拐着弯，斜着通向对岸。很多人从这里走过。

七岁的那一年下雨的春天，我从桥的这头落下，水流把我冲出很远。

沉浮间，见到岸边那一束小小的花，看不清它的颜色。

我想着，有谁来把我拉下来呢，渐渐，没有意识。

不知多久，我醒来，床头放着许多的红蛋。还有关切的乡亲。

好了好了，终于醒了。曾祖母含泪笑道。是谁呢，把我从水里抱起来，母亲说，是舅公。

如今啊，小桥还在，走得人越来越少。

它横在水面，好似一个世界对另一个世佛界的怀念。流水越来越浅，没有了小花。空空的河岸没有一个人能注意，亦没有一个人能读懂那曾经的诗意。

我怀着满腹的往事，从小桥走过。对岸，越来越近，一如年少的梦想，寂静而缓慢地在时光中简单而旷远。小桥的另一头，有那喊不住的风和留不住的旧事。

流水，一如铜镜，照着我也沧桑也明媚的心。麻雀站在那已经光滑发亮的桥面上。唱着那最初的感动，还有早年的那些时光。

光　芒

那颗流星，在西边的山尖落下。我正用不变的姿势仰望，期待第二颗流星划过。

十七岁那年的那个胺水池边，有两个少女，正说着悄悄话。

还有一只蝙蝠用力扇动翅膀。

她们唱着《大约在冬季》，有些惆怅，有些羞涩。说着那心事，又哭又笑，还有那青涩的挂念。两个在月下的背影，越拉越长。胺水池上，烙下纯真与温暖。还有那只有她们知晓的心事。

她们的身后，没有脚印。

那空茫的夜空下，村子的灯盏。那么美，这么美。

那时，不知城市。一座座山尖，是最美的向往。村口的那盏风灯，仍在摇曳，母亲窗前的灯光，悄悄熄灭。

灶头的灯，又亮起。

温　暖

邻居的阿嫂从小道的另一头走来。我笑着等着和她对话招呼。她越来越近。我嗅到那只有乡村阿嫂有的汗味和洗发水的气息。这么亲切这么踏实。

她说：回来啦。多久不见你了。城里住着都不见你老。啊哎，阿嫂，老啦。我。我见她的手上拿着一袋鸡蛋。阿嫂，你这是要给孙子的吗？嗯嗯。还是我们自家养的好。城里的那啥都有，就是没有好的鸡蛋。

阿嫂温暖的手，有些粗糙，有些干裂。

我握着她的手，却是那么温暖，那么踏实。

她的身后，一片田野，收割后的稻草，正被点燃，烟雾，缓缓升起。烟琐的小村，安然宁静，我眼前的阳光里。

阿嫂微胖的脸笑起来笑一朵野菊花。

气　息

山里青亮的深处，贮着隔世桃花的气息。朴素的家事，还有那明亮的窗。

大风吹起黄的草，还有那飞扬的尘土。有些苦涩。有些酸甜。

老屋边的那棵已枯的梨树，骨头始终伸向天空，不肯落下。

油灯不再点起，那曾经的光亮在时光的深处，不被人们拾起。

靠近门口叶草上的霜开始融化。

祖母依然用手缝补衣上的小洞，她在星光下，缝补衣上的旧痕，还有她那陈旧的时光和那朴素的气息。

我走进乡村的腹地，一枚小小的落叶，正飘落肩上。

村头的庙于里，佛龛前，摆满水果。莲花上，佛在浅笑。

在我的小村，我回到流水的深处，用我的心灵，紧贴大地，嗅，这只有属于我的气息。

山居心情

春

我的心中一直收藏着山村的春，它在我的成长岁月里，总是荡漾着活力与美好。春天，这个美丽的名词，在记忆的山野里是纯真的希望，亦是回忆的理由。

这样的时节。山村里可以听到蛙鸣。星隐空中，暖风入室时，灯光忽明忽暗。我独自坐在阳台上。这时的村庄一定已进入了恬静的睡眠，一如河流把雨滴上的一阵风吹走一样。没有谁还能与我这样端坐在夜的深处，真实地感到了风拂过我的耳际，拍打我的衣角。虫子在墙角清唱，只有到了惊蛰时，它们蠢蠢欲动的声音才会从土中钻出。

在我心中，蛙声是可以随之贴近神灵的声音，它不同于游离在山岗上的神灵之音，总会被我们想象的风吹散，而从土地最深处传出来的蛙声，却是真实的，无需想象。雨水总会在每个季节来，而旧年的雨水总会让人觉得污浊黯然，新年的雨水却是清澈极了，透亮，漂白如练地挂在我眼眸的深处。泥土像极了睡醒的孩子，安详，宁静，还有风从高处到低处，轻轻地吹过人们的脸。

坐在阳台上，可以看到年少的自己，一个人行走在空旷的大地上，在一片昏暝的暮色中，不远处的村庄，孤零零地横在眼前，我的忧郁沉入黑夜，我的思想被时间，缓缓地搅动，然后安静地沉落底层。我是不太阳光的孩子，但我有自己的快乐。在一片冬眠的泥土中，我找到了一个冬眠的青蛙，年少的自己不知冬眠为何，只觉得它是死了，而对着它大声喊叫，想惊醒青蛙。看着一动不动的青蛙，我哭了，哭泣压抑着而颤抖，与起伏的夜色浓为一体。这时的我，依然可以看到自己年少时的面容，清瘦的脸上挂着两道悲伤，仿若把我这一生的悲痛都垫付于此。年少时，对于一只青蛙最好的悼念，一如对村子每一个死者的怀想，我没有理由不去掩埋他们，我沉默地把青蛙埋于泥土之下，然后，承载着忧伤回家。这种虚无的忧伤，从年少就一

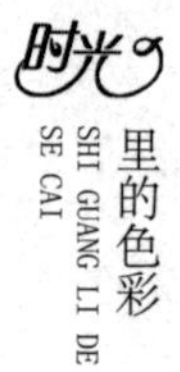

直深植于心。

梅雨时节，南方的雨长长地下着，没完没了。每家的屋檐都浸着水，潮潮的湿湿的。黑瓦白雨，瓦浸足了水，雨水的光泽便出来了，亮亮的，透透的。青草缠绵着，池塘的水涨得满满地，这时的蛙声更响，更好听。这时候，我可以点起灯，翻开书页，细细地随着雨声，蛙声，啃书中的宋词元曲。古词便这样承然于眼前，“小楼西角断虹明，阑干倚处，待得月华生”寥寥数语，就能写出一个人孤寂中的趣味，很容易地引起我的共鸣。我的春天很多生灵都是静态的。但村庄里的蛙声是动态的，它可以搅乱一个季节的动和静，让季节的一些声响，紧扣一起，组成一组雄浑的乐章。

这些声响，这些回忆，年复一年地在我的心灵深处回响，村庄，年少的我，蹲在沟边，用手捧起水中的蝌蚪，水从指缝流走，小小的蝌蚪亦是这样从指缝中流出，我始终未曾看清它们的样子，一如我可以看着鸟从头顶飞过，而永远只看到它的翅膀一样。回忆是美妙的，我在深夜里怀想着我的春天，在芬芳的泥土里，节气滋养着村庄，每个节气里，只稍微翻动了一下，节气便过了大半。我的村庄，怀念是我的心灵一个踏实的奠基，我的回忆，永远属于村庄里的春天一叶枝叶。

山　野

我的脚下，一片绿意盎然，我的头顶，清清淡淡。我不想绕过这些抵达我的山野。我喜欢就这样踩着祖先与乡亲的脚印，一步一步地接近纯朴。这是在我成长的岁月中，注定要走过的，注定要留恋的故土。

走在泥土的芳香里，青草筑起了田埂，湿润而芬芳。这样的气息如此浓烈地侵入我的脾肺，深深地驻进我的心灵。让我不停地深呼吸，贪婪地吸引这熟悉的味道。在我的山村里，在我熟悉的田畴上，我熟练地打量着，打量那久违的景色。眯起双眼遥望前方，迷蒙的画面，闪着许多的具体的人与事，在这样空旷里，我居然没有丢失它们，我的心灵，从没放弃这样的纯朴。

我的眼前，不是一株与一棵的颜色，而是一片绿，不是一个人或一个老人，或一个少年，而是一群在田野里劳作的乡亲。这里的阳光是透明的，洁净如泉水般流淌下来，打湿我至爱的乡亲。他们在田野里，沾满土泥，禾苗的颜色遮去了他们黝黑的身躯，掩成一片绿。所有的声音与气息都撒落泥土之中，一起涌过，混和着，这是乡亲与土地间交流的语言，这是无需任何装饰的语句，是一场劳动的繁会，它们在我的面前，呈现一种骄傲又亲切的姿势，让我不由自主地向他们走去而后很自然地融入其间。

我在透明的阳光下，看到了自己的影子。在城市的楼群阴影里的影子，差点让我忘记的影子的样子。我的影子终于伏在乡村地面上，四肢舒展，匍匐在乡亲的背影里在作物的脚下。我的眼前一双瘦长而青筋暴涨的胳膊在挥动，挥弧着半圆，挥动着它那有劲的力度，胡碴粗短的唇，随着双臂的动作，一紧一松。而那蠕蠕而动的腿，瘦长有力，它承受着上半身力气，锄头举起时，汗珠下落，一滴一滴地落下泥土中，这些汗水，这些喘息，他那平静的一招一式，在我的心灵，再一次烙下发烫的烙印。其实，在他脚下的土地一直随着他的运作翻飞，他脚下的土地不平静，正快乐地迎合着这样的招式，而后有默契地很快地让种子生根发芽，长出绿的茎叶，最后成为粮仓里那一粒粒金黄。

我站在一片稻田里，长久地看着它们，那一片片狭长如刀的叶片上脉络清晰，如须如爪紧攥泥土的根茎。它们长得旺盛而又完美，在我的面前高傲逼人。无需言语的生命，就这样立于天地间，让我每时都不会忽略它们，但，它们却在我面呈现一种忽略的死亡，那是成熟的死亡，这是它们秘而不宣的精神，让我一直用这样的姿势仰望它们，仰望这些不知是乡亲举起它们还是它们举起乡亲的生命。

炊　烟

站于山坡上，任视线放宽，风夹着青蓝色的炊烟轻柔地包围我，这不约而至的轻盈，朴素淡雅，久违沐浴着，任它们抚摸我驱除我的风尘。

炊烟总是随着母亲的影子在我的记忆里，炊烟总是伴着母亲的呼唤，母亲，在乡村里，随炊烟守望着。所以，在我的行程里，我一直行走在炊烟的牵挂里，总会有炊烟的往事填满我心灵的行囊，让我在行走时，脚步愈来愈沉重。而我又极喜欢这样的沉重，这些时时牵动我心帆的牵挂。

炊烟在我的面前轻轻袅袅，缓缓上升系着我的乡村，图腾了村子那沉甸甸的希望。我迷恋村子的每一个院落，迷恋那些院里飘出的烟。

清晨的炊烟是暖暖的，一如母亲轻柔的抚爱。

午时的炊烟甜甜的，一如村后的小溪流淌的泉水，亦如孩子回家亲亲唤娘。

黄昏的炊烟淡淡的，在安静的天空下一如晚霞中轻飘的丝巾。引领田间劳作的人们朝着熟悉的那道烟走去，疲惫的脚步有了一些轻快的节奏。炊烟从每个院落里飘出，炊烟知道每个院落的故事，知道每个人的心事。

它烘托着山村的生机，激荡着每个老人对远足人的期待。炊烟在我不远处慢慢升起，淡淡地，轻轻地带着我的思绪一起飘飞。如此温馨的画卷，

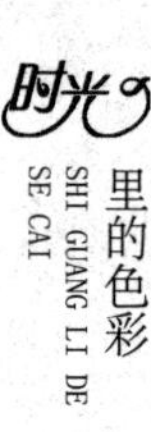

一如五柳先生笔下的桃花源，我不想，也不会让它们在我的生命里消失。

我爱着自己的村子，我的家，还有身边的羊群，我们在炊烟下一起成长。飘荡炊烟的山村，是我心中永远的风景。它轻轻淡淡，宁静淡泊，安详地准时地从屋顶悠然升起，它沉默地用这种轻盈的姿态生长着，我也随之成长，与炊烟的速度一起，缓慢而稳妥地在它的臂弯里，一点点地成长。在这样的速度里，知道了光阴的速度，知道温柔的牵挂。

它在我思绪停留的地方上升，直抵天空。

它在我经历的岁月中，直抵我的心灵，让我在很多时候，可以静下心来脉脉仰望，让我可以。安然地弓着身子仰望，这是一个回忆与珍惜的理由，亦是我与童年的高度尺量。

乡村素描

蔗　糖

冬日，阳光很暖。习惯地低头走路，偶尔也迷离着眼看远处的双塔。忽然，一股潮湿，清甜的糖的气息，一如六月雨水般，猝不及防地冲入脾肺。我的扶桥栏的手轻微颤抖了一下，全身的神经随之沉入一种久违的舒适与惬意中。如此亲切的味道，是太久的记忆。我停在那里，伫立这样的气息之中。似乎许久，它慢慢飘散，从不高的人行道树及来往的人群与车辆中散落开来。我不知这气息从何而来，有一个挑着担的人在我的眼前，渐行渐远。这气息就如一条线，从那个挑担的人经过我时，恰好缠住并触摸我。并把我带回往昔。

糖，确切地说，是蔗糖。白色略黄。它最初来到村庄是，是随货郎和他的担子一起来的。僻静山村，道路不方便，常有些货郎拿着拨浪鼓吆喝着，走村串户。总会在下午时间摇着他的小鼓，把他的零担放在场子中间，然后，便有一些人围了上去，大多是女人，讨价还价买针买线，买一些日常用品。有的是用牙膏皮，鸡肫皮和破了的塑胶鞋。

货郎，黑黝黝的脸，牙齿很白，他时常边换货边唱调子，有时，还吹着笛子，于是老远，我们便可以听到。然后，孩子们便争先恐后地去找些能换糖吃的破旧东西。把这些东西扔给货郎，便可看到货郎拿起长方小刀，用一个小锤子，轻轻地敲打刀柄，于是，一片片白色的糖便纳入我们的怀中。孩子们，一人一小块分，常常会因为分不公哭起来。然后便是一阵小孩子的跑步声。那甜丝丝的味道，慢慢地从嘴一直到心。没有糖的孩子只得站得远远的，嘴随吃糖的孩子也在动起来。最后，一口带着糖气息的口水很艰难地咽下。有些孩子会让没糖的孩子舔一口，于是，阳光般灿烂的微笑，便在村子里，散开来。

母亲因为会裁缝，便会换些针线。她也常常会给我们换些花样，到过年时，把花样缝在我们的胸前。也会看到我的曾祖母与祖母，换些鲜艳的

布头，做布鞋时，把它们缝在第一层。男人们总会不屑地看着货郎，有时还是忍不住也会去换些烟纸和烟丝。还会换些火柴。这时候的村子，便热市起来。晒谷场里，孩子也在奔跑起来，有糖的没糖的，在追逐中，便把货郎忘记。傍晚时，会听到又一阵笛子声渐渐远去。

老　井

在村子里的东边，一口井的年龄也许比南边清时的老房子更老。人们已不去追究年份，它大过于我所熟知的祖辈们的记忆。比曾祖父更早时，他的爷爷便在这口井边生活。我眼里的这口比我想象中的要遥远许多，比我的太祖更遥远。它在水田与屋舍之间，人们可以睡在它的旁边，亦可以坐在它的旁边，许多的人便这样摇水上来，然后，摇晃地挑起。

一座座房子看上去那么简单，它简单的只是围着那田井转。不知多少年。一年四季，也许都晃着我熟悉的身影，有老的，亦有大的，亦无需直呼他们的名字，便可以微笑坐来来拉些家常。碰到生脸孔，便也无需点头，只是回到家中，可以从母亲的口里知，邻居来了亲戚。下雨的许多天，有时也会一天也不见人挑水，从树林到屋舍，这口井便显得孤独许多。在它的周围突生空荡，好似少了些许点缀，好似，我所熟知的和不相识的从水里蒸发一样，看着它周围安静空茫的空地，我一时又想不起，是哪家人不见了。一天后，便又可以听到有人说话吆喝，于是，井边便热腾起来。

在一个清明的日子，去井边，觉得，寂静得有些奇怪。突然想起多年前的场景，下雨天，一天都没人来挑水的那种寂寞。好似又有好些人不在。熟知的，陌生的。后来才知，有些人去上学，有些人出嫁了，还有些人去了城里，有的人家装了自来水。闲下来的人突然少了，用水便少了许多，留在家里的，挑一担水，可以用好些日子。

这些记忆，这些年来，慢慢地在我的生活中溜走。如今，我总会在回乡的某个转眼间，去凝视这口井，尽可能把它们一一拣起。不知，也喝这口井的人们，谁还会如我一样，花时间来回记这些琐碎的往事。如今，它已跑出了我的生活，但，我仍不会忘了我曾喝过井里的水。

这是我童年的一口井，在村子的东边，在一排房舍与水田中间。它还在呈现着它的厚度与宽度，把一些孤独与寂寞承装。然后，慢慢扩大，悄悄散落开来。一口井，它装着村子里所有的故事，任井边荒芜，任飞鸟鸣叫。它立在村子里的东边，在月光下的房舍边，在逼仄的田埂旁，它在我的心里，如血液般提升纯度。这就是这口井，已经干枯了许多年的老井。

犁

它在村里的土地上，随着我的父亲弓身走着笔直的路，犁，父亲的珍爱的器物，亦是乡村特有的东西，让我时常在城市的一隅处，只要想起产父亲，就会想起它。它与父亲一起，在我的童年里站成一幅油画。

我可以在乡村的任何一个院子，看到它，一个不起眼但不容忽视的器物。它在乡村任何时候，被忽略又被扛起，这样的重量有时可以和生命的重量相并提，让人在俯视的同时，又不得不抬高它的分量。如此重量，若轻若重，如生命般让人频频仰望。我翻阅着记忆的书页。它在冬季里，安然地在院子的一脚，而我的父亲，总是时常抚摸着它，修理着，这是一家人来年的希望，父亲来年的劳作伙伴。少年的我，时常可以在安静的院子里，看到它褐色的无言。褐色的希望。那是父亲给我的支撑，亦是父亲从青年到壮年再到老年的支撑。

它在父亲的田畴里，翻动着一季一季的安静，翻犁出丛丛青草，阵阵蛙声，滴滴汗水。翻犁着父亲的沉默，母亲的执着。翻犁出，稻子的芳香，震撼天地的喘息。它的弓身像极了父亲渐老的脊梁，让我们爱劳作的人们，知道用它的形体坚持着生命的本质。这是一种质朴的本真，亦是坚持的支点，让乡村，在它的犁下，有了翻了一番的希望。

它在我的岁月里，站成躬身又笔直的影子，我在一种平行的脚印中，看到了一种坚韧与执着，让我知道，我的血液里，有它的影子，有如它一样弓身的农民的血液。

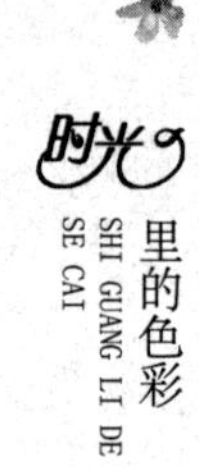

雨中情

屋外是挡着纱帘的阳台，立于阳台，烟雨蒙蒙，阳台边的柳条儿绿，江边的香樟树已苍，望着江水茫茫。远处的青山只见那一抹翠微。不知不觉间，日子暖了，空气中带着潮潮的青草味。彼时，不由得闭眼感觉春天的气息。

又是春雨绵绵，雨湿润着大地，带来一片朦胧的世界，春雨无休，在雨中，眼前的青翠显出醒目的绿，杨柳与青山犹如蒙上一层绿色的烟雾，好似人心中时而缥缈着那一缕轻愁了。

夹着雨丝的微风迎面扑来，这许是天空云的抚摸，风吹过发丝吹起身后的纱帘，这是从天外带来的问候吧？那首古曲《高山流水》在屋内缓缓回旋许久，随着春雨飘荡。随着诗意，随着音乐，给花洒下水，周遭一片宁静。

倘若没有微风拂帘，细雨绵绵，倘没有阳台边的绿柳垂荫，远山翠微，倘没有屋内古琴曲屋外微风吹，就不会有如此安宁的心境。

一声嘀嗒，隔壁白色琉璃瓦上滴落的雨声，每次听到这屋檐雨滴声，总会想起家乡的老屋，每逢下雨，便有雨从屋瓦尾处渗露，滴落在天井处的泥盆里，一滴滴地敲打着，少时会静坐于天井边的小方凳上，细看着颗颗晶莹急急滴落。那雨声多么美妙，是一种柔婉与亲切。那声音如今想来是母亲心中的一缕哀愁。也是今天我永远的乡愁。

想起老屋，便想起家乡曾经的绵绵春日。想起拿起小油纸伞背着小花包拧起裤管和着雨声唱歌的童年。想起童年便想起两块有着两朵小蓝花的小手帕，想起和着小伙伴一起嬉笑在雨中的水花。一起等着蒲公英开花的日子，然后随着春风一起吹起轻柔的千层伞。

家乡的春天，雨总是淅淅沥沥地下着。每天就是带着伞头发也是湿的，曾祖母便会拿出干布为我们擦干，嘴里埋怨着这总不停的春雨。然后又笑着交待我们凡人不能怨天。春日里潮湿得墙壁像流汗似的，地板总是滑滑的，祖母和曾祖母总是踮着小脚歪歪地走着。我们这一群孩子笑着跑着，滑倒了一身泥再起身笑着跑着，身后总会传来老人们的呼唤声，小心小心。

春雨中，总会想起田间忙碌的父亲，在那块菜园地撒种子的母亲。还有那一群“嘎嘎”的小白鸭。小时，一直会在春雨中的中午，等待父亲牵着身后的水牛出现在烟雾里。吃过午饭的我便接过缰绳，顶着斗笠，穿着蓑衣，在雨中看着水牛慢悠悠行于田埂间，和着随着雨声的咀嚼声。然后自己的嘴也会随着微动。或哼着不成调的歌，学着大人的样子，唱着当时的流行歌。

随手拈一叶绿，抚摸，吹一口气把那一抹绿吹向雨中。父亲吃完饭，便会有一声轻呼，唤儿回家。随后把水牛拴于屋外的树边。然后拿着油纸伞听着雨声去往学校。

记忆中的学校是旧的，桌子是破的。坐在没有玻璃的窗子边，终于熬过了寒冷的冬。这时的位置同学们终于妒忌了。终于可以偷闲望窗外屋檐上的雨滴，看着雨滴如何一滴滴敲打窗下残破的瓦盆。听听田间吆喝声，大婶们要菜籽的呼喊声。还有那刚犁过的一片白茫茫的水田。这样的风景那时是独享了。

在老屋后院中，一片梨树，拿着伞立于其中，眼前赫然一片梨花雨。雨中瓣瓣梨花随雨飘落，微微的一声声落于伞中，然后拿着一片片拾起放于小玻璃罐中，透明着洁白，笑着拿回屋里，屋内便有一阵淡淡的清香。把春带回，带进心里。

细雨依然，只是时光已逝，这样回忆多么美好，那悠悠春雨，耕耘希望的人们，树下拾捡梨花飘落花瓣的小女孩，等待蒲公英花开的小伙伴，还有那份淡泊，多么美好的景色，再也难描绘其间的美丽，这份美丽永存心底，随着春雨绵绵。

茫茫春雨间，悠悠水边柳。淡淡芦苇愁，浓浓雨中情。

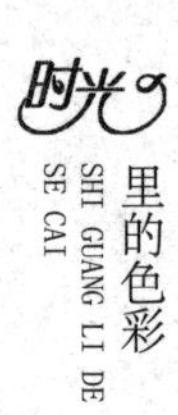

颜色的高度

瓦　灰

在午后，安静的时光里，五点半，那是一个灰暗的时刻。在秋日里，大片大片的灰从天边聚集过来，一点一点地弥漫我的视线，村子，树，房屋整齐而有秩序，小镇的面孔像梦一样迷离起来。

这样的时刻，我安静地走入小镇，一种身不在何处之感。小河与公路之间的屋子，分散着，那是镇上最老最富有明清风格的老房子。我在这样散发着古老的霉味的老房子里，度过了极短的时光。我反复审视它原的价值，以一种亲近者的身份去感受它的美感，然而，我并不能从此找到它存在的愉悦，那是一沉重的灰，是一种被疏离的痛，那粗大的廊柱，高高的屋檐像藤缠树一样紧紧纠缠在一起的檐角，要拆除一家的房子是不可能的，牵一发而动全身。它的门面阴暗而斑驳，在这样有着萧瑟的秋境里它与四周灰暗的景物配合得十分协调。

灰色的高墙内，梧桐树的叶子纷纷飘散落，它承载了多少故事我不得而知，它静默而坚硬立于此。苍白的河水，和着墙边的孤独来来往往。爬满青藤的断墙，把古老的故事留在了墙头，残断的墙头草，随风寂寞地摇晃。墙边的香樟树，像饱经风霜的老人，守在故事的边缘。树枝上的鸟，好像也习惯了这样的寂寞，墙里的故事经过岁月的传递，已经没有了痕迹，似乎只有溪水幽静地围着故事流淌。

我极喜欢那些房子上盖的青瓦的颜色，远远看去十分醒目，不用走进便知道它们经历的年月，那是无数风霜雨雪酿造出来的色彩。青黑，瓦灰，或者什么也不是，但它绝对是凝重的，绝对是深沉的，亦是我无法用秃笔描述的。人的心情会无端地影响到他所观察到的一切，虽然，这不一定是世界上的本来面目，却是我的整个世界。

我喜欢这样有着灰色，有着沉淀之感的老房子。它们寂静地保持着它们的姿势，在天与地的苍茫之间安然伫立。微尖弯曲的檐角，似在启示着一种岁月尘埃之中那灰色的时光。

灰，这是我在镇子里再次感受到的一种颜色，在这个秋里，知道了灰的赐予和沉静的给予。那灰之外的另一种颜色，是一种我一直珍藏亦是一直找寻的色泽。那是一种我，无法逾越的距离。我可以如此仰望这样的灰，可以抬眼高望，却不必在它们面前低下我的头。

草　黄

干草黄，这也许在美术书上是难找的颜色，其实，亦是我或者许多人一直珍藏又忽视的色彩。

走进小镇，这个百年老镇。古老的城墙只余下一角，我立于那里，望向远方，彼时的心，可以很安宁，可以很踏实。我的眼神游荡着，发现一个在田里收拾稻草的妇人，很合适这样的颜色。

那是一个上了年纪的妇人，五十岁光景，说不上漂亮，但绝对不难看。那是一种健康结实的妇女形象，是一种纯朴，淡定的村妇。

她的家应是在镇的周围，或许在镇上某个地方。我在这里生活的时间极短，短到这里的人和事都记不起来，对于不相关的人，我常常是不去注意亦不去关心的。也许她的家就在那一排排破旧的房子里的某一个屋檐下，或者，她一抬头就能看到自己家，那里也许一样地收藏着她生活的所有点滴。

这时候，不是收成的时候，可我明明看到她在那里忙碌着。如今镇上的如她一样地道的农民已经不多了，她在收拾田里的稻草，神情像极了服侍自己的亲人那般的专注。金黄的有着同太阳一样的色泽的干稻草，横七竖八地躺在干田里，如此可见当初收割时的匆忙。她用有劲的手掌将稻草一一聚拢，整成一堆，扎成捆，放在田坎上。田埂上，放着三三两两的捆扎好的稻草，如婴孩一般躺在一起，她的眼里流出温柔敦厚的神情，有着母性的慈祥，她依然弯着腰在地田里不断地拾拣。

我不知她这样专注地捡拾稻草是为了做什么？背去当柴还是垫床铺？还是铺猪圈？还是为了烧灰做肥料？不管怎样，这些稻草在她眼里一定是有用的。她一定是需要它们。

不久的时间，她把那些一束束稻草放在夹背里，不费力地背着它们在暮色中回家。那如婴孩一般的稻草依偎在她的背上，她的脚步依然有力而轻快，我看着她一步一步消失在风中。她的背影越来越远越来越模糊，我转头看对面的那一片墨绿的杉树时，偶尔闪现的那一片片枫叶，在我的眼前显得如火光一般温暖。

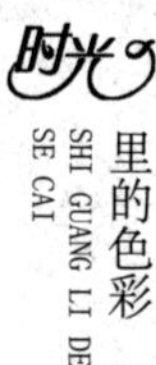

乌 黑

许久没看到飞翔的乌鸦了，年少时，常可以看到它在不高的空中盘旋。那时，常常会有很多乌鸦一起飞，还呱呱地叫着，那种声音常常是午后安静的时候传来，听来有一些恐惧，乡亲们常把这样的叫声理解为不吉利。

记得那是秋末时，我与母亲经过一处旧牌坊，天渐暗，成群的乌鸦从我们伫立的稻田上飞泻而来，像黑色的暴雨，落在我们不远处的空地上，黑黑的一片。

那一刻，我的心充满恐惧，那是一种极恐怖的侵临，扰乱了我们的安静。又是不吉利的，如乡亲们说的，我有莫名的恐慌。母亲忧心地叹了口气，又不知要发生什么事了。她的眼神黯淡，若有所思。母亲的话像石头重重地击打在我的心上，我有些惊慌失措。

我们不由地停下了脚步，等这群要命的瘟神自动走开。前面的那一块空地上，站满了乌鸦，黑黝黝的，看上去令人头皮发麻。它们悠闲地走来走去，作小范围飞翔，时而发出可以冲破神经，冲破云层的呱呱声，声音凄怆至极，闻之欲悲。

不知它们是否被哪里的死亡气息吸引，还是在向我们暗示着什么，听大人们说，它们极喜欢死人的肉，战争时期，常常可以看到它们。这群乌鸦不知从何而来，仿若来赴一场死记的盛筵。这种气息，让我的心灵有了莫名的窒息。

没过几天，母亲的话应验了，两个恋爱中的人，因了家人反对，在对面的山里，当初乌鸦站的空地的不远处，服毒殉情。那时的哭声似乎可以震动了那座山。我在远处张望，看对面的山，幼小的心灵也随之一颤。

那天，我看见一只乌鸦再次飞过那个上空，它孤独地拍着翅膀，盘旋一阵之后向北而去。那时的我，只是害怕，又好奇，怕再见到这个东西又想着它来是为何。当初，它的到来暗示着什么，它的离去又昭示什么，不得而知。

如今想来，这或许是一种巧合，还是说，世界上还有很多不能解释的东西一直冥冥地在其间穿梭。如今，已经很少能看到乌鸦了，不过，回忆那一幕仍有些许的惧怕，些许的感慨。有些东西，我们在不经意间失去而未曾发觉，这是可悲的，譬如乌鸦，不管它是一如乡亲们说的灵异，还是我们通常理解自然里的动物。我想，它只是一种生灵，一种可以亲近我们的生灵，而我们，在不知觉中，已不再看到。

青瓷流韵

1

对青瓷的印象，是少时父亲房中的一个青瓷瓶。一个很小的小花瓶，小时的我，刚好两个手掌可以握紧她，从胸口到下巴般长。对于这个父亲极钟爱的瓶子，除了好奇外，只感觉手感特别好。从此，我便对这个颜色——青，有了更深的好奇与喜爱。我常可以在父亲的房中抬着脸，静静地看着它。从此，便有了沉思与冥想。想象着它从何而来又为何落入我们的家中。

重新再拿起它的时候，便是三年前。夫从街上淘得一个瓶子放入客厅里。随着他的摆放，客厅便有了青的色泽，还带着一丝浓浓的沉淀之意。在灯光下，淡青色便这样如藤一样缠络着我的心绪，让我在其中，屏住呼吸，感受这绝妙的深渊。它散发着一种孤傲，静谧的气息。像极了画中的一幅画。淡蓝色的天空下，有淡淡的紫烟，而它便在这之间伫立着，那种高贵便是它的气息。在一些世俗的感知里，它意味着优雅，这样的感觉，可以让你感知到它的极致，高高地飘在雾气中，而不能降落。看着它，便有着一种诗情与一种忧伤与怅惘。不知，当初这个瓶子的主人，在百年前，是如何地呵护它。而它的设计者，又是用怎样的心血才得以有如此之美的瓶身。

我发现，我可以如此轻易地得到她。这便是一种缘吧，或者，在冥冥中，有一种安排，让我在每个醒来的日子，可以和百年前的哪一位曾拥有者，在无声交流。从此，我便注定了被一种青气缭绕。

2

有人说，青瓷似有佛般的意蕴，可以让人看到静远凝思，然后入神的神态。我不知，这是否来源于它的传说，还是青瓷一词的美丽，或者，如人们常说的，它有着青莲般的清洁与高贵吧。佛，总是和莲分不开的，所以，我很愿意把青莲，青瓷还有佛放在一起。

每日醒来，或归家，都可以很安静地在它面前看许久，看着它，似对望着，仿若，它也在揣摩我的心事。从一本故事书里，知道了青瓷的另一种历史底蕴。它不再是单纯的一种摆设，一场政治阴谋和着一个美丽的爱情故事，让青瓷有了更深的沉淀，而它的美丽不单是一种颜色，而是发生在它身上的故事让人更加喜爱。

因了瓶子，便更喜翻阅和它有关的故事。案头的那尊青瓷，古朴典雅，如兰一样似沉思似静默，似在书写几百年的心事，然后，似又在向我展示着一种人格，让人可以如此亲近于它。国外，对于青瓷，总是要添些色彩，还有一些扑朔迷离的故事来渲染它的价值。在一本书里看到：五月里，以青瓷瓶插牡丹，是茶道的插花中最为雍容华贵的一式。所插的牡丹仍须带露水的白花蕾，不仅花朵上宜洒几滴水珠，而且，插花用的瓷器要事先淋上水。我不用去做这些动作便可以想象到它的美丽，是不是因了这瓷还是因了牡丹，不想去追究是何原因，当是这样的描述，便可把我带着一种可以飘然的境界。有诗说，青瓷瓶插上紫薇花。这样的清纯美丽如此让人入眼，我便从阳台上摘下紫薇花，如诗中一样插于其中，洒些水，突然便有了南宋时里的一种古典，也有了那一份清婉与俏丽。

3

世俗的忙碌，终会让一些影像在记忆里慢慢模糊，而当我再拾起时，发现，青瓷在生活中要越来越远。因此，再翻阅它。更多的青瓷故事与音乐在耳边响起，我便会不知觉地停下思绪，耽搁冥想着，常常会很长一段时间慢慢地消化它，然后漫延到骨子里。一直觉得青瓷这个词是安静娴雅的，一如抚摸青瓷瓶那光滑如玉般的胎骨一样，那样的舒服与惬意。给人以一种静重的虔诚。

因了此瓶，也知晓了它的制作。应是和一种钴的颜料有关的，去除它料中的杂质，便可看到悦目的蓝，进而让人更明白“青出于蓝而胜于蓝”的道理，更惊喜地知道它这幽亮雅致又繁复的制作。当初的简单到如今的华丽，一切事物回到当初它原始状态，显得如此之简单又洁净，不用暗藏心机。

青瓷的釉色，有豆青，翠青，还有灰青，梅子青和粉青之说。读着这些从古传至今的句子，似遇到一位少女袭一身淡青色，在雾气中的那般悠长宁静。翠青带着骄气还有一些妩媚在其中；而豆青色便显出它的忧柔典雅；灰青便是最踏实与安稳的，似可以让人依着说话而不用太多的担忧；粉青，却是有着它的一份俏丽和还有一丝妩媚；而梅子青，便是有它一份孤傲然与静默，还带着温润轻俏，而又落落大方。如此色泽，当是粉青和梅子青为上品，南宋时，这样的釉色受国人的喜爱，因此，这样的上品当是收藏如今已是很难。

4

静色的釉，好似可以摇动的音符，我可以静心来倾听它们感知它们远古带来的青之翠青之柔。那一句“曲中人不见，江上数峰青”便足以让人生出诸多感慨来。这些幽静的青色，我们可以在宋词的平平仄仄里体会到那一份不可言说的静之美。

北极碎，看后就极是喜欢，每个细节都不愿放过。我仿佛可以看到釉在字中转动，它在我眼前均匀地收缩，那一刻的温度便注定了色泽，北极碎在那一瞬间产生，而我们看到它时，亦是几百年后。我不知它的产生是怎样的戏剧化，只知它的暗蓝和大气，还透出浓重的忧郁。那样的巧合，却可以让它如此纯粹而又透着一份稚气。北极碎，一种残缺之美，应透着一份纯真之美，那些所谓的痕，似有一种天成的大气之气势的。

想象着在烧制过程中，瓷釉在火中可以舞蹈，这样的舞蹈，是在火苗里静态进行，如一美丽的少女在踏着舞步，而人们却浑然不知，这样的美得可以让人心痛起来，而在那样的碎舞中便成就了极品的碎纹，成就了绝世佳品，这样的极致是人们无法把握的，这是天意使然。

5

晨间，阳光从窗子透进来，洒在青瓷上，好似在为它涂抹着那温润的色泽，瓶中的紫薇，安静地和墙上的仕女构成一种静谧的轴画，那般的让人不忍打搅，不忍触摸。翻阅青瓷，它从远古走来，历经唐，宋，千峰翠色，明月染春水，雨过天晴，几百年几重的洗礼，几番的境界。它始终有着处盛情款神秘的身世，让人想象着它的前世今生。随着佛的因缘，青瓷总是在起起伏伏着，这般的遥远，这般的深厚，让我愈加景仰它。

在闲暇时，总喜欢有意无意地看那些摆色在店前的青瓷，不问来历，不问价钱，当一个青，便可以吸引我驻足而看着它。芳草离离的兰花，轻靠栅栏，那些手绘，平添了青瓷的魅力，印花最是清心纯净，它们在胎内斜斜地站立着，一点一点地被刻出来，蓝色的纹布便是它最为美的点缀，一些纹路，如门帘一样被徐徐打开，然后站一美女，如青莲般清纯。

我似可以看到一些妙龄女子，袭一身薄纱，回眸痴望，这种意境，适合青瓷，那样的优美安详，有着不落尘之美。

6

家中的青瓷，不是上品，但却是雅致的。想着古人用青瓷做雅器，用它来配名茶，想来，青瓷便是一直这样被重视着的，陆羽的文中也不能忽略它。在一本书里，知了“秘色”这样的词多少会让人不安，文字中，才知，它是最为美，最为透明的一种釉色，从图中看到，便自然地喜欢上它，这样的如玉瓷色。

从电视中听说了，听瓷。也知，这是一种另外的高境界，知道有一种“口唇不卷，底卷而浅，爱半升以下”的玉壁碗。碗底用筷轻击便会有轻盈如乐般清脆的声音，古人便因此，有了“越器敲来曲调成”的诗句，而今读来，是那么的深奥。从介绍中知道了，听瓷有要用心听五音，轻，清，倾，亲，情。轻盈的乐声，清心的茶水，倾心的聆听，情深的醇厚。有人说，这样的声音，可以让人想到苏轼的一句名句，人间有味是清欢。如若，能静心听到青瓷中的五音，想来，那便是人间说的清欢与清心吧。

青瓷亦是一种优雅观之说，能听出五音者，其经过的不是简单的听，而是诸多的烦琐与耐心了，还要有一份悟性。不管是品，还是听，还是收藏，青瓷给我的人与物与情与境的交相融合，如若用心，是可以到达与青瓷般的静美境界。

第三辑　觅·痕迹

一片清韵交叠，灵魂渐生缠绵，各自以独立的气质，浮流于一种空山寂静的美好里。

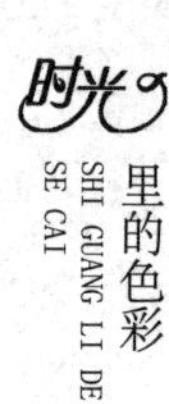

赴一场荷约

于盛夏清晨，赴一场荷约，一次诗意的聚会。因荷而来，拱桥荷园。与诗友乘车而去，欢喜见行。

或许是昨夜的雨，远山云雾不散，山尖微露，朦胧而现。于谈话间不久的时间，拱桥上界荷塘远远现于眼前。我们一群晨间早去，只见游人少许。隔岸而望，荷塘一片绿中露粉，见风轻摇，心突然见荷怯步，许是因爱而起。

只见荷塘边，白浊的溪水跌跌绊绊抚过溪底的石头，有声有色地响彻不息。顺岸而行，看小桥、流水、人家，一片平和安居景象。我们必绕过这溪，再过远处的桥才可近看荷花。步行可近观，行于此，见远山，见流水，见那远处一片清莲。为何不架浮桥而过，直接近观荷花？再深思，想必这是拱桥政府的良苦用心。如若要见荷，必走这一番路，远看与近观各有美感。亦必走过居民农家，户户门前栽树而建，树下三两妇孺老者，孩童嬉笑，妇女剥莲，老者倚树沉思。只见柴门微启，屋外摆莲子、莲蓬，新鲜莲花，亦放些菜干、笋干等当地土特产，经过的游人必会买上一些。乡野人家是不理会美景好喜，年年劳作，年年收成，家家便安居，这亦是政府喜见的。所以便有这一段徒步而行的观荷之路。亦形成河边栈道，鹅卵石铺就，光滑可映天之颜色，甚是好走，路边仿木栏杆，椅栏而站，提伞握荷便是一处拍照好景处。

过桥下几个台阶，一片的荷花便近距离相望，只见农人忙于采莲子，和了那一句：荷叶罗裙一色裁，芙蓉向脸两边开。想必与古时王昌龄亦可景诗相连。花开亦乐，欢于塘内。观荷需早，可见它鹅黄花蕊透着点娇羞，透着点霸气。粉色，微粉，白色，荷花开在莲叶间，秀而不媚，清而不寒。莲叶相连，见不到边，只见远山围护着荷塘，如绿色丝带守护，荷花不理时光地开放，开得热闹亦开得高贵。不容你拒绝，便在这天地间摇曳。荷田间，有小亭，亭内游人小憩，无论认识以否，点头招呼，没有生分，亦没有架子。凉风习习，荷花轻动。有那么几处夏之枯荷，隐于荷塘一角，似有秋之萧瑟，但具生机。

有友买荷，握于她们的手中，见微开的荷瓣嵌于她们的额边，美丽而清雅，这是来自于天地间自然的美，来自于朴素精巧的雅，这美，无需多语，闭眼，便可感知。更有诗友为我们五女为“五美”之称，于我们是欢喜，诗友的爱怜与调侃之称，因荷而得，我们不再年轻的容颜，因诗、因荷、因友善而笑颜灿烂，美好安然。

再驱车另处，山间田陌，梯田漫延，经过一片竹林不过五分钟时间，便隐见人家，屋檐一角，透着古旧与朴素。老屋走出一中年男子，随从人员介绍，此男子便是拱桥荷花第一撒莲人。在拱桥政府的带领之下，因为他的莲子，才有如今一路荷香的美丽，才有乡亲发家之路。谈话间，见这朴实的汉子，眼微露羞意。

男子的屋子为旧式四合院，风雨不避，不紧不迫。与我家老屋极为相似，大堂与天井相连，明茶亮几，墙上有涂鸦，并不影响我对于这个小四合院的喜爱。屋边房前便是一大片荷田，真可谓：荡漾湖光三十顷，未知叶底是谁莲。莲子随梯田而洒，便见墨绿间那粉色之最，另一番风韵。透着清新，馨香袭来，醉于这一片山野荷塘。我驻足此间，看荷花绵延从山顶随田而开，一如绿中带粉的地毯，泼墨而来。它们自顾自地开放，令人不忍侵扰。我静伫其中，仿佛立在一张水幅画前，只可静观其美，静思于寂。

花开半夏，一片清韵交叠，灵魂渐生缠绵，各自以独立的气质，徒步藏于朵朵莲花中。熙攘的人群尚在九垓八荒里沉沦，它已默然开谢。交言寥落的距离适可隔离，浮流于一种空山寂静的美好里。宛如旧识，因一场荷约，衔文字结巢，跻身于美丽清莲里，更欣慰于政府对民众的扶持。感慨于那填筑数桩，轻重缓急日显积多的缘分里。夏日，见荷之空灵，政之清廉，人之清然，一脉流云穿透花蒂，嵌入蔚蓝当空：清皎自如。

北京之行

与朋友相约。北京之行，从年初一直到秋天，我们四个发小，终于成行。

与朋友相伴，总有许多的欢喜，没有隔阂亦没有猜忌。看着朋友的脸从稚嫩到艳丽，再到如今的疲乏，总感慨岁月无情。不知是岁月改变了容颜还是容颜印证了岁月，细细端详，突生悲哀。能有这样的成行，亦是慰了心头之盼。

想起当初年初的相聚，梅说，一定要去北京看看；金说，嗯，要去看看；曾经的影子，兰说，嗯，要去的，去看看圆明园。我听她们说着，看着我的朋友们，已从年少到中年，经过许多年，我们从当初走到现在，流年缓过，依然相伴。常常感慨能有这份情相伴，亦有这份执着相约。于是，坐在她们中间，便有了心安。

我在她们中间是最为安静得，安心地坐在她们中间，听她们嬉笑怒骂，感受真实。车子行了二天，我们一行人终于触到了北京，旅行团里，我们四个算是较年轻的，最高岁数的有七十八。而我们几个，怎么样都赶不及他们的脚步，于是，我们惭愧的眼，不敢面对他们从容的脚步。

车子在天安门前停下，几位好友便如孩子般呼叫起来。太雄伟了，我在心底亦是直乎。我拿起相机，定格下了她们的身影，把那景象长存于此。梅是最上相的，总可以摆出各种优雅的姿势进入我的镜头，而金说梅，你怎可以这么上像，让我如此惭形。兰便在一角笑弯了腰。我怒吼，别动。总不能摄到她们最好的光景，懊恼得直跳脚，于是，兰心疼地过来，抱我。走进紫禁城，被震撼着。皇家之威，不亲临，是无法感受到的。便心生感慨，我的目光经过每个角落时，总会被深深的灼伤，曾经的浮华，也如过往云烟，散在历史的空中，只遗下些许的片断，让人捡拾，让人猜测。随团观光，总是走马观花，行至哪个角落，都不能触到它深处，如蜻蜓点水般，却已是震撼不已。

目光掠过，触摸到了历史的厚重。便不自觉得行注日礼，心生敬畏。紫禁城里，被几缸莲花吸引，惊叹于秋日还可见到尖尖莲角，便突然觉得，这朵是哪位妃子的转世，经过几劫绽放我的眼前，于是，便有了我与它相对的缘分，便有了摄于我眼中的美丽。在它前面站了许久，心里暇想着会是怎样的光景，让我与它相遇，直至同伴相呼，才醒于俗世。

行于长城上，心宽神怡。同伴跳跃于边上，我突生悲哀。这么伟大的工程，要多少的家庭离散，多少期待与隔离。被这样的宏伟震撼的同时，亦想起曾经的孟姜女。同伴金说，孟姜女是这里哭的吧，梅没有说话，兰亦沉默着，我们一行人，用沉默来感受这一番震撼。在这青灰里，我们一行人，显得如此艳丽，又是如此渺小。每个台阶都隐着先人的智慧与汗水，还有悲痛与期盼。每个角落，都印着历史沉重的痕迹，让我的眼在经过它们的时候不知如何避开。我们行至最高处，却如何都走不进它的深处，我们在历史的外围徘徊感慨，却是如何都不能走进。

去天坛的路上，随团的几个老者，唱起了歌，我晕晕的头，便清醒了许多。旅途中，一直以为，会被老者拖住我们的脚步，一直以为，会被死死地肃着气氛，谁曾想，一路来，是这些老者给我们力量，给我们惊喜，我们是在一路欢歌中前行。于是，我一直被感动着，亦是一直被温暖着，听着他们那时代的歌，到天坛。随着中轴线走，我们好似行至天的路上，飘忽起来，这时，风过，雾飘，意境便随之飘逸起，同行的老者便说，今天，我们到天堂走一遭了。这个天子祭天的地方，曾经的皇帝，却是从来不走中轴线，这是天走的，于是，左边的道便成了皇道。行走着，雾便也散了，太阳随之出来，光芒在这一刻突然显露，有人感慨，这是心有灵犀，与天的。七十八岁老者抬起他瘦而大的手，对我们说，天子感受到了我们一行人的诚意，看，太阳的光芒便不随往常般，看到吗？如此耀眼。我于是，抬起头，却总也触不到它的暖意。

去北京，最期盼的是圆明园，听说过它的繁华，亦听说过它的败落，但如何也想象不出，眼前的场景，只能用恨与痛来形容。那些烧伤砍掠，从废墟便可以感受一二，何况当初场景，任谁也不敢去想象，再去模拟。走至迷宫，再行至莲花台，再行至洋门洋楼，只是行走五十分之一，便让我们心生伤痛，我们的脚步，踏过浮华，踏过欢笑，亦踏过耻辱。每个目光能触及的地方，都写着不忍透着哀伤。想起那几十位宫人，拼死保护，却还是被狠狠遗弃，亦被深深伤害，这是国人的悲痛，该永远记下。

到北京时，就想着颐和园的美丽，身临时，被大大地惊住了。这是江南吗？那垂柳那小船，那湖水，还有那拱桥。犹如江南，江南，在这里，被复制，如此美丽。七十米长廊，人来人往，如今的我们，只能想象着当初哪位宫女，从这里经过，她们的悲哀被这七十米长廊，长长的延伸，直至今日，人们还想象着这里的悲剧。长廊的一角许多的外国人在此相聚，他们通常都喜欢这里，却如何都不敢走进圆明园。我喜欢站在湖边眺望，亦喜欢把湖与天与柳摄入我的镜头，于时，同伴的笑脸更助长了我摄影的喜悦，于是，我便不疲于此地跑起来。这里，留给我更多的是美丽与瞬间的捕捉，于是，我摄走美丽，留下情感。

行程中，有疲劳亦有欢喜，也会在旅行中，想着家中孩儿，于是，用电话与他们说着景色，同时也错过了景。没有太多遗憾，亦没有太多留恋，我们都是这座城市的过客，在匆匆闯入时，亦匆匆逃走。我们来不及回头，便离至几公里外，于是，便开始回忆，开始成了历史。

天津，周邓纪念馆里，我虔诚地三鞠躬。随之便好似走进了那个红色年代，被感动着，亦是缅怀着，心随之深入，总也走不出来。天津是路过，在这里没有太多停留，在古玩街中，地导说了一幅很高的壁画，摸着它，便可以一生平安，几个同伴便跳起来，我因为脚痛，总是够不着，梅便跑来抱起我，想让我增加高度，但，她抱起我时她的双脚却是不听使唤往外挪动，她那比点还要短点的身高，如何能抱起我呢？呵呵，于是乎，笑声一片，好在兰过来，有了她壮实高大的臂膀，我终于触到平安。于是，老者们说，你一定会更加平安的，看，你的脚有两个柱子撑着你。于是，更多的笑声弥漫开来，便引来了许多过路的目光，这一路来，总是样热闹欢喜，我们几位在老人眼中，还是孩子，于是，我们的心中更显踏实。

我们在天津停留一天，便次日清晨踏上归途，回家飞机上，一本书《三毛》伴我宁静。我想着三毛那流浪式的旅记，想着她肆意流出的情感，突觉，三毛离人间太久，我如今能捕捉的，亦是只言片语。在这样的心情中，渐渐结束了这一次旅途，便会遗下愉快的记忆。

那一次行走

在书橱里找《理想的下午》，一再地翻阅那些超然与闲散。亦平然，亦深邃。不是所有的文字都可以入心的，不用太多的华丽辞藻，亦不用太深的学术理论，就那么几段话，几句寻常话语，合宜内心会令人时时念起，可以再三地拿起的书，便会去珍惜。

信步由之，放眼而望，清风明月时时得于道途，却无须拥有也。随着这样的境界，我亦踏入“东宁”，便是台湾。没有缘由，在字面上，我喜欢由郑经取的“东宁”这二字。

与爱人一起，在十几个妇女中间，他已然便成了万花丛中一点绿了。去的路上，安心的让夫照顾，安然地坐于边上，看窗外风景亦，不理时光，勿理世俗。携一颗随时可以平静的心，才能尽兴于旅行与自然中。

一直觉得厦门是个干净又舒适的城市，所以离开它的时候，时时回头，想着“东宁”，我们彼邻的都市会是人们说的那样吗？踏上嘉义，一切似乎没有改变，没有视觉上的冲击亦没有我们所想的都市太过繁华嘈杂的浮华，我所见到的是白衣蓝裤，似曾相识的画面，仿若在我们居住的小城。唯有不同的是灯箱的广告时间，又似穿越于近代那段荒乱的年代，耳边所响的是乡音阵阵。嗨，里朗系达地朗，袜差（译音）意思是你们是自己人，没差多少。走于此处，身如家乡，乡音菜食，无不诉着，我们曾经是一家。嘉义湖边爷孙放风筝的背影，和着那流动的云朵，清澈的湖水，爽朗的笑声，温暖着我们这一群人的行程。

要说厦门干净，那么“东宁”可说一尘不染了。走于他们处，不宽的街道，整齐的驻车，让路的行车，无不诉说的这个小岛的文明。还有过路人不时招手的路人，不时地传达着美好。

去慈湖的路上，一片的薰衣草，蓝色的天，不远处慈湖那一片碧绿，与水，与花，与天，融为一起，一切都在这美好中。慈湖于大溪镇，是一座人工湖，前后两湖，二湖仿若新月。景色幽雅，蒋公追思慈母，故将此地改名为慈湖。沿湖遍植黄椰子、蒲葵、修竹，形成一条苍翠藩篱，大汉溪的清流激湍映带左右，风光旖旎，绿意盎然的花园，我们于初春抵达，便可见百花盛开，闲步其中，如诗如画。大溪陵寝为蒋公陵墓，可入内瞻仰。走进陵墓，并一座安静的建筑，安息于此的人，已猜不出他曾经的叱咤风云，只见一处僻静处隐于竹林青山处，不受尘世叨扰，所有的前尘往事，皆于逝者往生那一刻，戛然而止。慈湖，它的开发者，对于蒋公的敬佩之心不用过多解释，便可从这依然用"慈湖"二字里看出端倪，人们更想要的是这慈字，只是一个老者一直有的状态。抛开所有，看蒋公，就是一位想家的老人，用他年老仅有的情怀与余地，遥望家乡，用他一直有的乡情，铸就这慈湖清明的天与地。仿若只是一个老人，游离乡外的一个心灵表意地方，我更想用这样的意念去揣测曾经不可一世的他。铜像里，只是一个慈祥的老人，半个多世纪的纷争，在他逝去的那一瞬，全都放下，而后让人们渐渐的忘切，再后来，他只是一个老者。

佛光寺里，太过华丽的建筑，没能令人有心灵宽静的感觉，只觉得，似乎，有些建筑的表现是为了迎合，如此，便是离了初心，佛地亦也可如此。我想，当初人们的建设并没有想到这一层，对此，我并没有不敬的念头，也许是太过于敬畏的原因吧，不能有一点点的不恭敬，当寺庙成为旅游之地时，只觉得我们这些俗人已然扰乱了神灵。一路上的铜人，和尚，所有的这些偶尔提醒我，这是在寺庙里。小道里，不时有孩子的嬉笑和游人拍照的声音，我们走过一番热闹，进于一处幽静，想必，这便是原先的主楼，古朴陈旧的驻于一处，难得的清静。门窗雕花满是岁月的痕迹，庙里的雕塑，远看，祥和的气息便散发开来。这一处的难得，定是开发者对于佛礼的一种尊重，仍留一处僻静，安放本尊。我们没有走进去，只是在路过的时候，放慢了脚步。

阿里山。对于这里，更多的是想象。一首唱了半世纪的歌，令许多人对于此处有了许多美好的神往。我们没有赶上云海之景，山路崎岖，云雾缭绕。和许多大陆南方的山野一般。所以，一路上，我并没有太多去关注或期许。停车场内，人声鼎沸。坐上传说的小火车，一路看去，棵棵桧树整齐而硕大。从讲解员处知晓，这都是有几百年或百年以上。台湾扁柏、台湾杉、铁杉及华山松称为阿里山五木在此大量生长，阿里山的千年桧木群是目前台湾最密集的巨木群，桧木还分为红桧和黄桧，其中黄桧较为稀少，更有七八个人抱不了的大桧树，对于树，我是一知半解，说到桧树，就会触及那段令人痛恨的国难之时。所以，讲解员说时，我潜意识里抗拒着。海拔高有了些许的呼吸急促感，于是离开讲解跋山涉水，喜欢信步于山野树下的木制台阶。更喜欢于姊妹树下，更喜欢于心形合欢树头，还有那粉色的玉兰花。

没有人能再重复着过往，只有在风景中找寻心那想象的意象。它的每一次风景，并没有令人讶异。步行下山，踏着别人的脚印，走完数万木阶，中午时，雾还不愿散去，对于这里，亦没有想象中的神奇，像是，久违的重返，不欣喜，不突兀，自然而然。所有的景点一旦让人注目便会失去了它原有的本真与朴实，生存的另一种含义便就这样形成，相互承托互相驳斥。人可以触及的东西都逃脱不了这样的矛盾。所以，平静地走完这里，心中只有一句，就是这样的了。

行景中，最喜欢的是野柳。一个让人震撼的地质公园，野柳是突出海面的岬角。碧海南天，微咸的海风，吹乱我们的头发，波浪一层层的在脚边，远望去，只见天，海就这样延伸着。无尽头的深。女王头这里的一个重要名片，最让人欢喜的地形景观。远看，似一位高贵典雅的静坐女王。龙头石，远看似飞似舞。蘑菇石，像石、仙女鞋和花生石，自然的鬼斧神工造就的美丽，让人赞叹亦让人欢喜，你无法拒绝这样的美丽，便奋不顾身的投入景色里，于是，我们变也成为一种动态之景。所有的喧哗并没有骚扰这里的美，我们的闯入，更点缀了它本就动态的美丽。

很难想到，一座庙会与一位名人联系一起，还会因此而闻名。中台禅寺，抛弃了传统寺庙的建法，别有一番雄伟于那处。只是，少了些许安静的气息，更多的对于现代建筑的体现，亦让人赞叹有加。四尊护法，喻示着风调、雨顺、国泰、民安。它们分镇在殿堂四周，神像皆以山西黑花岗雕制，严肃的眼神令人为之震撼。

药师七佛塔，万佛墙，观音殿，石拱桥下的蓝莲，第一次近距离用眼神触摸蓝莲，宁静的美，只许你远远地看着，而后，无声息地离去。这里的所有东西，便可在转身瞬间一并放下。

行走中，知晓，走出去也需要勇气。不仅是身躯，亦要心灵。走一遭可以让人身心得以放逐的旅行，看景思景，从而变得清爽亦感恩。所以，勇气包含的不仅是内心的决定，亦是时间上的一次交给。

我们一行人，走走停停，或安静或打闹，走于东宁的景色里，亦尘世亦不被左右，只是在赞叹之时，有了归乡的怯情，听乡音绕耳，此为异乡，便更思乡。

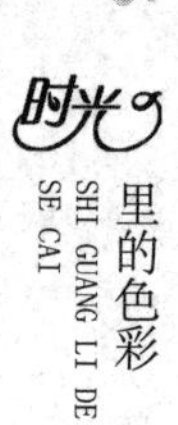

山门空语

1

一群人，几家子，离开市声沸天，市尘弥地的小城。我们常常会说起那座山。天宫山。老一辈，年轻的。我亦常常会想起那座山。有着佛的地方。它沉静于那一隅，驻着那块只属于他的土地，大气而凝重，一如一方纸镇，书写着只有属于它与蓝天白云的历史。

我们无所顾忌走进它。经常会想起的这座山。我们的欢声笑语，与尘世之气，好似打扰了它的清静，又好似，它正微笑包容我们的侵入。随着家人，走于石阶上，风尘之处，看到的是一份沧桑，它好似记录了所有人的心情，于是，一些棱角便被岁月磨去，于是，便显露出它更为厚实来。

婆婆不多言，亦不让我们乱语，这时候，我们一群人，没有人比她更加虔诚，于她而言，能来于此，便是上天最大的恩赐。于是，便更可明白，在眼中，在胸中，这份孤意的牵挂，来源于对佛的信赖。还有那份天赐的缘分。而后，便会有我们虔诚的侵临。

2

初秋时节，闹市炎夏不曾离去。可是，在它的山脚下，凉风拂面，不自觉得便感受到了一份凉薄。它的风景存在于我们的眼前，我用仰望的高度望向它，猝然发现自己渺如微尘。走上石阶，便感受到那坚硬与厚重，有些风景是令人伤感了，一如江南的小桥流水，无论如何都让人走不进去。这里的风景，是可以把你的心沉静下来，而后，一心一意向上攀走。它不让人伤感，亦不会骚扰你的心灵，如此让你踏实与安全。

每个石阶都有着它的故事与脚印。它承载着人们的心愿与诚明。它每转个弯，便会让我怦然心动，半山腰的水，还有路中的歇脚亭，亭内的佛语。还有那延伸于山顶的石头。和石头上的小小树木。都说越高的树变越挺拔。在这里，每棵树里，都诉说着它的年轮。

埋头走路，想着李白的敬亭山，柳宗元的永州八记，在他们的诗行里，用我独有的语气吟诵，在这样的水墨中咀嚼成了痕，或在这样的行走中，那一山一石一草一木。想起那一句“此山即我，我即此山，此水如我，我如此水。”大气中，透出几份婉约。便有一种小情怀于此。

3

不知不觉间，便走到了寺庙门，小巧而大气，算是小门小户。它没有世外大寺庙的高峨，亦没有人们所说的大寺庙的繁华，安静于此处。透着沉稳与素寂，还有那来自天外不染尘的气息。我们相互扶持，走进佛门。转角处，二字，佛，缘，于眼前，静静。便也悟到佛常说的一句，一切随缘，佛在心中，感悟一二，才有佛缘。万物哪能强求，也记得人们常说，月盈则亏，水满则溢。

门内的山石，是极深的土褐色，布满苍苔的斑点，粗糙风霜，苍老嶙刚，松枝枝柯柯交抱成一处，竟是抽成线状山岩。在这样的这寂静不动的岩石里，枯瘠里，竟锁应是那未知的荧光四射，透着佛语，亦是它独有的味道。

熙熙攘攘求佛的人，年轻的，年老的，孩童，亦有情侣，三两一群，不喧哗，不急躁，在这里，似乎，所有的人突然沉淀了下来。许多的人跪于佛像，求平安，亦求得心内安宁。在佛的面前，一叩再叩三叩，佛祖微笑不语，俯视人间，看人间来来往往，聚聚散散，喜喜悲悲。世中人，哪里知晓佛的秘密，哪能知晓佛的恩典。在这里，唯有祈求。或是救赎。或是祈祷。婆婆跪于佛前，嘴里念念有词，亦是久久没有起来，她一定是要求得子孙平安，康健永远。亦是她老人家的一份牵挂在这里得已安托。

我流连的是这里的清清亮亮气息，还有它以身带来的清静与空旷，不必闭上眼，便可以感知这里的空寂。它的气息不被干扰，虽然，和尚念经也不似从前，亦用磁带来代替，虽然他们口中念念，眼却是朝我们来往忙乎，也用手机与山外的人调侃，虽然现在的时尚亦让和尚也变了味，浮华，虚伪。但这里的气息，始终一处，不理时光，不容侵扰。在这样寂静中，于无声处听佛语，于无色处见繁花。我望向于正襟危坐的佛像，而免冠下拜，于是，我的前面，亦是面对叠石万千的山。如能解一二，便是我之大幸。

4

我们立于它的空旷处，俯视人间，没有一种痕迹是可以让我们辗转与注释，没有一种风景是可以让我们相互印证的，亦是没有一种心灵能求得永远安宁。好似一个信徒与神明之间的神秘，有一种信赖没能看见，却是

笃信它的存在。这便是佛的气息。

山色在我们的头顶越来越矜持，越来越透明。佛堂放于我们的身后，我们越过时间，走过平的空间，大片的山彼在我们即来的归程里徘徊。

青青翠翠的山，一如我们的生命，是有充分的余裕，去相持，去包容。回望佛庙处，世俗与高深在此交叠，深入与浅出在此交会，该如何留下来依属佛语，还有那浅出的清音和那不能丢弃的和谐。石阶的另一头，是我们的家。

水墨漳平

漳平香寮香山桥

1982年，走过桥，一片茫茫，树木依然，不知哪一棵出自唐朝良人的秀手。一个故事，成全了一座桥，一个人，成全了一个风景。我看桥，桥看我。在水中停铺。如一条彩虹，在水天之间。古桥西望，西山冷艳着它的美。

俯首望桥，能一睹霜天晓角的景致，有人吟：树皆合抱，行其下者，枝叶扶苏，漏下月光，碎如残雪。几百年的变迁我们都错过了青白皑皑如链，日出映照，向日桥面凌霜融化露出褐色的桥面一痕。我们都错过了仿佛长长的白链这样的美丽景致，我错过了那回首一眸的。于是，桥的斑驳愈见显痕。残雪之景。有一些故事，被传说着，我在故事之外徘徊。傅家之祖亦在徘徊么？

在桥的这头，望向对面的山尖，那是外面的世界吧？那么遥远。桥边桃树果子落下，一如心事重重的人儿。没有人能够告诉她答案。那单纯，一如梨花白的内心，能够装下一整个世界。

我过走桥面时，一轮日渐落。美便在夕照间。故事在隐约中被扩大亦缩小着，斜雨时走过桥面的人，便将雨分开，撑起一个个故事，风靡百年。穿着蓝衫的影子，随着荷花，给了时光一个微笑。香山桥的故事，被带出很远很远的路，走过许多地方，到过所有有人的地方。在我转身的时候，阳光碎了，那样生动，那样文学。

漳平香寮之雨

1984年，学了一首歌：江南人，留客不说话，只有小雨沙沙地下，若断又若细，如诗又如画……黄昏，日落，天灰暗。深巷悠深，旷野辽阔，房舍排立。纷华敛尽时，天和地静默着，空旷之时，心中的篱墙如水一般倾泻。一些想念与牵挂一些叹息与微喘在黄昏的细雨中，丝一般的摇曳着，惆怅着。

香山细细的雨，被风惊起，檐下，雨滴轻落，点点滴入尘埃。夜在雨里显得更静。青石板，泥土路。油纸伞，携着风，倒映着一些身影。你走进，便有了隔世飘零的念头，江南，总和伞分不开。香寮亦是。远处的身影一把油纸伞，一摞厚厚的书。那巷子里的青石板便跟着湿滑了许多。那泥土路亦显得多情起来。

我坐在清时的屋檐下，听雨在江南的路口响起，一如一声声树琴，在悠悠地回响。香山的雨，留下了客人，有人便把香山当故乡。于是这里也有老人念佛，木鱼声不均不匀，于是这里也有三两居家者话北说南，于是，也有人在这样的雨声中在舂着米。如果你走时，你可以听到，那是尘世间最温馨的声音。

一位不言的归者，在香山的雨檐不远处站着。小上的我唱起那首歌：江南人，留客不说话，只有小雨沙沙地下着……风吹过，吹走我的歌，归者身后的雨夜，微微的温暖，一半月光，一半雨。

漳平菁城小巷

1989年的菁城小巷，窄而悠长，幽幽着暗，仿若能通向时间的深处。即便是炎夏，走进时，通体却是沁凉，两袖便生风。突然想起，戴望舒的《雨巷》那悠长悠长的叹息。偶尔的几声犬叫，亦是幽幽的，找不到它的来处。偶尔的吱呀的门响，门后，便闪出一个苍老的身影，拄着拐，踱着步，转弯便不见踪影。只听轻轻的杖声，和那深深的沉寂，在光亮的青石板上回转，从巷的这头一直到那头。

走小巷时，戴望舒的寂寥陪着我。还有那一声贩夫走卒的叫唤声，在巷子里回荡着，巷子有多长，他们的声音便有多长。巷子的门，通往一个个故事，跟着雨巷一样悠长而忧伤的故事。故事里，总会有一个多情女子吧，或许她诗书满腹，却又寂寞着。或者她偷偷找开生锈的锁，与她的女伴，从巷的后门，出了深巷，走向桥上的水榭凉亭。深巷因此多了情，连风都散发着女子的香气。

巷子，让我想起，西厢的故事，有如深巷的婉约与悠远。有主仆，有爱，有恋。深意如巷子的春意。女子们走在巷子里，一个端庄美丽，而多愁善感，一个机灵慧黠，而活泼可爱。戏文里总会将她们主仆安排，一个害相思，一个开后门。如果没有主便没了春情，没有仆便没了秋实。不管少了谁，巷子的故事都是会不完整了。菁城的巷子故事，便有了春意有了声色。人间情意便牵系姻缘，联结因果，小巷不动声色的成全。

我在巷子深处，查找一些故事痕迹，再往哪里找当年的繁华与忌禁？

巷子伫立多年，似乎也老了，有了斑驳的沧桑，岁月的影子沉淀了很深痕。人便离散了。一如老树，枝残叶落，鸟雀迁徙。诗人的笔下，小巷有了丁香般的女子，便结缘在油纸伞下。诗里的巷子是带着雨飘着花香的，丁香巷便成了江南巷子的美丽词语。

小巷在诗人眼里是有情调，有诗意的。而在我面前的巷子，有着泥土灰色的斑驳的墙，深黑掉漆的门，和着词的长短句，平仄的青石板，引我走向它的纵深之处。假若，从某道半掩的门后，踱出一个岁月老人，拄着拐，着一身对襟布褂，着一软鞋，他的脸上一定有如墙一般斑驳的脸。或者，你可以上前问：知这深巷，来自哪里，通向哪里？

漳平宁洋廊桥

1995年走在廊桥之上，在宁洋流水之上，看流水如何优雅地走过。是宁洋喜欢繁丽与曲折之美吧，那拱洞里的水也弯弯地美着，亦是宁洋人喜欢笔直大气之美。古人是巧思的，灵巧的手，在桥面上设计着龙飞凤舞，栏杆上也雕花镂兽，桥面上的榭水凉亭，走着行色乡人。小小的桥，便有借景生情的空间，如若你有缘，往那桥上的亭子间轻轻一站，便会成了明清时的开头诗。倘若你有缘手扶杆栏，双眸眺远时，便会是宋词里的凭栏意景。闲愁千古，水亦流千古。即是一坐不足几步的小桥，也要取个让你欢喜的名，在桥的两头一笔一画地将字镌刻在石板上，或篆或隶，或工整或飞舞，如兰亭，如碑石，并用朱染漆。让我们的几步出走的有如莲花步屧，情韵缠绵。宁洋的桥，宁洋人的情爱，在桥上相见，在桥上誓盟，又在桥上离别。

也许，廊桥，在宁洋人眼里，是唯美的。所以，终于走进他们的生活里。你走进街市，那里的明清古厝，那里的桥，更有着大气精巧而淡雅。廊桥，为宁洋，添着一道亮丽的景致。古铜色的桥身，古铜色的杆栏，泛透着古朴厚重的光。转折地，或方或直，或刚或柔婉。清水间，桥身婉转，那一处景，便多了委婉。江南曲桥，当为景观，如果你站立其中，你便随之入了景。如果你走在桥上，步履一定是很轻，心思一定是悠然的。抬眼间，是白云舒流，俯首时，是曲水缓走，水里的荷，终是静的，它走不出这曲婉，绕不出这桥。日复一日，年年复，有人青丝变白发，依然不悔。因了这桥，因了这唯美。

廊桥，宁洋没有湮没，随着字在纸上的字里行间思量着。廊桥那一身的岁月灰痕，在山河亭间，悠悠缠绕，千回百转。

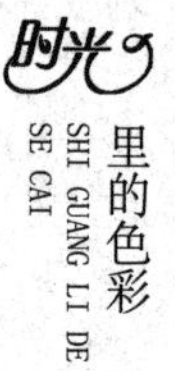

漳平青花布

1997年的街市口，一间不大的店铺，一个很老的老人。包着青花头巾，围青花围裙。旁若无人摆弄她的青花布。我抬脚的声音，引来她浑浊的眼。她说：这是江南女子当年贴身和贴心的爱，是当年江南女子，情真意切的恋。她说，这是她们自己的，从纺，织，到染，再到裁，再到缝，都浸染着菁城女子的芬芳。她说，这是考究的布，旧时考究的人用的，平民的女子，大多数时，都是穿素淡的青衣衫。她们的心思密密在青衣里，随着一声声低呼，大多数人便着一身青衣，嫁给最近人家。菁城女子的美丽便让青布衣也亮丽起来。

我看着许多的人，围着青花布围裙，在河边的小径上忙碌赶走。而店内的老人，屋里明瓦漏下来的光线照在她围裙上，蓝底白花的布纹清晰明理。是不是这样的青花布也是那陪嫁的衣服？我突然冥想起来。

走在这古镇内，看过往辛酸。在木桥亭檐，深巷之间，看无数女子头戴青花巾，腰系青花围裙，她们未开口时，便看到了古菁城的韵味，开口时，我的思绪从历史中便被唤了回来，她们只想兜售篮内的土特品。只见好多院内，竹竿上，高高地悬挂着青布花衣，一如旧时的染坊。风一吹便落下，才知，这是信手拈来化纤布料，那从身边走过沙沙响的亦是化纤青衣。此种青花衣，与江南的青花布已无了牵涉。

老人还在喃喃语，我在店里看到了真正的青布花衣。青花布安静地放在铺内，青黑的背景，一朵朵花。有牡丹，芍花，水莲，还有一朵朵细细的茉莉，它们有着卷曲而又绵长的叶枝。美着，静着，又热烈着。江南的阴柔便这样呈现眼前。都说美有着千态，从来爱有千种，我就独爱那一种，青花布，握在手心里，如若可以，真想在江南如豆的灯下，自裁自剪。也许，江南便在我如绣青花的一裁一剪，一针一线之中。

漳平九龙江

2001年，另一个世纪开始，走在九龙江边。这是一条可以怀念的江，可以让人遐想的江。过往的时光随落叶让历史在眼前清晰了起来，长堤卧波，随水，画出了一幅妩媚的风景。那岸边古樟烟柳的美丽，在眼前若隐若现。江上的水草弯曲延伸，随波起伏。晨曦初露，江水如镜，桥影照水，鸟语啁啾，柳丝舒卷飘忽。江之上，领略风姿。我已见杨柳吐绿，却错过桃花映红。

有诗可吟：石上水潺潺，流入青溪去。一段段风月，便在时光的水上，悄悄地绿着岁月。笙歌，该在这个时候使出，云的深处，悬挂在每一枝柳上。

故事，被水打湿，有一束光，合适地推开水波，正捕着哪个朝代遗落的鱼儿。桨声，在这个时候便老了。古樟将那一湖水唱碎。我在江的这头，不知那头。

漳平榉子洲

2006年，农历闰七月。榉子洲边的医院，一个小生命降临。一如那葱郁的香樟树。根须紧紧扎于土地，等着它参天。

天很蓝，大片的云朵飘着，榉子洲里的石子路上走过一对老人。男的拉着女的手无声地经过我的身旁，他们的背影，阳光不那么炙热，却是温暖。执子之手与子偕老，不过如此吧。

我走过这片土地，望向古旧的香樟树，感恩世间一切的恩赐。感谢所有的遇见。每个晨间，每束夕阳，所有的背影都显得那么柔和，伴着一声声婴啼声，你会感觉到生命初始的美好以及他的顽强。一如这里的树，参天稳妥。

在清香的月中，看到零零落落的身影。也许这里正悄悄地开始一场相识，记录一些相逢的情景。似乎可以古典的诗意表达，以夺目的美丽栖息在每个路人的滩岸。披着季节的笑语在一如诗行诗意着我的双眸，润出经久的尘埃。还有我怀里的小生命，我与他正蓄意着更强大的力量，更真城的微笑。

漳平拱桥荷花

2015年，一个字，在我的心中停了许久，随身翻过一座又一座山峰。一条相约的路，从前世一直通向今生。我在云雾里找寻你的身影，举目望向烟水深处。有人轻声曼唱那首离歌，你羞红了脸，声音仿佛溅起了水花，山色便被你浸润，你的忧伤，像一张被风吹远的曲谱，在菁门内徘徊。

我不愿抬头，愿意对着这片明媚，露出微笑。没有比这时候可以更加让人心静。周遭亦是与之相抵，平和，宁静。无须太过华丽的言语描述，朴素得如此恰如其分。

苍茫下的我，安静依然，你和风为我掀起水袖，思念漂泊时，容颜为你消瘦。我手中的三根弦中，有一行清泪，恰似流水，想要把你的忧伤送得更远。路人袭上你的眉，收着那颗清泪，那是我们前世盟约，一颗清泪，准备为你，而落。我轻盈笔墨只惊起了一份眷恋。池中的你，伫立渗苦荒蛮，我经过时，不惹起一粒尘埃。

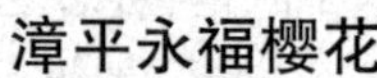

漳平永福樱花

2017，春天初晴的日子，通往樱花的路曲折而漫长，在心灵的绕口处，客音浓浓。起程的时候多云。是来路，亦是归途。风拂小径，山间花开放，花儿艳得眩目。这时，如果有琵琶音，再来段箫音，那是多么妥帖的安排。

我不去拌动那份完美，不去惊动那份温柔，不去执起那支朱笔，仿佛从前世走来，独自途经沧海，路过桑田，闯入这片明媚。仿若又是来实现古老的恋言，随之翻起旧事，然后惆怅不已。

有一条红布条在风中摇曳，那是一份怎样的美好，把头上的日头也摇碎。烟花处，花色不褪，隐现三千里烟水。层叠落花，覆盖一切。时间的手缩了回去，花随那闪烁着阳光的游思，在我脚下沾满道路。这是一种安宁的意境，闪烁的温暖在我心中成为一种呼唤。诗拦不住季节的眼，南风适时地拍打我的肩，顺便也带来一肩的花瓣。

漳平水仙茶

2017年，把你握在手心，用最恰当的力度。用旧年的雨露，为你煮一盏。对着你，在这样的夜，用淡淡的落寞，点两支香烛。就这样对着你，默默地，拾阶而上。用三月的情怀，拥抱着叶尖，晶莹随着夜的梦悄悄绽放。指尖，轻动，温暖落入心尖。一些思绪是可以揉碎的，然后，带着这些思绪的残片，待风起时，将它放飞，存于我的案头。

风不吹，一切静止，你随那片树影一片平寂。月下的影子，依旧零零落落。折一支水仙，遥遥望空。不用太多言语，默默应在我们之间。一种情浓上心头，又溢上心头。

有水滴落，夜很长亦短，你的身影，随着夜隐去，埋在心中。带着芳香的风，为我带来一种好心情，明白以后的夜，会有一个等待。

有隐隐的琴声，缓缓回荡。琴声回落，回落。拨弄琴弦的素手，传达着情怀。琴声不停，一直引我的思绪不归。随着这茶香，如此美妙的令人叹息。没有了苦涩，还我一种闪闪的心情，然后和水仙茶一起拍亮日子。

茶香在手心里，便香了满庭。庭内有帘，挂满一帘幽梦。红烛背，绣帘垂，一掌的香，给惜茶的人。一手的轻柔，温柔了手心。

翻动农历节气

立　春

苍翠的松枝挂着细碎雨滴，一只说不出名的精灵栖息在枝丫上。

风把树丫拉得很长。

通现洼地的路，潮了。下过雨，大地清新自如。

有一个初始的声音，不是雷声，是天边传来的，让日子不再沉闷，让疲惫舒展如燕。

古典之韵，许久未曾听见。父亲的二胡，停了一冬。

一双手，一双粗糙的手，轻轻地，优雅地打开了一扇门。

母亲优美的手，抚摸着她微白的发角。

祖母笑着折来一支桃枝，枝上有苞蕾。插在香炉的两边，三碟斋果，三炷香青烟袅袅。

邻居大婶进门里紧了紧衣服，好冷。在门里的篓内拿走一包菜籽。祖父对着她说，个把月后就可见青了。

隐约听到里屋的大伯说，今年再也不能要那个种子了，伯母说，“仙优”的米好吃，种这种吧，收了给孩子们带些去，软。

祖父在门前的菜地里放了种子，他说，这是本地白菜。

七点零三分，叔说，春到了，时辰来了。祖父对着空中吼着“迎春咯”炮声很响，祖父的声音很亮。村的上空，一片烟袅，一片吼声。

房顶有鸟悄然飞过，轻声一扬，无一点爪痕。

雨　水

一粒种子，在人类出现之前。然后与人世邂逅。

她显得那么平凡与安静。虔诚又端庄。最后，她便以饱满的姿势与这个节气并肩。

然后在每个春天的第二个节气里，我们用一粒种子做了封页，一年便芬芳许多。多少个世纪，我们与一粒种子为伴，或风风雨雨，或阳光灿烂。

今天，我们依旧活在一粒种子之上。她在阳光下发芽惊天动地，又无声无息。她让厚重的土地欣然开怀，破土的声音，震动整个世界。

在萌动的天地间，她守着只有她有的终生守则。

雨从枝头落下，收藏在枝节的小嫩芽还在酣睡，我经过它们的时候，却明明感受到一种萌动，一种天与地支撑起的震动。

惊　蛰

天地终于全部苏醒。所有的所有，在这时候晃动，或张扬或内敛。

太阳突然地白了，生灵与世界的约期里，我要来。

苍茫中，雾随一声雷响散去，静了一冬的生灵，在彼时，被叫醒，我以为，这是天与地的怜爱。花儿要开了，我以为，这是天与地的点缀，那些花骨朵，正羞涩地探头。

土的香味，弥漫天空。知更鸟还没有来。潮湿的玻地里，我似可以看见春天的全部。萌动风里，小草正用它低小的弧度，张扬着它的忍隐。空气中忽然燥热起来，被吹来的云团好似要在飘荡的瞬间，落下雨滴。雷声又响起。

春　分

在山间的密林里，万物苏醒。

在冬的思绪里，我们已经完成了一次次千千万的旧事回忆。

对成长的沉淀还有憧憬。

春风，穿行于我终生惦记的乡间。陌上柳，阡中情。

所有灵动的景色正随风扶摇而起，花骨朵，在清冷的气息中摇动，它正在预谋着一场花事。

清之阳光，柔之斜阳。一枝枝柔情渐次苏醒。

一切都与疼痛无关。

立梨花开在屋角，一次地在我的眼中战栗，悸动，这是一种无关忧伤的败落。

她的美，横扫一切。

在广阔的大地上，民谣在各个角落响起。

她在这渐渐的春天里，开始滋生一种曼妙的诗意，便是春分。

清　明

最初在意这个节气，是在曾祖父的坟前。风吹着，雨也下着。

我抱着自己的身子，冷。

春水荡漾在我的眼里，父亲沉默地点燃两支蜡烛。然后，我们对着坟头膜拜。

水应该慢慢暖了。有些生命，在一扇门中去了。

一条条道，从起点到终点。一个个故事，在开始时便结束。

一些灵魂穿越时空，这个节气，我们不回避死亡。

风筝停在空中。线牵在手里。

这个节气里，有些颜色也风情万种。

逝者的葬仪与死亡的证词，在这里，在这个季节里，如此和谐。

土地，见证了一些欢欣与泪水。

春天，渐渐地美了，拔升着红尘中最美的音节。

有些高昂，有些婉约亦有些哽咽。空茫的节气里，清瘦也清澈。

内心有一片清晰亦有一片模糊。

一地春光，载着一份份惦念，生者与死者，生逝与。

所有的生灵，依然可以出世入世。

谷　雨

念叨着，你就来了，一如一个美丽的女子，站在春的枝头上，在山峦的深处，悄然微笑。

枝头上的霜似断非断，淡淡的清冷在树头摇晃，就在一场场春雨中，春情悄然萌动。

在每个枝头，蕴藏了绿色的胚胎。

父亲说，该浸稻种了。

母亲的菜籽早下了土。

祖父为檐下的燕窝钉下小木板，祖母抬起头说，好几天没出太阳了。

踏着松软的泥土，一双双粗糙又有力的手正编织着谷雨中才有的景色。

一粒种子等待一种新芽拱土，一如一句句美妙无比的词在心中正待发出。

我把这样的记忆小心地放在我的心里，搁在我的案头，在这个春天的最后一个节气里，万象更新。

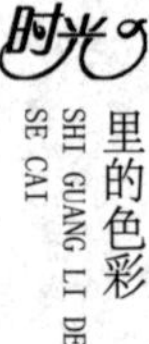

立 夏

少年追着姑娘，钻进新堆的稻草里，暖实的私语听得人耳热心跳。

身上有汗，刚织的薄线衣穿不住了。

风从墙的缺口处带着阳光一点点地时来，抚摸院子的每个角落。

井台上，俯身提水的姑娘，领口处微露的洁白，惹得大婶的脸发热。一只猫尖叫着把小伙的目光引来，姑娘的脸顿时红了。

树枝间的阳光晃了又晃，小伙的扁担也晃了晃，眼，随着姑娘拐进了小院。

院落的青竹竿上晾着一溜滴水的衣裳。

表嫂隔着院门问母亲：姑，你家的梅子熟了没？

母亲的小脚一路小跑到后山，表嫂跟在后面轻声喊到：姑，你慢点。

远远传来声音：害喜不？还好，就是想吃酸的。母亲的笑声，低头脸微红走路的表嫂偷看着我。

舅舅在院里的树下泡起了金银花茶，一只蜜蜂在杯子边。

祖母一篮子黄瓜一根解了表哥的渴。妹妹扶着表嫂从后山回来，迎面扑来梅子酸甜酸甜的气息。

小 满

风还是吹着。一路走来。我与稻田撞了个满怀。

绿色的浪花，在眼前，有什么比遭遇一场稻浪更扣人心弦。

沿着小道，一种向东。

五月，用一片田野的高度看五月如何得开阔，如何清澈。

阳光正好从疏朗的树叶落下来，在我的脸上留下光斑。

我突然有短暂的幻觉，沿着它的痕迹，看到年少的自己在良田里，如何嬉戏，如何无忧。正些温暖的时光，正随太阳的光斑缓回到我的心灵深处。

青苗在眼前摇晃着。有一些树下结下了果实，正耽于成熟与青涩之间。

它们，很快便会被采摘，连同眼前的阳光。

正在这时，我可以在某棵树下凝望，想象着一双手的细节，它们如何残留着时光的痕迹，让我的黑发不知不觉中成了苍颜。

芒 种

在六月的夜晚，我看到一道曙光从我的窗子斜入。

燥热的昆虫与植物与蟋蟀侵扰着我的呼吸。

这是一种月光下合奏的弦曲，我用一棵悲凉的心，谦卑的姿态倾听着。

或者，在过一些时段，它们会低下声音，慢慢止息。

大地都也忙碌起来了，农家的小院里，却有一种悠闲的诱惑。

风吹着母亲微白的发，把我的思绪吹向很久很久以前。

四季豆在院里的架上结了长长得，最廉价的夏茶也被泡得清香清香。

燕子欢叫飞过头顶，一朵石榴花在风中调落。

夜的小院，弯到夜的深处，门旁的风灯摇着故事，小院里和小院外的人都睡了，每一扇窗都静下。

在六月的一个窗子里，我途经芒种。

夏　至

这时候，日很长很长。

夏的足迹很深很深。

它不露声色地把所有的热情表现，风吹落了浮云，大地一片灼热，莲花寂静着它才有的安静，伫立在那里，安静着她的主题，在塘的一角，带着时光的痕，划满全身。

树叶越来越绿，雨少了。

一串串汗珠落在泥土上，连头一声声吆喝声向前方荡漾而去。

我的乡亲，踩着自己的汗珠一路走去。汗水被干裂的泥土吸干，它滋润前方的路，这是一条带着灵性与血性的路，太阳能分辨出来。

夏至里，勤劳的人们在自己的血汗里，让天地金光闪闪，它们与一缕缕阳光交汇成一条条最美最坚韧的弧线，在苍茫之中画出它们才有的刻度。

这条道路没有尽头，乡亲们的汗水，源源涌出。

小　暑

虫子在草丛里歌唱，蝉在树林里对歌，捕蝉的少年从树下走过，一张网停了蝉声。

空气，热了起来。

村上，阳光盖过所有。一只蜻蜓飞过，停在荷叶上。

蚊子停在祖母的帐上，祖父拿来凉扇。牛在屋外小溪里一抖赶走背上的牛蝇，也惊起河水里贪玩的小小少年。

尾星草周身布满朴素灵光，在小道边摇晃着它的歌。

在山的另一侧，悠长的鸡啼声让午后显得更宁静。

所有的背景是墨绿色的。

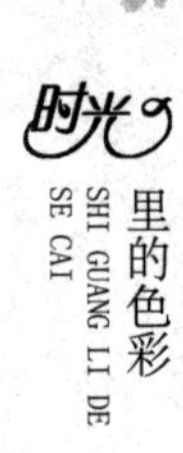

祖母换上了丝绸裙子，坐在巷口，邻家婶婶摸着问着，祖母笑着说孙女买的，笑声随着穿堂风吹得丝绸没有一丝汗味。

黄昏，炊烟斜斜地袅袅升起，牛娃吹着短笛，猫不安地徘徊在手拿鸡腿的小孩的脚下。

蝙蝠出洞了，将阁楼上的窗棂撞得哐哐作响，村另一头的女人响儿回家洗澡。

弯月在柳树顶端，宛如一块渐融去的薄雪。

院子深处，响起电视剧的对白。

大　暑

气息彼此起伏。在城市的边缘，在乡村的角落。

蝉，在精彩地演奏。世界从声无序，唯蝉不被侵扰。

雨水与阳光一样浓烈。再也找不到一处清凉。

隔着厚厚的玻璃，看着外面正发热的世界。

尖锐的汽笛声与浑浊的世界成正比，越来越感觉到自己内心深处的卑微与孤单。

想着在某日的午后，在阳光直射的时候，在乡村的树荫下，放开心胸，安然自检。

然后看少年牵着牛从我的身边走过，他会转身的，看我如何活在这个炎热的夏日。

看我如何在乡村的太阳下，洗去身上的铅尘，如何交出尘灰的一切。

立　秋

这个时候，湖水更静了。

乡间的忏陌中，一如诗行走在我的前面。

即来的秋，在立秋的时节，季节的轮回与心情的变化就在一转瞬间。

我的故乡安静地承接着所有的时令，立秋了，夏季在村庄里，并没有走到尽头。

一种悄悄的过度在树与树之间渐演，我在树枝的痕迹中找到了一种季节微小切换。

我倾听它深邃的呼吸，那不动声色的颜色正如何在树枝上渐变。

这个时候，水鸟从天空中飞过，划下一道低低的痕。

光线耀眼处，我已经不能适应它的真实，水天一色，似乎比真实更美丽。立秋，是秋天的使者，在秋天里，它倚着门槛独立。天似乎高了些，云也淡了，可是，天还不凉。

处 暑

走在穿单衣的人群里，偶尔可以见到那个穿学蓝色毛衣的女子。

才知，季节一天深似一天。

叶子依然绿着，你抬头时，发现，云有些淡了，风也轻了些。

一个人穿过黄昏，舒缓的节奏像足音，一直随着你。

你从灯下拂去头发上的落叶。

一张面溶浮动在你的眼前，那是娘亲的脸，叫你的心生出微痛的挂念。

这样的日子，许多的时候，你似乎置身在一种相近的境界里。

耳边的蝉声却听出另一种疲软。

在院子的树下，独坐到深院。

你的思绪终于从迢迢的往事中回来，才发现该回房加衣了。

清晨的短信还在，灯下的你打开，弟弟说，家里快割稻子，今年又可以丰收了。

转身看见月亮正静静地陪着你，深情的眼神像极了一个人，那个叫你乳名的人，你小声唤她的时，便有人在月光的另一头回应你。

白 露

挥舞的银镰轻碎地回响。

伯父的脱谷机，也在轰鸣着丰收的交响。

五千年的稻谷，立在乡村的指尖上，被轻与重的脚步渐渐抱围。千年的稻香，笼罩着远处的山和近处的水，香了庄稼，湿了归路。

迎着太阳，顶着狂风，泼出了金黄的颜色。

一如一种暖色的弦音，静静地流淌，似乎是停下呼吸，观看这样的光辉，谁的汗如诗地抚摸着天空，像天使的手，写着野旷天低的句子，写着苍茫与雄浑。

一如真实与梦幻，人生与现实，灿烂着它充满诱惑的景象。瘦瘦的炊烟，一如一缕疲倦的乱发，笔墨散文，漫且无章法，点缀着粗犷与温柔。

一种久违的劳累，是从季节与内心的纯净开始的，在馨香恣意的每一颗谷子闪亮。成为一生的暖意。

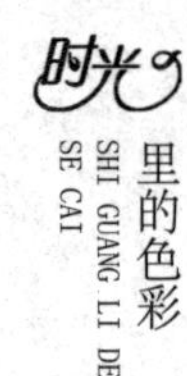

秋 分

在秋的深处，欣赏着何为辛苦劳，何为执着。

母亲的大豆，在母亲的担肩上摇响着它的音符，祖母的手心捧着笑意，告诉我，大豆的故事。有一根稻谷，落入父亲的眼中，成了种子。

而我，拾捡农家的欢喜，在黄色之中，笑着不肯抬头。

母亲的锅台，摆着青花菜，祖母说，她总分不清盐与味精，而我手里的柴火，烧得吱吱响，屋顶的烟，徐徐飞起。祖父一如孩子要吃煮沸的黄豆，我突然知道，何来老年少。

拾一粒已入仓谷子，放在手心，凝视着它，读一次土地的奉献，说一声感慨。一缕绿阳光，一阵阵清风，云也淡了，风也轻了，滴一粒秋雨，寻那一路芳踪。

寒 露

风，隐隐大了，残残的云朵，在天际孤独地飞，水线，在迅速地暗淡，一种沉沦的暗。树与水的姿势如同深邃的哲理立在天地这间，大音稀声。

雁总会在这个时候悲鸣，渐然跌落在渐生的暮色里，不知是谁的眼泪将会化作最后的光亮，照着它一路同行。

一支白鹭，一动不动。太阳降落的地方，还有一只小狗，走在隘口的一个转折点上。会有一些白色的雏菊开在安静的原野。

这时的落日已在远方的天际，打开那扇属于自己的门。一只孤独的雁，伫立在水草上，似一句苍凉的比喻，在静谧的象形文字间，让那些记忆显得更加雄浑而悲壮。

霜 降

霜天角晓。更愿意看到霜凝树，然后沉静在大地上。让我可以体验到从不外露的坚韧。在这个时节，我可以抚摸着收藏的果子，我便可以这样被时光凝固成一种记忆，然后在岁月中存留下来。

我被允许在一种宁静里，一如一只倦飞的蝶。安享着节气带给我的微冷。秋日的最后一个时令，山在我眼前渐渐秃。

细弱的小草渐渐衰黄，轻风拂过的地方有一湾浅浅的水，它的周围有着同样的寂静。

无论是纷落的叶，还是渐枯的丛林，它们都安静下来，在一些旧时光中，无论感伤，无论喜悦。

一些暗处的力量，在它们宿命的一般的暗示中，我的目光能企及的便是一些荒凉。

乡村能收的大都收了吧。月亮在这时被洗白，可以被她照亮的地方，越来越沧桑。

立　冬

我走在巷子里，然后在露下些许阳光的梧桐树荫下放慢了脚步。

农历立冬的黄昏，走过我常走的桐荫路，周围的一切都显得朦朦胧胧。空气中没有有了女贞树的清香，谁家的窗口透出咿咿呀呀的唱着听不懂的歌。

任何感情在这样的氛围中都是不设防的。

想着这些的时候，我看到了一个迷路的孩子。

应是被人骗来的乞儿，他伸出手，无助的眼沉默地看着我，满脸的迷茫，那一刻，我不知自己能做的是什么？我拿出零钱，放在他脏污的手上，我看到他干裂的唇微微一笑而后瞬间消失，他的鞠躬显得那么的程式化，破旧的衣服包裹着他幼稚的沧桑，这是与我孩子大不了的乞儿，他能再找到回家的路吗？

他的背影有一种悲苦，一种无可奈何的孤独。

我在这样心灵火花熄灭后，一切归于平静。

我接着走。偶尔踩到从树上飘落的叶子，听着叶片上筋脉清脆的断裂声。

我并没有忽略写在落叶之上的心情。

小　雪

坐到巷子一个酒吧里面，窗口走过拾荒的老者，躬着身，背上是破旧的行包，还有一些破纸皮。

这是一个看不出年岁看不清五官的老者，浑浊的眼亦看不出情感，生活把一个老者推向边缘，而我们都忘了他也曾经年轻过，他的背影，突然让我知道了真正的漠落。

时天颜色昏黄，像得了霍乱症的人的脸色一样。你看过黄河故道的那些水吗？对的，就是那种颜色。

梧桐叶子还没有到大片大片飘落的季节，能飘转的只有惹人烦的飞絮。那些落到你颈上的毛球，弄得你浑身不舒服。就像这个季节的风撩在心灵深处，痒痒的。

那些黄色的茸絮被风吹着在不怎么干净的路上打着滚，在斑驳的树荫里找着最后的归地。

风很冷了。我从外面坐到了房间里，仍能嗅得到玻璃外的清冷。我用低下头的姿势，想着一飞不起来的鹰，一些黯淡的花。想着它们曾经如何飞扬，如何美丽。

这些，依附在我内心的想象常驻我的心脏，让我在随时想起的某一刻都会神情漠然，呼吸急促。

大　雪

一群人在高声说笑。为了刚完成的旅行，或是某些无聊游戏中的得失。他们脸上显出幸福的感觉，只是洋溢出的色彩太多，看久了让人眩晕。

这些红男绿女们在传阅着各自的骄傲和持久的却不怎么真实的矜持，还有略显苍白的感悟和唏嘘。我想我们都是游离态的，为何非要找个理由，找个名分，把很多人绑在一起呢？仅仅是因为我们的寂寞？

我仍然钟爱梧桐，落叶乔木。幼时树干呈白色，叶子掌状分裂，叶柄长，花单性，黄绿色。木质轻而坚韧，可制乐器和各种器具。种子可以吃，也可榨油。为象征幸福和快乐之良木。

一生之中重要的情节，会被自己忽视。

而在发现大雪之日，天依然是晴朗的，直接到每个落叶飘逸起来。我留意着冬天在大雪日这天，如何变化。

冬　至

我坐在无雪的冬天里，妈妈说，冬至了。

风吹烟尘满天。寂寞的苍茫里，空气在颤抖。

我默默地感受着这份苍凉，村庄，枯树，伫立在冬天的午后，静默无声。寒流来临时，所有的都收起。朴素的言辞最适合现在。

阳光，在冬日最易碎，祖母摘下满身的寒从阳光中走来。再用一大把的阳光抚摸我的额，生怕细风或一句话吹碎温暖，那么轻，那么柔。

我惬意地感受这份温柔的诱惑，在我渐渐成熟的时光里，有着无从言说的风韵。

在冬至未到来时，躺在祖母为我准备的床上，在每个寂静的清晨走来，穿着适合乡村的棉袄，看火红的叶片的风霜，阳光斜着，北方有雪的日子，这里浓霜亦冷。

我一直守着这样的日子一份淡淡的亲情，一双温暖的手。

在祖母的饭桌上坐着，汤圆下了红糖，冬至包躺在我的碗里，我便莫明其妙地温暖起来，然后安然微笑。

小 寒

三九天，小寒至。

在凝霜清冷的凌晨，时空没有错位，半生的时光，站在冬季小寒的凛冽中，仿若置身于料峭早春。

一如农夫春耕时节，我以为是在某个春日的下午，农人们在忙碌着烟苗田间，脚步走在待耕的田垄上。在中午十时，这是春天即来时的忙碌。

让太阳的光芒低过雪的额头。如潮的寒流挟裹而来，迎风扑面的风，带着灰色的希望，在小寒这一日更清晰。

寒鸦会在这时偶尔颤抖地飞起，夹着它微弱的叫声，撕碎整个冬天里隐藏的一些童话世界。

我的乡亲并不因此而悲怜，一种希望总会在灰色中升腾，那是生命最为厚重的畅想。这时的大地银装素裹，让我在此时不由得，肃然起敬。

大 寒

北国纷扬的瑞雪，南疆冬种依然葱绿，站在冬天最后一个节气台阶，眺望时光深处，窥见春天在招手。

时间是一条河流，大寒的渡口里，每一个手势都溅起了诗意的绿色，我似乎可见那枝头摇晃的梨花。村里的老人挂起了腊肉等待远行的孩子。

婶子走近母亲的灶头问，风鸭干了吗？村庄宁静的天空便咸香了起来，

在这里我嗅到了储存着太多离乡人的思绪。庄里进出低矮的房屋，陈旧的色彩便成了一种牵引归途的色彩，渐渐地在归乡的泥泞里，拧成一股温暖的淡黄那些在他们脚步下已被踩踏出来的坚实小道正牵引着离乡人的梦。

不久，天空的太阳会慢慢返清，从冬天到春天的这个结口，我们路经它的时候，在一年最后的节气里，一切都会在等待中来临，我最愿意相信，我们的季节将会到来一场场温暖，一片片绿色。

第四辑　遇·清寂

我目睹它们的艳丽，坚忍，骄傲，柔美。默默地为它们腾空内心的角落，让它们盛开更多的荒凉与美好。

春天什么都好

桃　花

春天什么都好。

我这里，最先看到的是桃花。它盛开时，无声无息，立春过后，没几天便可以看到它，不管是不是下霜或结冰。我极喜欢那花蕊里摇曳的小粉点，还有若有若无的粉红。如今是不太喜欢粉红了，但，桃花的色泽，喜欢如初。

经常可以看到桃花的画像。水墨水粉还有油画的。我还是喜欢水墨，似乎，只有这样的墨迹才能画出它的静。静于山与水，人与天之间，不被打扰，亦不被侵犯。而后，许多的人就踏入那片静谧，扶枝，闻花，各种姿态与桃花一起，摄入各种相机里，殊不知，人们，怎样摆弄，都是只是花下那一尊皮囊而已。对此，我并不厌恶，只是觉着，桃花更于高处了。

以前，乡村里的桃花不似如今，整片整片的观赏桃。只有在林间，或在屋角，或在路边，那么三两棵。它隐在高的树，矮的草，粉绿粉绿之间，隐在深灰，斑驳厚重之间，探出那么点点粉红，如少女般似羞还羞，这时，如果春雨下一场，于清新中，透着无尘的美。

如果桃花花期还没到，风似乎很难吹落它，只有雨，能够打落，被雨打下来的桃花，粉艳粉艳的，在还没被泥与踩踏前，那景象，最为走心，人们可以怜惜，可以惊讶于，如此雨打落泥之时，还可以这般美艳。

桃花花期不长，但它很顽强，花期不到，风吹也难吹下它。花期一到，无风亦落。我没去算它的花期，只觉得，花落的地方，必定是会长出叶子的，点点嫩芽长在花落的地方，花落的毅然，叶出的欣然，叶与花之间，似息亦是一种传承。这时，风雨便慢慢把它们打落，然后，人们便会踩过它，脚下软软的。偶尔会在哪个角落里，看着极鲜艳的桃花躺于那处。没有人会去捡起它，也没有人会故意踩过去。叶子越来越长，花亦落得越来越多，落地的花，再下一场春雨，便慢慢地没看到踪影了。

梨 花

桃花开过了，再就是可以看到梨花了。白色的一片，在风中。我小时候其实更爱的是梨花，梨花开时，天气便暖和。因为天气暖和，所以，更加钟情于梨花了。它不艳，不俗。就是没有很多人去喜欢，村里的人也是。因为是开着的白色的花吧。还有梨的谐音亦是不太让人喜欢，人们在接春时，都不选它。梨花没有桃花大，花蕊却是更加长，第一眼看过去，便是它透出那几根花蕊来，带着点点嫩黄，在风中摇啊摇。梨花比桃花开得更密，因为它个小原因吧。小时，经常会偷偷地摘一枝梨花，插在玻璃瓶里，在曾祖母看到之前，放于房中，不过，不到傍晚，便会被她拿去扔于院中。也不说理由，不言不语。我似做错事的，也不敢问。如今还中不明缘由。也许是因为这样，我更喜欢梨花了，因为树高，远远就可以看到，白色的一树，立于它的位置，不被打扰地开放。

梨花也是开在叶子出芽前。我观花，似总不去理会花期，到如今，亦是如此。如果说桃花是安静的，那么梨花便是空灵的了。仰起头，那花与花的空隙间，落下来的阳光，经过了那白色的花瓣，透着缥缈，似有似无的，感觉似乎人也飘逸起来。有那么一阵风吹过，一片片或一朵朵如下雪般，落在你的肩，你的发，还有你的手上。或是，风更大时，会飘入你的院落，驻于你的屋顶上，也在你的窗台里。有如雪般，不容你拒绝，就这样，落下落下。

我极喜欢站于院落里，等着风把梨花吹来，仰起头，有时，便也会落于脸上，凉凉的，软软的。再用手拾起，清香着手心。梨花完全落光要等叶子都长得尖长时，我不喜欢长出叶子的梨花，它看着就有点无奈。春雨春风，一直把梨花吹落，满地都是，你若踏进，树上一定会滴下几滴水来。梨花和着泥土，随雨渐然离去，满树的翠绿，不知不觉，人们也就更加忙碌起来，我也就不再去在意梨树上的叶子了。

芥菜花

秋末的时候，有人就开始种芥菜了。一直长到冬天。刚开叶子时看着的叶子不似其他的青菜那般嫩，粗糙，叶齿分明，这时炒起来，菜硬硬的，微苦，一直要等下了霜，这时再吃起来，软软的，嫩嫩的。等再下一场霜，这时的日头带点霜风，及快风干，人们便把它的叶摘下，晒成菜干。便也同时挖起菜心，也切成块或晒或腌，然后放于瓮中，过个一二月便可吃起来。就这样继续重复。人们忙着过年，刚刚念叨忙着年，年就在这带着尘香与平和，在祝福与热闹，亦在孩子们的新衣和笑闹中，春天也随着来了。

这时的春天还会下霜，也结冰也下雨，阴冷阴冷的。很多的菜这时也很难熬过去，只有芥菜，依然翠绿。曾祖母踩着她的小脚，吧嗒吧嗒地到菜园子摘它去，用她灵巧的手把芥菜做成各种味道，使得我们不觉它单调，不会每天吃它而乏味。如今想起那味儿，还是会偷偷吞起口水来。

山村里的春天是多彩又忙碌，刚过年，人们有开始准备播种。日头也时有时无地出来。不知不觉，天气暖了，带点潮湿，一点霉味。人们早就种下其时的菜，芥菜也被冷落，也因为从冬吃到春，人们在乏味中把它丢弃。亦不去浇灌它，任它自生自灭。待等时机，再去种其他。

这时天气乍暖还寒，芥菜节节高。没过半个月成片成片的花，黄的纯粹，开的肆意。不容你回神的时间。在眼前，带着尘世的味道，摇曳于田陌，娇艳于春雨里。被打扰被丢弃，依然骄傲着开放天的美丽。远望近看，它并不因了距离而改变模样，让人不得不停下脚步，用最真诚的眸子去触摸。

如果说桃花是安静的，梨花是空灵的，那芥菜花是最尘世的了。我在这时，就会钻进黄花深处，摇落几朵花，追赶着蝴蝶。看蜜蜂如何嗡嗡采蜜。这时的阳光暖暖的，带着点菜与花的香，还有那点潮。夹着奶奶的叫声：别踩坏了，留几颗收种子。随着这叫声，几颗花也在我的手里，再看看，田里还有好多呢！淡黄的小花捧在手心，紧紧地轻轻地揣着，直到找个地，坐下来，打开手心，手里全是汗，花也跟着焉了，也不懊恼，还可在去，还可再捧着它。

它开得热闹亦不俗气。把季节装点得更加繁华，而让你不经意着，亦地意着。黄色是惹眼的，却不浮华，带着那点点娇气，还着淡定，令人欢喜，依赖着它的美。嗅着尘世中最为真实的清香，心灵可以更加踏实。

花落花开

1

那日，早上醒来，便接到母亲的电话，桃花开了。想象着桃花在日光下肆意地摇摆时的美丽，便会微笑起来。那是一种入心的温柔。常会念一些朋友，特别是春天桃花开放的时日，似乎有一种情结在怂恿自己该给朋友打个电话。不经意间，我们一同说到了桃花，那种孤独与艳丽的精灵。似乎都那么怀念，怀念桃花，少时的，一朵朵让人心事重重的桃花。

我坐在阳台。看不远处一些不知名的紫色的小花开在路旁，一位女子安静地从它们身边走过。精致得如江南女子，肩上的发随意地垂下，一头飘逸的发丝，着乔其纱的春装，更显出二者的质感。漂亮与美丽是不能同等的，一如现在经过的女子，与花不能同等。

记得，有人说过，十六岁便开始变老了，在这个时候开始，我们便越来越没有时间沉淀，浮动的心灵，只看着花动，只知花谢时的悲伤，却不是花落下时的意义。

今年，阳台上的紫薇似乎枯了。我对这些也已漠然，不再一次次地去看它是否发芽，似乎，所有的事与物，还是随缘的好，太刻意了，于心便有负担。我也不再太热衷于一些得与失了，生活中，看似乎要紧的，便去死死抓住，其实，能抓住的只能是自身能够体会的，或，只有自己罢了。

2

我一直会在回忆，现在想来，似乎是越来越有时间回忆了，常听母亲说，人老了，大都是靠回忆过日子了，我似乎渐渐地在验证母亲这句话。总会让自己的时光回归到自己最美丽如花的年代，然后，一点点地细微地记，有时也会拿着照片看自己在桃树下年少时的模样，看着看着，便分不清是自己，还是别人。似乎是前世今生的事了，很远很远。

“每一只蝴蝶都是从前一朵花的精魂，是花的前世回来会见今生。”张爱玲这样说过。也许她便是一朵花，张扬的才女，逃不了世事变迁在那个时代充满青春充满希望的她，却在满清遗老遗少里，昏昏沉沉，纷纷扰扰的世界里，她却有着不同一般的迷糊与清醒。她曾经的爱人说她是“花来衫里，影落池中”。她每一个细微的情绪会被聚焦，放大，似“一花一世界，一沙一菩提”。她的世界边缘被敲打着，她始终让自己沉淀，淡漠着，炽烈着，甜腻着，跌跌撞撞往前走。她的开场便注定有泪，才会有她温温的情怀。她的结局注定悲凉，才会有绝美的回眸。

我不知道为何这么爱张爱玲，一如二十几年前爱三毛一样。也许是在她们的身上显露出的有我的共同点，还是自己在她们身上找共同点，张爱玲对事物的决绝与三毛的委曲求全，似乎方式截然不同，但，我看到了同一种挣扎。因为决绝，所以张爱玲孤独，因为妥协所以有三毛的孤独，二人的结局都看到一种悲哀，一种如花凋谢的悲凉。没有太细致的告别，都是那么突然以致惊讶地让人不知所措。

张最初的那段爱情，是痛苦又幸福的，因了世事，现实便背叛了爱情。没有太多的惋惜，因了人格，张爱玲的人格不能因为爱情而被玷污，所以，看到她离开那个男人时，大家都微微一笑。三毛的爱情是平和而美丽的，在世尘中，最不沾尘的。我一直认为，因了那份爱，三毛心灵有所依托。我一直认为，三毛不是因爱情而死，是因为，文字离生活越来越远才选择离世，用那种绝美的方式。张爱玲与三毛的思绪，都没有真正地生活在她们的时代没有顺应那个时代，因为如此，才有那么让人心酸的挣扎。

越来越少看红楼梦了，也许是和心境有关。那种越深的东西，我似乎有意在逃避。不喜欢林妹妹，也不喜欢宝姐姐，对史大妹子，却是情有独钟，我的朋友常说，你似乎不太应该喜欢史湘云的。为什么？我口气不太好的反问，朋友一时语塞。从第一次阅读便喜欢史，到现在，不曾改变，我喜欢她的粗枝大叶亦喜欢她对于逆境中无畏的力量。出场没有铺垫，一如一朵迎春花，没有面具装束地站在我们面前。我们更多的是看到她的笑，那份娇俏。或者，她不是人们特别要留心的女子，却是我最能记下的女子。似乎可以看到她内心的一种隐忍与坚持，是对于家庭与环境的。还有一种静默的勇气，看似低贱的高贵，佯装卑微的骄傲，其实是轻视苦难的，是重视天真重视放达的，然后，才会有那么健康的心性直面生活。

偶尔也看席慕蓉，很飘逸的一个女子，似乎就为诗歌而出世，安静，不争不艳。我总在想，哪个人能如此这般淡定呢，以致让人一直念叨她的智慧。你把忧伤画在眼角，我将流浪抹在额头，这一份轻柔，好像可以拧出水来。

林徽因，我一直称她为精致。或者，有人说，是因了徐志摩才让人记下林，也许，因了有梁思成，因了金岳霖。不管是因为谁，林，是因了自己才有如此精彩的人生，建筑学家和作家，中国第一位女性建筑学家，这不是别人可以赠予的，也不是哪个人能够影响的。我最喜欢枯荷写林的这一篇，道出我对于林的喜欢与敬重。

3

少时喜欢从桃树下走过，然后因了摇动，桃花飘落我一肩。这时，我便拾起一瓣一瓣地数，放在我的手心里，直到它们在我的体温里渐渐凋黄。久远的记忆。我不会忘了，某年，某月的某一天，我看着桃花如何在我手心一点一点的变黄。如今想起那种感觉，真的是一手粉脂，满心荒芜。

都说女子如花，也说花如女子，因此便有了视女欢喜的父亲情怀。花开美丽，花落悲凉，不管是女子还是花，她们都展示着不同的精彩。我们大都可以放弃一段感情，一个人，一座城市，但是，无论走到哪里，都放不过自己。而花，却是不能这样的，不能放弃美丽也不能放弃凋谢，亦不能选择，但，能展示从蕊而出的美丽。有些女子，是可以与花同等的。从心灵而出的美丽。

风吹过，有些微寒，这时的桃花应该是落下很多了，生机和妩媚，滇青的香氤，一同沉淀在空气里。花落花开，花开花落，便在这样的一暖一寒中轮回生展，所有的生命也一如花朵一样，在明灭中感受一切。那些我们敬重与怀念的女子，如花美丽的生命，都在沉淀了它短而美的一生，表现了它明媚又暗淡的宿命。

爱上缓慢时光

邂逅一场记忆

如水的夜色，漾动着屋檐的灯。风吹花舞，花蕊上的露，是哪朝遗落下的诺言，那么的轻盈剔透。树梢上飘过的笛声，舞过的是那般的清雅悠扬。想用手接过这样的柔美，却只拾得前朝遗下的一些记忆。

南院的古藤缠绕着暗香，一簇簇，浮动着斑驳的门扉。扰乱着渐次消隐的痕迹，还有那幽深的跫音。只有那片片青石板，承载着路人的悲喜欢欣，真实地承接起起落落的岁月。

望过许多的云和月，最为怀念是少女窥见的那一抹彩云，那般地印入我的生命，成为不可磨灭的回忆。总是会在走进乡野时，抬起头，找寻曾经的感动，或多或少，或深或浅。

邻家的阁楼外，萤火虫儿，亮了又灭。一些如尘如烟的情节亦是如此，随着年华逝水，随着萤儿，沉入深深的夜色里。东边的那个墙根的不远处，有两个轻盈的少女身影，始终在那棵古藤下，似张望，似启盼。似曾相识的场景，牵着我的梦，触摸我的人生，咀嚼个中滋味，嗟叹，欢欣。

在这一场记忆中，许多的身影，渐行渐远。而我能拾起的，仅仅是记忆。

邂逅一枚翠叶

在树荫下，都说，秋深了。

一片叶子落在我的肩上，如此青翠，那般清香。细细端详，叶茎微黄，似有撕裂的痕迹，这样的痕迹直刺我的眼睛，让人生疼。或者，它还可以更灿烂地摇曳，或者，它在这个冬季，不必落入尘埃。

它不应该落下的，然而，它真实地在我的手里。也许，我的肩亦是它的一个泊位，如此，这小小的轻盈便停在我的生命中，让我片刻感叹，片刻欢喜。

一叶知秋，秋似深似浅。一枚翠叶，哪里可以承载，哪里可以概括。

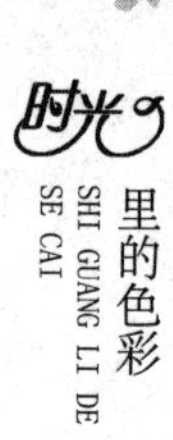

满园的翠绿在风中摇晃，在头上舞动，大片的，微小的。而能在我身边的，唯有眼前这枚翠叶，和我亲肤相连，共同呼吸。

我轻轻地把它放在我的手心里，以它的清香，反复感染我的心灵，温柔我的掌心。被叶子覆盖的心，那般的幽深，淡泊。它如此安静地闯入我的世界，在这个秋日里，一片翠叶与我的身影构成一幅剪影。一抹清丽。

适时的起身，抚去身上阳光遗落的光斑。在繁杂的尘世中，可以跳跃着的，只是某时一处的清静，可以旋动的，只是某时一个瞬间的华彩。经意与不经意，都无法主宰，无法顾及。有些物什，可以放弃，它却是会永远照亮整个人生。

我把这一枚落叶，安放在阴凉的石阶上，然后，无声起步，默默走开。它在它该在的地方，风无法把它吹得更远。

邂逅一簇雏菊

一簇微白的雏菊，开在空旷的山野，开在我必经的路旁。我更愿意它们在这样的晨夕中。

只有这个时节可以在傍晚，或晨露时分感受到它们的安宁。晨光中树叶依然凝露，黄昏里，树枝依然稠密，但，它们，终究无法遮盖雏菊的清丽与张扬。我喜欢这样开放后的倦怠。

尽管，我每天可以用眼睛触摸它们，然而，我，不曾用手去碰触。

我越来越不想那么随意地去抚摸它们，只想，用我的心灵，用我的眼眸，去感触，去感叹。它们存在于我的内心，细小地给我细细的牵挂，隐隐地疼痛。它们安静地在季节的当口，在山野在路边，不倚靠任何宠爱，不依附任何伟岸，我分明可以感受到它们的坚强与强势，让人那么的不忍伤害，不能侵犯。

当我再次经过它们时，并不担心有什么被遮盖，可以用我的眼神，那么随意地把它们捕捉。这时的天空，渐渐地高起来，薄薄的云卷着微风，轻拂我的发，它们一样吹过雏菊。把我浅浅的心湖，同样吹起。秋日的阳光，照着每一处，也许，还有一些沧桑，不能被照亮。

我与它们，被时光允许留存于此时，被尘世允许在此刻，与它们对视，不必深究为何，不必深探缘分，只想安享这样的微凉与宁静。一些看不见的，看得见的，在这时，它只能存在于我的另一个心灵世界里，它们无法侵入，无法逾越。一如此时飞来的蝴蝶，正在雏菊的枝边，收紧它们的翅羽。

我时常经过有雏菊的小路，在这个秋天里，它允许我安静地怀想。时光依然流走，季节的每个轮回里，一如我一样，不会在有雏菊的路上停留太久。

心若浮尘，花逝无痕

花的邂逅

我的眼前，一朵花瓣在摇曳丰盈地绽放，角落里，有一株又被揉成碎泥，它正生长宁静，似沉默，似守候。

风穿过掌心，沉默地划过指纹，一道道前世的痕，抵达视野，颤动心扉。沾满尘香的脚步，为斑斓的心情点缀，这样的气息，怎能收藏在梦中？宛若高山流水，经典又抒情地回响，默默地感动。这时候，怎能又将它们还给天空？

我嗅到了因花而至的风，带着五月的脂粉，惊诧那一江春水，在花骨的影子下泛起无声微语。夏的光芒，直抵眼底，打破彼时有的缄默和宁静。记下了来时不为风景，去时不为心情。记下一朵花也曾对未来充满太多的疑问，光阴逝去无痕。读花的人，不知心往何处。谁还会记起，谁还能在意。

五月的花，用它的时间，完成一生的旅程，在收缩的花心里，安然小憩。可能错过许多，或雨或晴，这一切都过去时，果实便会淡忘了它的记忆。风起微澜里，我窥见了它曾经的妩媚，在阳光明媚的清晨里。一切安静，只见它在旧式的窗棂下，静成一株影子，沉淀了它短而美的一生，表现了它明媚又暗淡的宿命。

花的原色

不经意间，蔷薇花开了，一如一扇扇被打开的窗。蝴蝶也告别了蛹的日子，张开翅膀，放飞。忘归，恰似惜花人。

花朵的原色，以史前的姿势用古朴的方式越过永恒的生命，在我心上行走。它展示了延生了所有的颜色，明媚的，灰暗的，绚丽的，五彩的。天空之下，苍茫之中，所有的斑斓，只了花的原色，情不自禁地被点缀。它们用滋生了色彩，支撑着蓝天，一切似乎排山倒海，又寂静无声。

风吹过后，一手粉脂，满心荒芜。所有的色彩，因了它的原色，才有

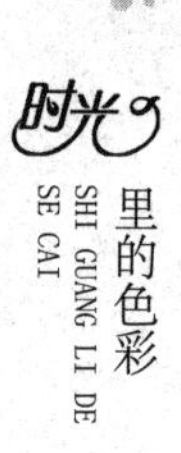

了荒芜，才有了清丽。唯有它的出现，弥散了美丽，灿烂了人寰。凋谢的，飞落的，天涯尽，不知寻处，但见原色仍在，它被一再地翻印，几多美丽，几多放肆，几多羞涩。

不必费心，在红尘角落，唯见鲜艳夺目，寻那耐人寻味的原色，哪怕荒凉，哪怕萧瑟。不问花落何处，种子将它悄然收藏，只要生命不枯，总会演绎花落花开，无论绚丽，不论多姿，都可望见，而某时无花的日子，蝶将往何处？

花下长椅

公园紫薇花树下的一张长椅上，一个老人睡着了。

这是五月初的上午，天气很暖，公园的树都绿了，迎春花还未谢，杜鹃花和山茶花也绽放一月，红的紫的粉的白，一个老人就睡在它们之中。

这时，年轻的妈妈带着小男孩子唱着歌走过来，经过他的时候，歌声静止，脚步轻轻。他们走过很远时，小男孩子转头，朝老人的背做了一个明媚的鬼脸。

很久很久，老人翻了一个身，鼾声微响。这时，一对情侣从公园的林子里走出，女孩子首先看到长椅上的老人，她转身，把食指压在唇上，对紧跟后面的男孩做了个“禁止出声”的动作。男孩的笑声戛然而止。

那一刻，公园那么宁静，静得能听到花瓣飘落的声响，他们从老人身边走过，脚步很轻很轻。上午的阳光透过树叶，照在熟睡的老人身上，也透过我的书页，照在我静坐影子上。一只蝶儿停在长椅旁的山茶花上，又停在我的发角，它什么都看见了，却什么都没有说……

花知冷暖

有一棵七里香开了。

后来，一夜间，繁花开放，我携花籽正好途经那条雨巷。我们绕过雨巷，绕过微风，绕过阳光，绕过时辰，绕过千折百回的心情。只是，我们绕不过红尘，绕不出原点。在微凉的潮湿里，一些情怀依稀可见，有你的蕊心脉络之中，对着时空合掌沉默，低头祷告。

馥郁的司汇，随风吹进我的心灵。从此，便与你等待一场合适的微风，等待一个合适的时辰，等一束温暖的阳光，才可以开放才可以飘零。

我撑起遮阳伞，你在我的手心里，触摸我的指尖。雨巷越来越静，越来越暗。我们目睹雁声如潮，风逝无痕，水去无迹。而你，依然独栖我的掌心，无论是风是雨，它们始终无法淹没你的绚丽，你的清秀。你在等一场微风，一个时辰，一束阳光。

多年后，我独立在这有风有雨有阳光的五月，记忆长不过雨巷，她在我的胸前生成七里香最久远的记忆。我不会忘了，某年，某月的某一天，我听见七里香过说：我爱。

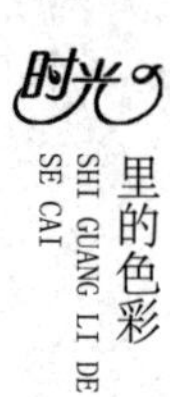

固步流年

醒着

鸟儿站在高处，它的温柔横过冬天。

树叶站在高处，它的躯体回到大地。

此时，月从山中闪身而出，它银色的浅波，晕边渐浓。冬天停顿，大地静止。远处，穿越树身的男子，用长发绾住烟波女子。他们的手指触摸到树杆的灼热与柔软，他们沾满露水的脚停留着夜的黑暗。那里有露水涌起的薄霜，他们在空旷的玻璃上种上了花朵，他们呼吸着草的叶的味道。

周遭在沉睡，大地醒着，冬日的树枝一样可以横过空旷。它在呼吸着，连同大地，夜，一如宽阔而深远的黑衫，恬静而安详。那些高处的冬日灯火连着钢筋水泥，他们在诗歌中幽暗的词语，它们，忧伤地低下了头。

雾，越过高处，在一排排松木前站立，一个樵夫正走下山，许多的鸟穿过冬天，在山脉滑落的黄昏。一个牧羊人远望，冥茫的暮色中，大地在山峦的最高处醒着。

时光

在墨色中，看到光的脸，雨水正淋透。它在人们的背面清晰，暮色，越来越浓。它正悲凉从奔跑中升起，沿着背光奔跑，看，一朵玫瑰正开。

眼神能聚得不仅仅是光，黑暗同样在舞蹈。记忆，点燃漆黑的内部，于是，便知，时光。它在跳跃着沉静，纹丝不动，前行中的战栗，一小束光让它洞悉了生命的天真与不幸，机缘与幸运。在那一片光中，看到的是人生的故事。

故事，把结局推向黑暗继续前进，它站在边缘，充满疑惑，站在光中的人，他们对自己亦是充满怀疑。过程，便硬生生地抓紧稻草，当作立足之地。人们在眺望远方时，看到时光，远在天边。

在暮色升起的那一边，我看到悬浮于云上的光，漂浮着一束光芒，沉睡它之上的，五彩斑斓的光束在转头一刻瞬间埋葬了它的深度。

相 遇

鸟与人可以相逢于旷世。月与我相遇此刻。

有人说文字与鸟鸣可以一同老去。想起这一句时，黑夜便在这一时刻掠入我的眼睑，沉入苍茫的暮烟中。余下的寂寥，让我回味。

眼前的大地，无垠而苍茫，有着刺眼的枯色。月在十点多起来，我沉醉在她远古又沉静的姿态，那亘古的沉默，向万物似递着倔强，而让人们，频频心生敬意。人间的空虚与欢乐，触目惊心。它莅临光阴的晕边，让人深深沉醉。

那些欲望的眼，在银色中，显得卑劣。我荒芜的心灵，有它怜悯着我的孤独。有一种生灵，它迁徙在命运之中，漂泊于蛮荒的时候。世事变迁。时间的影子里，有生疏又熟悉的影子。

悲凉是大自然中，最为亘古的原始方言。时间湍急，动荡着影像，滂沱的景象深入，堆积。生灵在轮回，生生不息地对视着，证明着。所有的影像，月亮目睹了它们的悲戚与顽强。还有一些在月晕中悄在遁隐。

一个苍茫的夜里，一种生灵与天痉挛着，轻轻结束它漂泊的一生。

记 忆

眼前的布景里，长河的长，不是一种距离，是不可丈量的尺度。它在一个触不到的地方，在心灵的最深处。长河是一种恒久的记忆，是蜻蜓点水时的那一个瞬间。

我在岁月之外拧紧目光，看到一辈辈人的头发正在脱落，皱纹在面容上刻下岁月的痕迹。那些躬着身的影子，打开一些记忆，又掩埋一些记忆。身前身后的人，都成了孤独的行者，一个又一个季节里，还有一些小草在拼命地往外钻着，有一些记忆便停在草上。

记忆是透明的，亦是寒冷的，有些东西，只能在它所处的环境，才展现出属于它的色彩，苍茫与雄浑，一如真实与梦幻，点燃它的粗犷与温柔。

风依然吹着，把世界吹绿又吹黄。记忆在岁月的长河中不停地流失，失去的仍然失去，留下的也渐渐没有了它的本色。

刺绣斗转至今

刺　绣

湖边上凭栏临风的女子，蜻蜓与蝶把你珍藏多年的刺绣打开。流水般的岁月，便这样静止在那一片柔美中。

我们都喜欢称你为美人。坐在屋角的那棵高大的柳树下，飞针走线，缜密的针法，勾画着乡间风光，那被岁月的风熏陶的湖岸，与你的美丽如出一辙，把那些无法企及的梦与愿表达出来。

你属于美与布匹，亦属于民间民谣，也属于江南寻常巷陌，一同你的祖先，属于土地和稼穑，青春便在布帛上耕耘。以花为媒，与蝶相伴，与刺绣相守一生。

我与你的距离，便是那长长的轴卷，一缕缕色彩纷纭的绣线，把你从尘封的古代递过来，让我感知生命里的内慧与外秀。

那些密如繁星的花色，在古典的阳光下反射着温婉的光芒。为美所累的腰肢，依然伫立在树下，为美奔波的秀手，把朴素的织成一封封民间收藏锦缎。

岁月，带着一些潮湿的心，如那不经意间飞过的紫燕，也掠过你朴实的绣房，在那片微蓝的天空下，一双秀手正打开经年的柴扉，用心灵为源，把那古老的技艺，越过乱世，走过坎坷，流传至今。

绣　像

绣馆里，它站在我的面前。那是发生在双手与身体之间，一幅妙趣横生的场景，清秀的布帛上终于落地生花。我再一次目睹那光辉如何临照，双手与身体间的技艺如何带着夏季进入另一种浪漫。

它使枝头的鸟怀春，空气中的灰尘颤动，那些不可及的梦想变得更加遥远。一个远离尘嚣的人，曾经驾鹤而去，携着一个人的青春，在高寒之处抵足而眠，枕下是一望无际的草。我穿越时间与空间，到达无数个柳浪闻莺的夏，那双朴素的手，被诗歌和鲜花赞美，被南风与梦幻缠绕。

乡村，从那里出发，注定是一声灵与肉的裂变，覆盖了马头与民间，丘陵和薄田，在沉郁浑厚的气流下面，一蓬蓬绿草被青春的热情点燃。它舒展为一阕歌，占领了生命的绝对高地。那是刺绣，从远古流传至今的手业，它抖开绣线一样的异彩青春，使我在无不知不觉中臣服。十里荷塘，万里稻浪，绣，裁剪着芒种时节的空气和阳光。

我站在人声鼎沸的绣馆里，静止在这张绣像前，如果，我可以远离它，我渴望获得一种生命的博大，如若我可以走近它，我渴望拥有生存中的真实。

绣　业

在乡村美好的夕阳里，只有刺绣可以与之匹配，只有乡村的夕光才可以以刺绣的方式呈现。

怀抱刺绣的绣女，在布帛中封存着自己的美丽与回忆，那些博大的向往，犹如一股股田野的熏香，引得蝶飞蜂舞。在尘埃与岁月的过滤中，绣业，如一篇明亮的宋词，在易于吟唱的杨柳岸边，涌起一阵阵古典的潮红。

以绣为业的女子，终日为美所累，一如秋天的大地为丰收所累。绣的艰苦，体现在尖锐的针芒上，在黑夜中的赶路是封锁在密不透风的飞梭中，像极了溪水绕过青春的果园，那些微光的枝头的波光，结下了一些情感的结晶。

美丽的绣，在无边的岁月里，夜以继日的飞针，劳动不止。以绣为业的女子，让一些漂泊的灵魂归来，臣服在刺绣中，臣服在绣女身体的每一处律动，每一个针眼里，然后，以刺绣为诗，传唱至今。

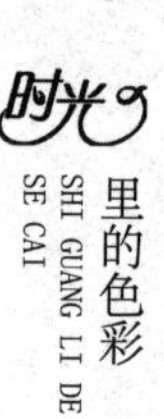

花间隐

窗　子

窗被打开了，有了一丝丝寒意。风吹过窗前的百香果叶，清朗的阳光抖了抖。

打开的窗，宽朗了许多，屋子亦亮堂。我的眼与外面的世界多了些亲近。

我站于窗前，许久的沉默。我的孩子走过来，抻起手臂，摸了摸窗檐。我问，你摸到了什么？他摇了摇头。

远处的楼群，一些窗子还是冬日里闭窗的样子。一切都让给了冬阳。还有一些开着，从北窗这里望去，偶尔见一些黑黑的影子在屋子的深处走动。

这时候，狗的叫声最为合适，清晰地可以听到，低沉的，绵长的，一丝丝呜咽的感觉。

打开另一个窗，再找找还有什么被关闭着。应该要打开的，全部。

窗前的，那一棵三角梅，叶子落了，花开了。

我的孩子摸了摸三角梅，张望着。我说，你摸到了什么？他笑了，我说，摸到了春天是吗？

一夕亮光

她走的时候，太阳正好在对面山尖上。天微白，露滴不落，雾还不散落。

没有人注意她是如何抬起左脚，没有人看到她的布袋里装着什么。

冷。

她缩了缩脖子，整了整衣服，抬头挺直身板。

身后的那棵柳枝晃了晃。

还有一双慈祥的眼，从北窗透过来。注视着，暖。

她知道。

窗前，一头白发的影子走动，缓慢，淡然。这时，雾散，天光。一种柔软之姿。来自于天边。

没有如春天走的时候，一树的梨花，白了一地。没有芒花初开花絮横飞。

她还是那个脚步，还是那个身板。还有那束眼神。

娘，等我秋天的时候回来。我的右脚迈进家门时，我的布袋里装着惦念。还有手心里的白色的药。

你的病就好了。

她再回头看在晨光中的那个低矮的屋子，还有屋子里的至亲和她身后那一夕亮光。

山的另一边，芒叶青青，风吹起裙裾，便是冬日的衰老，秋天的惦念。

小寒初遇

南方的小河依然缓缓，偶尔的清霜，打碎了岸边的野花。春天应是在那之下，一种隐忍的力量。没有人会去在意，残年旧梦。

当灯盏熄灭的时候，有人将空茫的目光停在了梦的边缘。

小寒时的树叶落了一地，没有人会把它当着废墟。

冬日依然可以听到鸟声。不论是丛林里，还是寻找归途的夜鸟，幽暗的地方，可以见到移动的光影。

安静地，一些时光中的旧影，一种暗处的力量，一如一种宿命的暗示，隐现生命的荒凉。渐清晰地体现所有凝望时的倾斜姿态，在虚无与充实中交替。并不让人生厌。

岁月中的姿态，无论是妥帖，还是牵强，它们曾经飞扬，亦依附，一些长久的事物，在改变中，我们开始谅解，原谅一切。

腊八初遇小寒时节，枝叶，落下，用不易察沉微微倾斜的姿势。

花间隐

会有一些花，开在安静的苍茫里，就是这个季节，冬季。

我更愿意相信它们是寒光中不愿低头的精灵。或在沉静的霜白里，缓缓开出。和那不远处的松柏，它们谦卑地展现不外溢的坚韧，在霜冷的地方。

有人随意走过，偶尔也会有人伸手抚摸，红的，白的，黄的。轻轻触及它们，并不采摘。很是柔谐、自然。没有急切亦没有粗俗，与花美丽并不反差，这就是美好吧。

这些生命，在时光中被允许留存下来，被允许在这样的寒日里，展现，开放。我亦被允许与之相视，无须深究，无须隐晦，也并不担心会被遮蔽。

这时的天空微白显蓝，我的视线突然辽远起来。薄的云层，薄的雾，

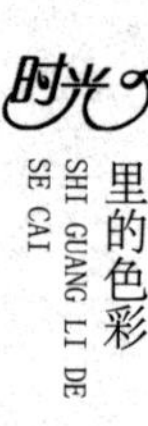

微风吹过，一湾水起了皱褶，浅浅的。风经过的地方，叶子在动，花在动，发丝亦飘动，迎风的姿态有了同样的寂静。在这冬季里，花间隐，隐着力量，是一种强大的暗示，一种暗处的力量。

目光所能企及的地方，我目睹它们的艳丽，坚忍，骄傲，柔美。默默地为它们腾空内心的角落，让它们盛开更多的荒凉与美好。

花间隐，从冬到春的路途，因为有了开放，才有了温暖。

云上的日子

静伫的女子

从我第一次转身时，那个女子就站在桥上。

这是黄昏时分，小城的房舍和青石板道渐渐地沉入暮色时，女子一袭素裙，和着那白玉石的桥栏，悄悄地从深色的背景里浮出。

桥下的河水，缓缓，这条古老的河，仿若从这个小城诞生时就已经存在，已经在流动了。然而，那河中所有身影却是新鲜的。

河水流动着，不论它有多么古老，那水永远是新鲜着的。

一袭素裙的女子和她手中的长笛，白玉桥栏，青石板街，石桥和桥下面的流水，江南的黄昏总有些让人无法说清。

她静伫，手握长笛，而我，始终没有听见笛声。

山下的老人

他住在山脚。

他知道山里有一座寺庙。天气晴朗时，可以看见寺院的一角。他常常坐在樟树下听梵钟何时响起。

老人已经听了许多年。钟声，远远的，缥缥缈缈，时而悠扬，时候凝滞，洪亮着，低回着。

常有敬香的人经过树边，问路：去寺还远么？

不远了，不远了，你听这钟声了吗？

您去过寺了吗？

没有。

这么近，没去过么？

嗯，为何什么呢？老人自问。

他摇摇头，老人自己也说不清。

他常抬头，看绿树深处，白云出没的地方，棕红的瓦和黄色的院墙，

时隐时现。老人始终未走进。他还是坐在树下，听梵钟。

一只蝴蝶

初夏的黄昏，我坐在柳树下，手里捧着一本诗集，用白昼最后的光照读它。

在这古老的乡村里，我最喜欢河边的这棵柳树。

风轻轻吹过，那些从柳叶缝隙里照进河水里的夕阳显着它的光斑，随着树叶的晃动也在我手中的书册上移动着。

不知何时，许是我低头沉思的那一刻，一只蝴蝶，一只白色翅膀上有许多美丽蓝色小点的蝶，停在我手中的书页上。这只精灵，便这样停在我的缘分里。

它匍匐着，似一个懂事的孩子，只是静静地晃动着它的羽翼，与我对望，不要求什么亦不期望什么。

好长时间，我没有翻动书页，我不打扰它，愿意让它如此安静地匍匐着，在这个宁静的傍晚，在我的书上，在那些朴素的诗行间，愿意它安静地栖息。

天色渐暗，那一刻，蝶动了一动，似刚从梦中醒来，抖了抖翅膀，然后，无声地飞过我的发际，消失在微茫的夜色中。

杯中的茶

一杯茶，在任何时候，可以被任何一只手摆在任何一张茶几上。乃至地上。

大雅之堂，粗俗之地，它在一双双不同姿态的手穿行着，也被，深深地宠爱着。

它如流水，膨胀着树木生动的激情，在岁月的斑驳里，展示年轻与活力。在时间的枝头展现永恒与美丽。

历经汗和血的百炼千锤，把最初的笑容掩卷。那一片片叶子简单的梦想，在风尘里不断被丰富着，深化着。生命的内涵，被一一重新诠释。

形态各异的杯子，面对丰沛随时把它千姿百态地盛装。而我，不知，要多少度的热情，才能恰如其分地打开它丰盈的心扉，能彻底地获得它的初衷。

午时莲

一次心动。在佛前。

佛前的莲花，睡池塘间。一天一天，同一时刻开着一朵花。红白间红，交瓣间，白里衬黄。

这应是在午间，在万山俱寂的下午时分。莲，静对蓝天。这是每年谷雨后到秋分前的每一个午间。

飞鸟与流云都忙，午时莲，只有自爱自怜。

日落，飞鸟倦。莲躲回水中，与太阳一起。明天，还是那一个时分，还是那一朵莲。

天可以看见。

只有一头很老的石牛，终日守着午时莲。守着一段情缘，沉浮在池间的莲。

若问，什么是专，莲自爱莲。

若问，什么是爱，石牛爱莲。

那一次悄然心动在佛前，佛不言。

老屋和祖母

我时常不明白，是白发的祖母坐在老屋，还是老屋站在祖母的背后。

白发的祖母，是我少时记下的一幅乡村照片。童年，是它不曾失真的镜头。

夜里的祖母，一盏油灯拨亮光芒，将老屋的夜撑起。祖母的针线纳入鞋底。

我的祖母，在灯下亦在墙上。祖母，在这样的镜头里摇晃着，重心被拐杖掠去，老屋记着祖母的青春，也记下苍老。

我长大了，老屋与祖母渐渐老去。在我走每个地方，我都会记着白发的祖母和那老屋黑色的墙上的影子。我，始终没把祖母与老屋分开，它和祖母一起，繁衍了一种温暖，一种成长的温暖。

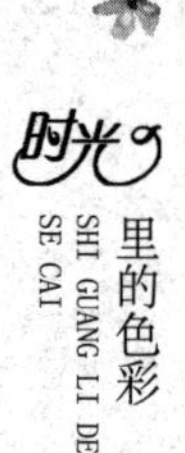

秋声四起

1.秋声

阳光明亮，乡野辽阔而空旷。

淡淡的云，如飘絮，软而轻。枯黄的草，漠然与那朵云对视着。孤独的鸟，鸣叫声把我的心绪悬在风尘四起的路上。回乡的路寂寞而寥长。

一个人的故乡，与另一个人的故乡，总会有些许的差别。哪怕，他们经过同一缕炊烟，同一片蓝天，远行的步伐终不能同调。哪怕他们迎着同一缕风里，同一缕车辙匆匆而归，他们归乡的步调终不能同奏。

风，四起。而秋，深深地隐在我的四周。它们，沉默地打量着我，一位蓦然闯入村庄的游者。这个午后，我的脚步不疾不徐。梧桐，代表着沧桑，树叶，恰好落在我的肩上，我的心便呈接那一声碎响。秋蝉在这个时候纷纷响起，一如老者垂暮时的歌唱。我似乎已打扰了小村的宁静。

山野辽远安静，隐隐的菊香弥漫而来，我想起母亲衣襟下的那一朵。田畴里，我曾亲眼见过她年轻的身影，美丽的容颜。而我又亲身目睹，她挥汗劳作的背影，慢慢地看她身影躬驼，容颜老去。

一缕烟飞过我的眼前，我想起父亲手上的那一缕。我看着年轻的生命，在烟里渐渐老去，沧桑的脸，带着岁月的痕。二胡已不在黄昏响起，口琴已不在清晨吹响。英俊，永远地留在年轻时的字典里。我目睹着，生命老去，岁月刻烙越来越清晰。

我的脚步开始急促，老屋似乎已听到我的脚步声，一对麻雀在老屋的檐下，欢叫。经过老屋时，停下了脚步，白果树依然，老屋的铜锁，已惹了绿苔。斑驳的门，幽幽吐纳着一种怀念，一种温情，一种月色般的叮咛。

2.秋恋

秋风在为谁吹送？还有一片叶子，苍郁着不肯老去，依然如蓝天一样纯净。云在心间飘着，一只红色的蜻蜓跌进了乡村的黄昏，眼前，漾动着一些身影。

黄昏，从容地，矜持地，悄悄地漫过小溪的芦苇根，远处的屋顶，还有凉帽下的发丝。妇人寻子归家的声音，远远地传来，细柔如浆。那一声甜甜的，稚嫩的回应声从飞过屋檐，而后慢慢地滑入母亲的耳中。

老槐树下的老人，沧桑而爽朗的笑声，空洞的牙口，透着悠闲。而猫不安分地徘徊在手拿鸡腿的小孩的脚下，轻轻地喵喵叫。

石上坐着的少女低眉浅笑引来了小伙子出神的目光，时间的翅膀在这个瞬间，缓慢在对视的双眸中，两对眼神的相遇，猝不及防，潜意识的朦胧不知不觉地开始。

一塘停鸭的水在微风中层层涟漪，孤独的老妇人远坐石阶，轻声的叹息，她曾伴随多少黄昏，默默铭记曾经的美好，埋葬的青春在相似地黄昏里。那个新婚的妻子，细细地摩满手掌里的温柔，一只宽厚的手伸进黄昏，平稳地接住这份幸福。

风还在流动着，似穿了轻纱，一些念想，一如落叶般在心中飘荡。风，不时地掀动我的头发，所有的纷繁，随着秋风远去。远方，不知谁又点起了风灯，又是为谁迎风而启程?

许多的记忆正在悄悄流逝，许多的美好正渐渐模糊，而我的手也握不住那曾经的光阴，不知此时的秋风，为谁而起？漫游的秋正在静静地言说着秋天的颜色，我的生命朴素而纯白，喃喃地言说守望与情怀。我恋着的村子里有母亲轻轻的低唤。

3.秋意

凉意浸在了渐落的梧桐叶上，承受着一夜梦的负荷，阳台的叶子，也承受不了残梦的重量，这不是秋的遗憾。清秋不言。

窥视叶子，它还原了生命的本真，公正地见证生命轮回，亲历时光辗转。生命本真是孤独而寂寞，而我为孤独与寂寞涂上了颜色，在岁月与时间里，为它们烙上了痕迹。生活是公正的，把握便成了生活的又一个主题。叶子空空来而又空空去，在奔波中，呈现着生命轮回的力量，而我们大多数人的生命也许也是如此吧，奔波就是目的。

有一种豁达在高处屹立着，清秋提醒着我，把执着揣在怀里，就可以点亮生命温暖的灯火种，我一直在秋日里沉默着，一如在树枝上来来去去的叶子。去了又来，这是一种循回，亦是一份感恩。我在来去之间，知道了取舍，知道了感动。

而，叶子，虽落于尘埃处，它只为来年能有更多的肥沃更多的力量为

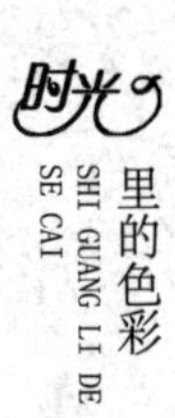

来年的发芽而努力聚蓄着能量。这便是生命带给我的感悟，或者，我也失落着，上天是公平的，她在为我关了一扇门的时候，又在我合适、需要的时候，开了一扇窗。

我也在秋天里，练习着深沉式的沉默，曾经，乌云遮盖了阳光，雨水逐去了温暖，风，吹走了记忆。我的心依然一如往常谦卑着，不让我的生命脊梁因困苦扭曲而无助。

秋无言，我在与自己的心灵对话，我的一些伤，一些病痛，在苏醒后的黎明里，被一缕缕薄雾悄悄带走。

4.秋实

在秋的深处，不时看见白鹭飞起，大雁排阵寻向云端，书写一行行金黄色的诗。金色的日子，在我的眼前晃动着金黄的喜悦。一片一片黄澄澄，阳光晒得稻谷飘香。风吹着已熟的稻浪，吹不去成熟的浪漫，劳人的眼，盛满丰收。

挥舞的银镰轻碎地回响。伯父的脱谷机，也在轰鸣着丰收的交响。我在秋的深处，欣赏着何为辛苦劳，何为执着。母亲的大豆，在母亲的担肩上摇响着它的音符，祖母的手心捧着笑意，告诉我，大豆的故事。有一根稻谷，落入父亲的眼中，成了种子。而我，拾捡农家的欢喜，在黄色之中，笑着不肯抬头。

我的心我的眼，满是喜悦，满是欢快，母亲的锅台，摆着青花菜，祖母说，她总分不清盐与味精，而我手里的柴火，烧得吱吱响，屋顶的烟，徐徐飞起。祖父一如孩子要吃煮沸的黄豆，我突然知道，何来老年少。

拾一粒已入仓谷子，放在手心，凝视着它，那是秋的色彩，读一次土地的奉献，说一声感慨。我的生命，在这个金秋里，又找回了曾经的温暖，找到了新的温馨。在我曾经要绝望时，秋，给了我它图腾般的力量。而我的灵魂深处，有一种声音在回响。每个季节，有着她的喜欢，它的丰收，它的忧伤。秋带给我的不仅仅那么一点，给了我全新的审视，全新的自足。

一缕绿阳光，一阵阵清风，云也淡了，风也轻了，滴一粒秋雨，寻那一路芳踪，构成我眼中，那一幅幅迷人的风景。在这丰收的场景，辉煌而隽永的背景下，我不仅只是感动，不仅只是陶醉。我走在乡村的深秋里，憧憬着空白的大地，将新起的叶芽，而后勃发着生机。而我，又可以独享这样一种惬意而又平实的境界。

2007年9月7日

诗意童年

泥燕回廊

用一季的情怀把南方的春天偷偷地唤醒，我用歌唱的方式诉说最初的语言。藏于童年深处的感动在这个季节变成如此美好。

童年的春季，此时，不得不想起老屋檐下的燕子。

在绵绵春雨停下后，静静的晌午，一种孩子的好奇与原始的牵挂，让我静静静地望着忙于筑巢的燕子。

生命的最初感动便在彼时悄悄地释放。当那结轻盈的燕在天空下抖落一季的苍凉，从远远的北方在春天这个充满希望的季节里融入南方的万般柔情。

生命的那份最原始的激情便在那时有了聚点。

忙碌的燕，从茫茫天空下，啾啾声声。

衔着石子，树枝和着散发着芳香的泥土，一点点，一层层，有节奏有秩序地构筑温暖之巢。

不由得小小的心灵有了莫名的感动。赞叹如此的艺术才华，生命便被雕成一种永恒。

如今，真该感动燕如此的专注和孜孜不倦，如此的完美诠释生命。

童年的春季，便在这安静的张望中悄悄地过去。这些美好注定将成为我生命的主角，在沧桑之后，那些在心灵深处的最初感动，顽强而执着地在我的生命里定格成一种永恒的美丽。

炊烟飘荡

站于山坡上，任视线放宽，把一块石头坐下，回望我的村子，蒙蒙晨霭，炊烟升起的地方，我童年的村子。

我迷恋村子的每一个院落，迷恋那些院里飘出的烟烟，在我的眼前袅袅升起。

清晨的炊烟是暖暖的，一如母亲轻柔的抚爱。

午时的炊烟甜甜的，一如村后的小溪流淌的泉水，亦如孩子回家亲亲唤娘。

黄昏的炊烟淡淡的，在安静的天空下一如晚霞中轻飘的丝巾。

炊烟从每个院落里飘出炊烟知道每个院落的故事，知道每个人的心事。

它烘托着山村的生机，激荡着每个老人对远足人的期待。炊烟在我不远处慢慢升起，淡淡地，轻轻地带着我的思绪一起飘飞。

童年的我爱着自己的村子，我的家，还有身边的羊群，我们在炊烟下一起成长。

飘荡炊烟的山村，是我心中永远的风景。

雨湖荷香

雨湖荷香，绿翠叶荷，波荡漾，朵朵莲花摇。阵阵清香，仿若从唐诗宋词的古韵中飘然而至。渗入我少时的梦中。

雨湖荷叶，尖尖似楚女回眸时的羞涩与温柔。引来蛙声，引来回廊燕。

打开的荷叶一如打开夏季的窗。月光似水，星光下的夜，谁在荡着小舟碧波穿行，谁的情歌引来点点渔火。

童年在圆圆的荷叶里长大，青春的梦伴着荷香，比莲子还润的歌喉唤起莲房般的笑颜。

水花浅显，艳阳一笑，我在童年的荷叶中张望，风吹着吹开了荷。童年的梦，朝着花朵抵达。梦想与荷香一起飘飞，与夏一起沉醉。

荷花开时轻烟飘浮，少年的双手沾满荷香。

那枝粉荷，在开放微笑，少时的我看着。荷香飘过一缕，陶醉着一双不愿睁开的眼。

风在荷中舞，我的少年梦，在奔跑中捡起一块块闪烁的碎片，在时光的诉说里从荷香中轻轻踏过。

蝶意轻飞

油菜花时节，最喜蝶恋花。不知它们缘来处何，去向何方？

蝶儿轻舞，它是最美的舞者，最诚实的精灵。无声地在我的眼前过，无声的欢呼，不说它的沧，不诉它的桑。安静得如此美丽。

闭上眼，听不见它的来临。睁眼，看了它的来，再闭上眼，可以在一片黑色中看到它的轻灵。轻轻的温柔，淡淡的轻愁。

该怎样去迎接如此后轻盈，睁眼看着灵动，闭眼感受飞舞，蝶，毫不犹豫地飞进灵魂。轻盈地抚摸我的童年。

想起一个梦蝶的故事，庄周是不是也弄淆了？是梦见蝶还是蝶已在梦中？

伸出的双手，接下了两朵轻灵。难道眼前的蝶是庄周梦中两只栖肩的蝶儿飞进我的童年？是我弄混了吗？难道，我也在梦中？

灵灵觅觅，蝶如叶之静，亦如花之美。越来越多的蝶飞进我的童年，姗姗而来。拥绕着我的梦，拥绕着我的童年。

回望童年，至纯至美的景物，存于至真至善的心灵中。只见油菜花时节，蝶儿纷飞，但见蝶而飞入黄花深处，只是不知归何处。

2007年3月

第五辑 数·语轻

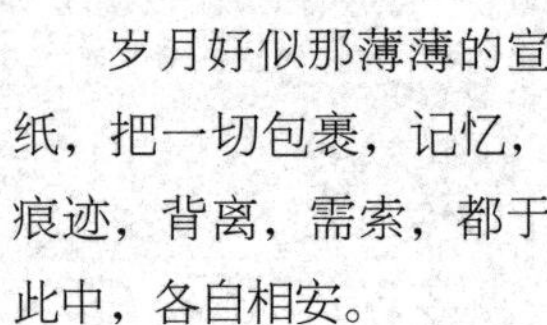

岁月好似那薄薄的宣纸，把一切包裹，记忆，痕迹，背离，需索，都于此中，各自相安。

原味生活

1

一个明媚一个忧伤，一个倔强，一个柔软。或者，它们并存，或者，有一个在生长。经历中，亦感受着。失去亦有得，心中总也会原谅岁月的匆匆流逝，记住时光，记住点滴。

享受季节轮回，沧海桑田，繁花似锦。各种味道，与人的气息，相互纠缠。笑容，哭泣，有时亦显得莫名其妙。许多的感观，随着细微处，如同翠丽到黄昏，一如皮肤的变化，也会让人心扉荡漾。所有时间蔓延处，和那微软的瞬间，都会有一种光亮，将一些黑暗悄悄吞噬。让我们能在这漠然的世界，安然行走。凭借着这光亮，走过一程又一程，这没有归途的道路，我依然，不假思索地走去，它是种归宿。

我在这苦心经营的方寸，亦抱怨，亦感恩。所有的经历，便成了场场盛宴，它们在与时间，对抗，这种抗衡，其实是一种妥协，当一切在历经中升时，便得以解脱与平静，并因此获得蜕变。

2

我的眼前，摆放着一张黑白照片。几年，或者好几十年，照片上的一些人不在了。它收藏着那个时代的寂静与活力。每个眼睛能触到的地方，透出的随意与坚定，这种不经意的表露，足以让我欣喜。是那样的场景，我已不能再去重温，我们坐在一起，仿若世界从此不变。像极了那长时间的沉默，我们之间的空气，变得，如水般沉静。不会有谁会先溃败，不会有谁清醒。

浸淫的风雨将我们逐一凄凉，佝腰偻背中挑睫相望，自知不可长于此处，所以微笑一直，暗自妖娆。

眼离声涩不可作为这时光的佐料，只为内心无限明媚的添充，自顾聚散频频，亲昵娓娓。

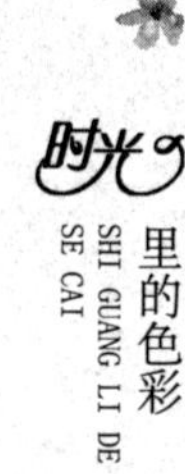

明知一片风轻云淡处，却迂回绕道恣睢。

不愿用彻底的清朗抹却艳丽，选择忘却时令节奏，伺机狂欢，放任肆意。

3

昆曲《桃花扇》，《访翠》《寄扇》《题画》，所有那被尘埃蒙上的过往，不赘述。爱极了笙的音质。金粉未消亡，闻得六朝香，满天涯烟草断人肠。怕催花信紧，风风雨雨，误了春光。那末朝的衰荣，被夹在爱情的戏剧里，李香君高大又温婉，那么让人肝肠欲断，荡气回肠。

我不知要如何来体会作剧者的那份宽宏的胸怀，时间，就这样把我与他拉得那么远，以至于，我只能在清丽与水袖中，去体味。故事，被演绎着，想必，当初的那份宗旨没有被磨去。那大气，还有无畏，都随着末朝而慢慢淡去。只有那散发着大爱气息，没有被逸开去。

秦腔折子戏《断桥》。

她唱：想当初，在峨眉，一经孤守。伴青灯，叩古磬，千年苦修。久向往，人世间，繁花锦绣。

她是躺着的。

我坐在旧式藤椅，折子扇，透明玻璃杯，看《幽兰注》。腿蜷缩过来，折向身子右侧，脚趾不断拨弄着绷开线的藤条。衣角覆到曲膝处，白棉布裙子伏在腿上，烫花褶皱很安静。

发如瀑，乌黑了藤椅的上半部。没看到旁边的鞋子，青石板铺就的小径适合赤脚。只需一抬脚，回身相望，纷扰开合如此可笑。她的睫倏地翘起，嘴角上扬，眉间绚成了花。离却挣扎太久的泥淖，带着没来得及风干的淤泥气息。

戏与现实本是同根的乔木，各自成枝，跃然成花，相映摇曳，一片明灭暗生。

4

十月，我的孩子渐渐长大，这个小小的男子汉，在我不远的地方，安静或热闹着。我站在栏杆边，久久凝视我的孩子，嗅着自己与他之间的气息，散发着芳香与安然。一种陈旧与崭新逐渐发浓的气味，在我与他之间，正悄悄升华。我敏感地感觉到这气息，七岁的孩子，便有了他独有的视角与个性，每句说出来的言语，都是一首诗。我品味这气息，一如一只新鲜的绿苹果，在空气中搁置所散发出来的气味，我的周围，被他一点一点地改变，不用掩饰，亦不会恐慌。

些许的困顿，些许的疲惫，被他的一声喊叫，速减。于是，所有的一切，便在平衡着，亦在变化。一种高贵的温柔，低调而朴素。因为一个幼小生命的存在，我的灵魂，便成了一种容器，一种可以承载生命的盒子。因此，我的生命，便也有一种光芒，熠熠闪烁。

一直想拥有出世与入世间那洁静的气场，还有那回转自如的真性情。或许，这是需要多么烦琐的艰难提炼。我的孩子，始终保持着这份纯净，和出世的意志，所以，他过得很好。

一些事情结束，一些事情便开始，因为有了生命的延续，生命便不会有了结。便也知，生命是彼此需索，彼此交付的，不会有计较，不会有条件，这是一种恩慈。

5

阳光很好，门前有恰能乘凉的树荫，许多的光芒层层出没，我只需要一束。

一世情怀

1.一个认真的消遣，用一种温婉的思绪

我穿着白色亚麻上衣。把头发在脑后对折一下，绷上一条灰色羽质头绳。倚在一堆零乱生成的石头上，手指轻轻抚摸石头上青色的断痕，眼神恍惚。有风，我倚在那儿。黑色纱裙挡到脚踝处。

就这样可以吗。我笑着看自己。

天很蓝，大片大片云朵移动迅速。草甸再远一些地方的山峰突兀在这片蓝和绿中间，又被阳光分割成明暗两段。云彩投下的阴影很真实，忽明忽暗，让人想起王家卫电影里的重庆大厦。嘶哑的爵士乐音逸出，明暗交错，各自寻找向隅之地，掩饰恐慌，需索安慰。

没有开花的梨树生长成弯曲的形状，枝杈伸过头顶，那些叶子就贴在我的额前。眼角的泪痣在这片葱绿中会不会特别刺眼？我的身体向着石头贴紧了一些。

风吹得很大，雨亦是，下午六点的天空突然煞白。大片叶子无声簇落，交替覆盖。山里某一处野地，我行走的地方其实更适合一场烟花表演。

2.一个纸上的消遣，用一朵花开的时间

许多的人，在短暂的相聚之后，自此，我的眼前某人的身后这刻时光就此挥别，再无任何联系。

十九岁的时候想着自己是不属于哪个地方，或是哪个人的。经年后的秋分后，却是怕对很多朋友人说要离开。怕再看一眼旁边的人，看朋友的眼盯着门外，再不作声显。那么怕失去，所以，有些话和事便收藏着。

一直想会有自己生命的寄托，亦是一种延续。想一直看着自己成长孩子长大，看着自己及朋友们都学会将初生时对世界的恐惧化为喜爱，及至沉溺。想会有人喜爱这些纷繁的如经络般交杂的人事，身处其中游刃有余。是的，一直在这样想。

儿时记忆会在和母亲一起去另外一个小城的旅途上。在路上的感觉如此美妙，让一个小小的孩子沉迷不已。车窗外的南方梧桐，小城里的喧嚣夜市，矿区围墙外遍地的野生蝴蝶花。

是太安静且孤独难与，对手中的书没有什么表现出过浓厚的兴趣，山区的夕阳不是很美，我却可以笑得很含蓄。

3.度一种缓慢时光，用一生的记忆

这二个月来，喜欢上了在路上的感觉，开始喜欢上惦念这个名词。母亲说，我选择分粮这天来探望这个世界。出生的时候霜下得很大，大片的霜无声簇落，交替覆盖，在我睁开眼之前和之后一直如此。

一直的温暖都在和矛盾交杂着。情绪可以跟着白天一起去放纵，眼睛眨着天空，手里牵着风，听这首歌。看着手中的字。九月，秋天渐深。阳光温暖。雨，落下来。和云的缠绵，它已经忘了时间。风，在吹。空气中青草的味道浓郁。灯光昏暗。

想起季节，没能赶上充盈温暖的聚会。南方以南，一场相聚。少了宿醉。路上的轨路，痕迹不留。声音很快消散。

铁轨间的交错是有声的，噪的那一种。偶尔的火花，被有缘的人所见。嗟叹转身，已是陨落。电话停机以后，祝福。惦记。温暖。及至呼吸。哪一刻会停机掉，哪一刻就会再有一次充盈。这些不应该成为问题的，却这样萦绕开来。

期待满怀，空寂一如，落花若静。

镜子里的那张脸有些疲惫有些思想，有些淡定亦有些固执。

每时每刻每天每年在相同的回忆，相同的地方。似乎很久了没有泪水湿了欲望。

4.走一趟心灵森林，用瞬间的回眸

走过大片的草丛。我看到最早惊起的那一只鸟。想着还有人在梦里。是否也有人梦着画着自己的蜡笔画。想起一句话，你幸福便是我的幸福，你快乐便是我的快乐。

山里即使下雨，天亦是蓝蓝的。我的裙角飞扬，和未腾起的落叶有恰好的角度。

这一个缝隙间，身边的树木依然葱郁茂盛。喜欢大片大片的感觉，有让你想去爱的视觉。投入地去爱，纵有万劫不复的渊。

选择适时的盲和自觉的哑，用指尖检阅错综复杂的痕。

触到让露水凝成睫上晶莹的温度，咬紧嘴唇，从心底发出抖动的力，看着它们急速坠落。让它们裂成花期已过的花蕊的形状，让果实尖锐的突兀，成全另一双手的硕果累累。就这样静静地感受着，拂落脚面上的泥土，吹去肩上的落英。

一直静默的触摸心内的满心欢喜，守候心灵的恣意而乐，微笑着，是的，一直微笑着。季节的叶子选择你能感觉到的地方飘落，你弯身捡起，摸索那些干梗的纹路，阳光的余温蔓上你的掌心。

这阳光也曾经温暖地泻过谁的发梢和嘴角，如今，成了填补心底空白的土方，和着那些从始至终跟随的微笑，膨胀在身体里，遮掩了所有隐忍和心痛的需索，把自己朦胧在那大片的葱郁里，不愿醒来。

在轻轻的脚步里，踩在那些干枯的枝叶上，让一片清晰的断裂声穿越我身后大片的时光。

5.记下一种情怀，用一世的岁月

对着镜子，看那些从梳间滑落的发丝，心底涌起的不只苍凉。发丝像及冷眼看着一组组魂魄的离体，告别和自己的纠缠，决然下坠，不问所终。

人生路上相逢的人事，转身而过的眼眉，微微上扬的嘴角，以及山坡间杉树上风吹过的声响，都是那么清晰停在某个支点。

固执地收藏陈旧喜爱的贴身什物。整齐地分类，排列在箱底一隅陪着我山里的日子，想着在某个阳光明媚的午后，一件件打开来，审视一番，留下当时的掌纹和温暖，然后重新收起。如此反复，乐而不倦。

十字绣的针孔，和某一刻的时光里打个照面，给予温度和触动，和心底深处彼时的感动撞个满怀，怀着感恩的心报以微笑，默念着祝福擦身而过。许多的人错开急缓有别的行进轨迹从无见面，自此再无重逢却是惦念心底。

如此自然的过程，带着各自的需索和给予漫步在时光的平台上。遇与错，停与过，取与舍，痛与乐，如此自然，如此平等。

我在友情距离里，拉上帘子，期待四面来风，总有一处飘扬。

如此的惧怕伤痛和错觉，影出过往的泪水欢笑作个参照。瞬间的感触决定了一些身影的接近，灵魂眨眼间出了窍，自此成游魂。

这是谁给谁的天意。都不知晓。

世上的人都可以偏执着，不愿迷乱的风花，错披别处的皎洁欣喜异地的雪白。世人可以依然偏执着，情愿误解风花的暗香，宁愿披一身冷雪残月。

山里的日子清淡而单纯，秋风秋雨在这个时节，便自然地还我这一地的思绪，不知它能飞去哪个远方停留在某处。那么远方有多远呢？

素日·留白

素　日

长久以来。关于生活，关于一些零碎的琐事，还有一些朋友，从陌生，到熟悉，再到陌生。也曾想过，对此，能了解多少，最终亦都一笑了之，本是同类，不必去执意深究出处。我们大都在这个世界里约束与自由中穿行，或是疯狂，或是小心翼翼，也烦琐也安然。宽容，温暖，平静，把一些生活盲点处出精彩，在一个地方受伤，便在另一个地方疗伤。总会有一些小心翼翼的欢愉，亦有些时候，低到尘埃，开出来花。总也相信，看不见的美好，笃定他的存在。都在一些小小的倔强中坚持下去。也因为来自于体内的力量，相信，有些温暖可以抚平惶恐忧伤。人间冷暖，修己安人。

岁月把一些人磨得脆弱，亦把一些人磨得坚强，我熟悉的脸庞里，笑容中，透出的隐隐沧桑和那眼角的纹路，伸出手时那浅浅的颤抖，依旧可寻那曾经的无暇。因为如此，所以，表情可以安详。我们彼此牵挂在心中，于心中诞生，成长。亦于心中华丽走失。任何的一幅眼眶中流出的泪水，都可见为，为那些陈旧铺就，那数不清的细碎与绵延。眼眸中的华丽，亦哗然跌浇，于是，知晓，岁月疾走，恩宠难收。

经历会让平淡回归。我笃信这一点。它好像一种彩虹的弧度，自然弯曲成适合的角度，让其宁静而华丽。岁月好似那薄薄的宣纸，把一切包裹，记忆，痕迹，背离，需索，都于此中，各自相安。

念　及

能念及的，总是要珍惜的。鹅黄的晨光中，视线能及的地方，安静地倾洒它的气息。初冬日的阴雨里，空气清淡而寒冷。过往的行人，依旧着步调，各怀心事，不言不语。念及的是那过去的岁月，还有在生命中来往的人，寻得见的片刻温暖，可以忘却忧伤快乐，于是想起一首歌词，就算生活给我无尽的苦痛折磨，我还是觉得幸福更多。生活这条路，不会太长，亦不会拥挤。只是在我们走得越来越远时才恍然发现，那曾经念及的，都在身后，若隐若现。是曾经的彼此微笑以及鼓励，这样的气息，存在于周遭，并未消失，是一种宽慰，它充满着我的灵魂。

能念及的往昔，是可以充盈我的心灵。那些明眸皓齿的岁月，嘴角扬起的弧度完美而简单，如婴孩般，向上攀爬的姿势，向上凝望的纯净，一次次地实现童趣，一切随着这缓慢的速度，在那成长的光束中，祥和地延伸。

能念及的，还有那些残缺的，破旧的，及那些未曾见过的旧城，古老和雅致。对此心存憧憬和喜爱。惋惜不能加入行列，于是，远远欣赏，亦是一种宽慰。所以，所居住的乡村，小城，亦会成为过往，遍寻不到痕迹，所能想起的，总会有些怅估若失。也相信，有些不被珍惜的，亦会被怀念。

痕迹

在一处相馆橱窗经过。一张大幅海报。消瘦的背影，松松垮垮的背包，看不出重量，背景后的风车，无不透出个性与孤独的气息。我从未对一张画如此注视过，我们面对面，像极两束光，彼此辉映，我沉默地注视，它，无需谁来眷顾，不被封存骄傲地在一处。我畏缩在这样黑色的境头里，我的眼神亦有些坚硬而苍凉，灰白的底色，高高举起的手腕，这应是记录青春时的一种撕扯，好似一些过去的事情，被辗转记起，又被慢慢忘却。

车子及行人在我身边过去，我在匆忙中被惊觉。这似乎是一种熟悉的又陌生的场景，这是我无法跨越的距离。这是一种无法用文字表达的心情。亦是无法用任何动作注释的课题。有人说，表达不出的，才叫心情。我突然，极喜欢这样的解释，它同样存在于体内。并且，相安无事。

相片的右边，木质的桌子。我身后，午后的阳光，温柔的泄入，似倦怠，似斑驳，它们好似被切割在同一时光上。彼此存在，又相互包裹。一如一个沉淀经年的秘密，被一个完美的讲述者提起，连同尘埃。

那一幅画，及阳光，还有我，垂直于这里，又弯曲成优雅的弧度。落在这个空间里，溅起的种种心绪，足以湮没一些痕迹。我固执地在这样的气息中，不被左右。向上望去，黑色百褶裙安静地下垂，一如一些坚持。可以了无声息，但，仍有它的存在。

留白

在自己构建的世界里，坚持又小心地生活。离群索居。闲散时日，记录心情。文字便是最好的诠释。在某个时日偶然翻起，心生旧地之栖之感。文字中，太多的心情与故事，翻开的彼时无关，我却依然会保存那些微不足道的细节。也会回忆有加，只是对于自己平日里的神情，无心依恋。

与过去，亦要有一些相互欣赏的时光。

在长久的安静日子里，亦是习惯了一些留白。一些朴素言语的留白，一些书写清淡的留白。为一些日子闲适间的留白，亦为仓忙的生活留白。一些空间中，喘息着，这是一种生活需要与心灵依托。

整个秋天，和这些时日的初冬。没有喧哗亦没有仓促。些许的绿色中，亦有红色的花儿点缀。也引起一些毛虫的光顾。安静而细腻地感受周边。不动声色。一些情感的凉薄，亦有些迫切地想去探究，亦也理智地相信，有些片段笼统而谦卑。只是流于表面的真相，亦有它不被撕裂开的痛不欲生，如若不情愿，岂非悖于我的初衷。

于我而言，不去深探亦是一种踏实。我坚定地认为，人的心灵之间，一种合适的距离是珍贵而必要，不必轻易打破。无需挖掘，因为，有些美好，已经足够我用一生的时光去享用。

生活中，需要我太多的妥协，这是心甘情愿的。不因为冷漠，不因为沉重。我的心智，总会在这个时候靠近一些支柱，然后笑颜相对。生活中，许多的空间，需要一些留白，在我素白的生活触角里，看，尘埃落定。

念与不念

1

一小时前，我站第三排第十四座灰楼十三层中灰墙其中一张没有玻璃的窗子后。只见不上不下的太阳犹豫不决。

然后。

小雨。风。冷。

我走进小巷，用测不出速度的脚步。要用什么样的心情看落在身上的雨，我不知道。小巷子人群拥挤，平板货车横冲直撞，耳边都是雨声。

有人在拿着电话喊。极限的呐喊：她不能让我这么难为。我沉默，她亦沉默。对不起，然后挂断电话。

我不知道为什么不忍心狠狠责备，是否因为她们知道我的寡言和不愿解释，所以自己才这样狠狠后退，以至在迁就一个人的时候伤及另外的人，然后悲伤就像多米诺骨牌一样沓至，压得我难以呼吸。

不必争辩，无需解释，用自己空洞的世间情谊去对待他们呢。

世间种种，可以一如此刻的雨不和谁商量，砸在我们身上。

天气每天都在变，不为我操控的漩涡一直下沉，看不到出口。

多少公里之外多少人群多少欢笑谁的心头在哪一瞬间也会因谁的一些情绪一紧。

多少影像之中多少声音多少文字谁的眉头在哪一刹会为谁一皱。

2

这个小镇的第一夜。

我生病着。但还是到四百公里外的小镇，带着想象中的温暖暗夜到达。她缩在床上，用睡眼惺忪感激我的到来。

再靠近一些，我就能看到她因爱渗出的伤。烟消云散，寂寥如常。想一句话，眼睛累了就闭上，心累了就放下。这个狡黠的女子，三年前一场爱情伪装的风把她吹的东倒西歪，从此再没任何音讯。

谁拉过谁的手，轻诉一场别离或拥抱。

我对诺说，你是知道的，我的不远千里只是要你有温暖的感觉，哪怕一下下，这已够了。没有奢望，没有冲突。

这样已经很好。姐，来，让我们穿上最漂亮的衣服，露出让他们眼花缭乱的微笑，带着让他们忌妒的暧昧，快乐走在最繁华的街区。

姐，让我挽紧你的手臂，用力的。她说她一直没能找到方向，在浑浑噩噩形容的状态中。她找不到出口了，她迷路了，她不知道抱紧谁是归属，她不知道天黑时睁开眼下一步要做什么。

我可怜的她，就这样继续着。

两天后，我就这样从她的城市走掉，归隐到自己的匣子里，任她用阳光下的昏眩换取黑暗中不能长久的欢愉。

是的，我能做的只有这么多。

她的那句话从一开始就是一贴只能疗不能愈的膏药，附在我们的身上，让人心疼。

离开吧，烟花都散了。她的梦里说着。这个病重的女子。

3

到小镇的第二个夜里，我想是需要离开的，在他们试过温暖欣喜后，在她们等不及拥抱安慰前。

我想不起和谁碰响了酒杯，然后让液体冲刷过太久沉闷的喉管，我只记得有人笑了。

然后替她们说，你来真好。然后我就开始微笑，开始张扬，开始搜寻全身看看还有什么能让我献上以感受这种崇高的友情带来的幸福。直到最后，在我调剂中的能量还没能发挥效力前，灿烂已殆尽了。我开始担心，担心她们开始在杯子里倒上另一种酒，然后开怀畅饮，抵达另一处微醉微醺的柔软上。

她们是要一直保持在这种状态中的，她们要一直被娇宠，要一直挺立在这片斑驳的中心，风姿绰约昂首前行。我，是知道的。

在这瞬间怒放的烟花尚有余温前，我想我是应该离开的。踏着此刻已绚烂不堪的灿烂快步离开，面露愧色，逃之夭夭。

在上车时，我对她们说，别不让我自我安慰。

我空空的行囊里装着她的们的笑声，在脚尖没有暖和前把手掌的温暖送出，可这仅有的馈赠，贫乏的爱，已是我所有的热量。能否让她们有感觉，

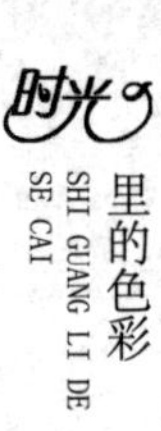

在我转身之后已与我无关。我挥手道别，然后带着他们报以的微笑朝着一个方向，为了储存能再次辗转。

4

日子，人群，相遇，背离，这些终于重重地烙在成长里，要一直坚强地面对离弃和悲伤，就像用力地找寻温暖和拥抱。

离去的人，某时的一次拥抱，孑然一身，游走。就算过往，即使消逝，却依旧微笑的回眸。因为知道，这片走不出的海，是强大温暖的源泉。

还是从很远的地方来了，掩藏所有事，只求轻松。只是我们都不能过于自持，所以时光一经在脑中倒流，所有的人便一起沉入，无法上岸。有过言语眼神甚至身体接触，也便有了那人所有的心绪，你知道不能不受影响，距离扯开后，黑夜中的脑细胞，足以致命。

离弃，是最大的苦炼，甚过修行。

转身之前，再看看有过灿烂的地方，纹路清晰，难以名状的矛盾与矜持。

告别之后，别发出任何声音。

烟花温暖的时间，冷却枯萎，一场大雪足以掩盖所有的辗转和心意。

盛开颓败，如此自然。

5

听一首歌。看你们的字。看一些温暖在一角恕放，十一月，天气渐冷。阳光不温暖。

雨，没落下来。和云缠绵，它已经忘了时间。

风，在吹。灯光昏暗。

想起季节，已是快入冬了。

没能赶上充盈温暖的聚会。南方以东，我的远亲，一场酒。少了宿醉。折返。列车跨越二个城市的轨路，痕迹不留。声音很快消散。

轨间的交错是有声的，噪的那一种。

偶尔的火花，被有缘的人所见。嗟叹转身，已是陨落。

电话停机以后，想起类似的问题。

友情。温暖。甜美。纠缠。及至呼吸。

哪一刻会停机，哪一刻再有一次充盈。

这些不应该成为问题的，却这样萦绕开来。

躲避，是隐忍的防守。打开那些，那是防守的末尾。

爱上一种书页的颜色，满心欢喜。在网页上发现她的踪迹，收藏下来，放入很深的地方。

轻轻审视，暗花，纹路，某处纠缠，某处断裂。如此哀伤，这是一种残缺的美，似为珍宝。

顺着支开的线头扯开她的藏隐，凝视那些曾盛开过一朵牡丹或是蓝莲的地方。

透支她的美丽，算是一种残忍或是痴恋。

夜夜都很长。

冬季开始。

笑。病了。躺在床上，对着自己笑。镜子拿在手上。

期待满怀，空寂一如。

6

一直在执着文字的人，终于在屏幕的另端。

生活，工作，烦闷，无奈，或有倾诉及同悲，除去语言，无从安慰。

他们都难得健全，长短互补的路不太好走，白天黑夜轮番而至，除去蜷在床头拥着被角的柔软，其余的坚硬尴尬时间仍不知与谁交付。

这个城市的晨雾是夹着寒气的。

站在五楼的阳台上，薄雾轻轻地浮在地面以上三十米的半空，覆着这个城市的梦，没有谁忍心打扰。

四面八方的声音及其发出者，多半的表情应该是心不甘情不愿的。头顶灰白的天空上，沽沽流动的只有时间，氤氲着这座日渐偏离轨迹的城池。

街上人们的衣着越见复杂，夹在他们中间，像在跨越纬度旅行，忽冷忽热。

这个城市的温度计就像浮标，任何一个人的口水都可以左右它的升降。

在这片东南以西偏南的小城里，每一朵在我眼前和身体里绚烂过的花，每一瞬带着季节的温度与妥帖的靠近，我都失去的如此决绝。

突然怀念千里之外家乡的清晨。

睁开眼便是满目的和蔼可亲，俯身下去听到的是醇香的泥土中芽苗抽长的声音。这些最原始最自然的声色却渐渐离自己的感官远去了。

置身故乡之外的任何一个地方，有一种感觉不分时令季节的突然来袭，他们说，那是孤独。

他们生活着，除了日历牌他不知道去哪儿印证一个季节的到来。

它们散落在我走过的每一个地方，带着家乡的眷，带着淡然的恋，带着江南的梅雨，带着离世的三毛，带着异地的怀念。念或者不念，就这样散落了。

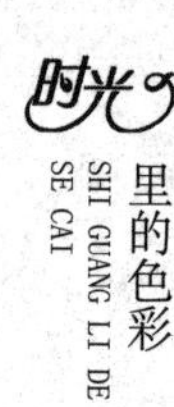

生活于别处

1

我走在景弘路口，看着琴向我姗姗走来。她穿着白色亚麻长袖春衣，黑色百褶裙。

锁骨清晰凸出，轮廓亦是温和的。跑动的时候手形自觉转动起黑色链子。随着锁骨的线条摆动着，一头卷发随意披于肩上。我选择倚在桥边的一块石头上，手指轻抚它青色的断痕，微笑看她。她黑色长裙挡到脚踝处，只露出深蓝色的鞋尖。就这样，可以吗？嗯。

天很蓝，大片的云朵移动缓慢。草甸再高些的山峰突兀在蓝和绿之间。又被阳光分割成明暗两段，云彩投下的阴影真实地摄入我的眼，忽明忽暗，让我想起《山楂树》那片蓝与绿。钢琴音逸出，明暗交错，各自寻找向隅之地，似乎掩饰恐慌，需索安慰。已开过花的海棠树生成弯曲状，树枝伸过手够不着的头顶，那些叶子好似可以贴在琴的额前，她眼角的湘痣在这片葱绿中特别刺眼。琴选择在我身边的另一颗石头坐下，眠下嘴唇，眼睛看着我。自此，我的眼前，她的身后的这刻时光就此定格，再尘世再我任何联系。

2

与琴相依几十年，十八岁的时候，想着彼此会离开，不属于哪个地方，或哪个人。后来的五年的七月，傍晚，她对我说离开，我看了一眼坐在我旁边的女子，彼时，她正盯着门外。雨下得很大，傍晚的七点天空煞白，大滴的雨似漏了底的河，交替覆盖着，屋里的我们，正说着一场烟花表演，她转身，雨便空白了我与她的距离。她说，她想看着孩子从腹中长大，她一直想，她会是自己生命的依托，亦是一种延续，她与他的延续，琴说，想一直看着他成长，看着他学会将初生时对世界的恐惧化为喜爱，及至沉溺。然后他会喜爱这些纷繁的如经络般交杂的人事，身处其中游刃有余。是这样无间的朋友，却是如此的淡定难为。

三年的时间各自奔忙，为了补偿报答追求，我们一直都没有停滞。中间多少悲欢离合喜怒哀乐旧颜新欢，一直没能成为这段知遇搁浅的理由。

我们都曾在现实的磨难中裸露伤口，都曾在不期而至的苦雨中被淋湿，见识了彼此的难堪和挣扎，聆听过彼此的苦闷与需索，所以不离不弃无法分割。时光也只是相遇的见证，永远成不了阻断的媒质。到达她的城市。生活平淡安定，物质的窘迫带来精神的极大富足。这是一直欢喜的状态。

几天的时间相聚，见识到许多旧友天南海北，错落交谈，一场酒一首歌，铺天盖地地幸福欢喜。

3

我看着琴，回忆如电影镜头般交错。儿时的记忆，都是与她一起，看另外的城市和这个城市在旅途上的人们。小城的喧嚣夜市，无不在侵袭人们的神经，我看着她，脸颊红晕及眼角的鱼尾纹。琴太安静且孤独难与，却是一直的温暖都在和矛盾交杂着。

我们坐在这个城市的江边，端着一杯醇香溢满早晨八点的咖啡。城市开始苏醒，人群渐多，声响渐大。行色匆匆的人们，他们掀开精致的妆容上慵懒的眼皮，目光和刺耳的刹车声一起抵达到这个被宿醉客们的忧伤和欢喜浸染过的广场上。

我们坐在这里，目光相互遭遇，看到了自己的尴尬和不安。

不知何时起，我是甘心于咖啡这种奇怪而浓郁的味道还是沉迷上了这貌似优雅的姿势，又或者是当年和它动人的传说撞了个满怀后便满心欢喜沾沾自喜到如今。

这种褐色液体那么长久且稳定地征服了我的味蕾，以至于这些年间对它不离不弃顶礼膜拜，甚过对食物及至信仰的应有操守。

4

三个小时后，琴飘然而去。我们默然不已，不说再见。她走后的十五分钟，发来短信，还是喝茶吧，你。

微笑着让服务员帮我沏了杯绿茶，茶叶打着滚地舒展开来，玻璃杯中的颜色渐渐改变。我就这样看着它，心甘情愿地用眼睛诠释它的美。坐在这个春日午间，这个角落。交替的把味觉嗅觉和视觉奉献给它们。让它们从舌头、喉管、胃壁一点点占领自己，最后把转速渐缓的大脑和包罗不了万象的思维也一并奉送。人群熙熙攘攘，川流不息，他们疾步从我所坐的窗前掠过，没有惊扰，没有表情，没有言语。我沉迷在这样一个流离的时空里，成了这段浮光掠影的主角，没有剧本无须剪辑，没有舞美无须灯光，我极力让自己心绪宁静，然后感受生活场场的味觉嗅觉和视觉的盛宴里。

在这样时光中淡忘季节和温度，抛弃城市和人群，就像它们和他们舍弃我一样的舍弃。选择适时的盲和自觉的哑，用指尖检阅错综复杂的痕。突然想起十几年前触到让露水凝成睫上晶莹的温度，咬紧嘴唇，从心底发出抖动的力，看着它们急速坠落。让它们裂成花期已过的花蕊的形状，让果实尖锐的突兀，成全另一双手的硕果累累。然后静静地感受着，拂落脚面上的泥土，吹去肩上的落英。一直静默的触摸心灵也时常满心欢喜，恣意而乐，微笑着，是的，一直微笑着。

5

季节的叶子选择我能感觉到的地方飘落，我弯身捡起，摸索那些干梗的纹路，阳光的余温蔓上我的掌心。它们选择在今时今日坠落，反复亲近过的尘埃，苍凉不改，一如壮阔，每一次生硬的闯入我的眼帘，看那些从高处慢慢下坠，而后依附于某处。一如看着一组组魂魄的离体，告别和自己的纠缠，决然下坠，不问所终。想起错落有致尘世，一路相逢的人事，转身而过的眼眉，微微上扬的嘴角，以及山坡间白柳树上稚嫩的笔画，风筝断线前牵引的阵阵笑声。涌起的不只苍凉。

随身的包里，固执地收藏陈旧书。整齐的放于此，包裹上白净的宣纸，排列在包的一隅，闲暇时，一页页打开，审视一番，留下当时的掌纹和温暖，重新收起。如此反复，乐而不倦。也会在哪个抬眼间，某一刻的时光里打个照面给予温度和触动，和心底深处彼时的感动撞个满怀，怀着感恩的心报以微笑，默念着祝福擦身而过。错开急缓有别的行进轨迹，自此再无重逢。如此自然的过程，带着各自的需索和给予漫步在时光的平台上。遇与错，停与过，取与舍，痛与乐，如此自然，如此平等。生活的周围，摆满许多的容器，布满许多的色彩，都在期待四面来风，总有一处飘扬。

6

这些枯叶，选择在这个春天才落下，在这样的阳光与温度和角度，也同样泻过我的发梢和嘴角，如今，成了我填补心底空白的土方，和着那些从始至终跟随的微笑，遮掩了所有隐忍和心痛的需索，我的身影已朦胧在那大片的葱郁里，我这样看着，见识睁眼为殇，闭眼为尘。心灵之外的景色更换了内容，可用心支撑起的轮廓依然清晰。

踏在那些干枯的脉络上，一声声清脆，还有清澈的孩童的笑声，就算路过了这个春天。

街角的阳光在城市的灯火中隐匿，世界满是人造的温暖。

一切很安静。

在这片春光明媚的天地里，许多人都陷于迂回辗转持续着某些习惯。或者，有如人们常说的恩慈，这是天赐的美好。

阳光温暖，唇齿粲然，眼眉处绽成一朵茶花般的模样，有些场景可以忘却，顺着臆想的光亮，看一些笑颜如花。会有一季花开满怀，淡却成长。

远处的南音，声声撕裂，不能忘却的是青衣的哀戚，不能抹去的是小生的羞涩，悠远锣镲不辞缠绕。看主角淡了妆容，水袖却是可以拂过我的脸颊。或者此时，我亦是灿若桃花。也随一曲南音，看莲步过桥，惊起千年游园的酣梦，亦不枉一番亦悲亦喜锁麒囊。想象着，这个季节的暗夜，谁在犹抱琵琶掩面泣。拂指间，此去经年天上人间。只见桥的另一头，花开微半。

就这样感受着，颤动在脚步里，踩在那些干枯的枝叶上，让一片清晰的断裂声穿越我身后大片的时光。看着嫩叶满于枯树上，才知晓时光易碎，恩宠难回。

偶尔一个人行走，一个人观景，于此处，于心灵生活于别处，于另一番景致中看自己，于另一时光看曾经。

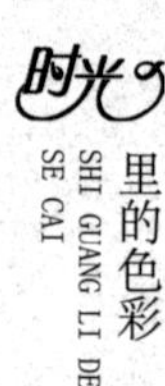

如尘时光

1

每天早上都会在八点前送孩子，一路上的人，明明灭灭的身影，在雾中是看不清彼此的脸及神情。开车的手常会因为某些举此而颤抖，思绪也随着这时摇晃。孩子叽叽喳喳，我常被他们逗笑，惹气。这是最为真实的笑脸最为真实的思绪。有时常想，身边如果没有孩子，那是会怎样的孤单。

孩子在校们口与我挥手再见时，那张脸是我心灵中最暖的太阳。我常想，如果，叫我不做母亲，我宁愿放弃生命来换取。

雾在十点时散去，阳光很好，我的家门前有恰能坐的台阶，人们尚在忙碌，心亦期待暖冬。

2

邮箱里几张贺卡安静地躺在那儿。我舔舔干裂的唇感受这份温暖。Q有好久不上了。许多的朋友都沉静着，不多的好友里，放着许多的温暖，我与朋友们说，把你放在Q里，偶尔看着心便安了。偶尔也会开Q，并不说话，只是看着。我不习惯于太多感情表露，也不习惯于太多热闹喧哗，和朋友们都失去联系，偶尔会去看看朋友们的文字，是静静地看，不作声，在安静中惦念也在安静中失去。不说话并不是忘记，是用一种沉默的方式相对用心祝福，距离与时间让我们都只能选择这样。

文字终是离不开的，若有若无的情愫都交给它。许多的人，许多的感情，都夹着心灵最为纯净的方块，那些看似丢弃的一直在角落里，不急不躁地待于那，等着我去不慌不忙地翻阅。心情的文字里，没有诸如那些华丽的辞藻，没有磅礴的意境，说起心情，不修饰地展示。

在一个个文字的角落，在心灵的路上，许多人一起走着，那么这样很好，让我们一起向生。

只要有一些路，一起走过，相互的没有伤害，也没有太过直白的依赖，这样就好。

然后，再一起走，很长的路，不说告别。

3

在这个北纬25.17°有着古城墙的城市里，越来越强烈地感觉到自己一直站古典的门边。

好似也着一种沉重的腔调，嗅着小径带来的菊花香，却如何也走不完那段路。固执的贪婪在幻听般的古曲里，宁共曲水流觞，也不愿附着满城香透的黄金甲。

终点会是怎样的景色，此去经年何为路，冬怜春渺。

我的小城，愈加美丽，头顶有风吹过，却不让我感觉到冷。远方的你们我的朋友是在忙碌，还是在笑呢。

我们出生时，便没有谁的陪伴，孤独的让我们都显得那么妖娆。我的心绪常会走失，空空的心灵，回来时有的只是心里若隐若现的微弱满足。

当一种存在越来越真实地突然消失，那么谁的姿态还与我有关，谁的寂寞还与我有染，谁的微笑和泪水还能如刺青般值得自己用体温安抚，上一场时不合地不同的孤独，恰如其分地展示它的妖冶。

4

与琴走在公园的某个角落。琴是个自顾微笑肆意皱眉的女子，诡异妩媚的女子。常对我微笑，也常很乖地消遣自己的时光。

公园的草地上，她扯来一张报纸，我们像青苔一样匍匐在几方青石板上。

午后的江边有不小的风，天空因太阳显得很干净。

我们不再说话，昨天，是一个友人的生日。

我和琴，始终时有时无地联络，身边的女子对这一切释然，微笑是她的利器，不容任何人拒绝。

她和季节于我的时间是一对孪生，都不愿动弹手指翻阅日历，却一样沐风栉雨，听露观霜。

离心多于游身，纠葛多于平和，温暖与冷漠交锋，频频败下阵来。

时间一样划过手心，黑发，眼眉，却是幽怨总向暗生，微微笑，人人可见。

如果有一种方法可以真正安静淡然，不知谁能跑在谁前面。

我们仍是自顾歌唱的孩子。

或者，许多人可以视而不见，却无法扼去一种纠缠。那种暗处滋生的

情感，它也曾袭上的眼，我们的双脚踟蹰在那条线上，进退两难，疼痛涨红了脸，隐忍不饶，叫苦连天。

所以，要微笑，对着许多人，对着已在的边缘和未踏的雷池。

我们都是不乏温暖富足的孩子，所以许多的欲望无法从空缺处链接，大可收起。

或许是有那么一个地方，一如我们的向往，安然俯身皆是，温暖随遇而安。

那么，来，牵起手。

亲近荒野蔓草，延续温暖又隐忍的纠缠。

5

是2012年。

农历九月时令已过寒露。

或阳或雨，城市不堪季节的调戏，变得躁起来。金的生日，少女时的温情，已久的离散却不能模糊我的记忆，曾经的温情，在岁月里多了层沧桑的痕迹。

它时哭时笑坐立不安，灼伤记忆的皮肤溅染谁的衣裳。时令总会提醒我的心情，也会在让我其中感受母亲带来的嘱咐。

在我那片朴素而厚重土地上，每一朵在我眼前和身体里绚烂过的花，每一瞬带着季节的温度与妥帖的靠近，我都失去的如此决绝。

他们散落在我走过的每一个地方，带着家乡的眷，带着离别的酸，带着江南的梅雨，带着彼岸的三毛，带着妖艳的爱玲，还有一些植入骨髓的怀念，就这样散落了。

我的每一声呼喊都显轻，每一次回忆都那么暖，每一次回望而却步显得这样的苍凉和漫长。

在这个很小的的城市，我看着日历上熟悉的季节，听着心跳需索温暖，可以在阳光下沉默，可以在月色里空静。

6

我喜欢越来越喜欢独行，走在人多的街上，低着头，看自己的脚尖如何踏实地移动。把思绪放空，在嘈杂的闹市中，让所有的繁华在身边移过，不理时光。

我常会抬头看远方，看头顶的天。天很蓝，大片大片云朵移动迅速。草甸再远一些地方的山峰突兀在这片蓝和绿中间，又被阳光分割成明暗两段。云彩投下的阴影很真实，忽明忽暗，让人想起张艺谋的电影。古典与现代的乐音逸出，明暗交错，各自寻找向隅之地，掩饰恐慌，需索安慰。

没有开花的梨树生长成弯曲的形状，枝杈伸过头顶，那些叶子似可以贴在我的额前。干枯又温暖，我眼角的泪痣在这片枯黄中特别刺眼还有我手中的痣。我的身体向着石头贴紧了一些，眠下嘴唇。眼睛看着前方，一些陌生人，一些孩子。

抬头间，有人对我微笑，有人和我点头，我频频地跟着做这样的动作。这是不用任何思绪驾驭，不用任何思维支配的温柔。这是一种来自心灵自出的一次次纯净的旅程。

冬日阳光的余晖下，欢欣一般的放纵。

冬日里才会有的冷风和江南的阳光，可以让自己暂时丧失听觉和视觉，在喧哗的街角也能需索最简单的温暖和安然。然后，一切安静，决然回归。

安静时光

终于感觉到阳光如此温暖。

光线覆在我的身上，于是知道了另一种拥抱的姿势，来自自然的宠爱。

我坐拥在这片明媚的感动里，深深隐去那些原始的悸动，时间在我灵魂的背景里揉成愉悦的花，顺着我喜悦的眉宇，攀上额，欢喜的盛开在眼角。

我悄悄地释放那些潜伏的感动。看着它们正沿着自己的搏动的脉络向前涌，我放任它们的肆虐，直至再次被俘虏。

我如此亲近阳光，亦舍不得那些隐晦的委屈和决绝。这个秋天，依然是自然而然。

人至中年都曾有太过酸楚美好的过往，因着时间的冲刷，因着压抑的决然，因着时光的索然，已凝成了太过程式化的符号。虽然依然背负，都可以用微笑粲然以对。

渐渐淡忘了那些忧然的声音。

它们在以往很长时光里从另一个方向袭来，顽强的占领，对着心底最真切的静默群起而攻。人们也曾如此辛苦的贪恋，如此不忍回绝。

拈住一株妖冶的花，看胸前也被浸成纠缠的图案，不忍拭去，无限亲近那片辛辣，淡忘日出日落的刻度。很多时候，人们可以错过大片大片灿烂的霞，可以自我解嘲地投入黑夜的怀，把钟表的指针当成黎明的影子，蜷在臆想的壳里，妄自菲薄地掩耳盗铃，默不作声。直至感觉到繁花颓然凋谢，才从镜中听懂眼角的皱纹错乱的节奏。

如此反复的迂回，究竟遭遇了多少，似乎已经被遗忘。许多的人已记不起哪年的季节，曾歌唱在大片明媚的阳光里，笑容灿烂，长发飞扬。

阳光透过窗帘，洒满房间，是不是大多数的人都拥着比南柯还久的梦。

那些温度漫过皮肤的碎纹，漾满身体。一些摇曳的思绪在空中跃动，经年后已碎成成片臆想在时光中飞翔，可以看到那些脱落的皮层，在光线里翻转、陡落。

可以看到眼前耀动的光线，在瞳孔中放大成歇斯底里的悲伤和不由衷的欣喜。

它们藏匿在灵魂里，混合着委屈的、欢喜的泪。一路错过的花香被镜子折射到很远很远的地方，它们遇到蓝天、白云、琴声、湖水，绵延不绝。

我的双手及双眼见识了它们，在这个阳光充溢的季节。

我的长发飞扬成了另一种的姿势，从容绵动。

有些温暖会灼伤了一些静默，在大家都溺爱的布满尘灰的镜前。

我闭起的眼睛，还是可以让看到了它的不安和恐惧。

大从的人把时间撕成条形的印花棉布，温柔在每一个迟疑的瞬间，时光被你我揉在了手心，曲线中满是尘土的味道。用不易察觉的姿势传递那一丝最暖的阳光。

在即时的季节里，我的衣服有着阳光的味道。

一切那么安静，水仙茶很香，递过来的越窑青瓷杯，圆润，细腻，有令我不安的渴望。

一杯茶。褐红，条索粗大的叶梗悠然沉浮。

我的指甲整齐，眼神清澈，头发被风吹起，白色的衬衫映上九月的蓝，薄荷的香，很淡。

隔着飘舞的白色窗帘，阳光还在，风不大，窗帘逸动着九月的天空云朵低沉，像极了转身时清雅，用力渲染着空气与季节的清亮。

鸢尾已落败。

淡绿叶间紫白色的花冠舒展，花出叶丛，过不了多久的来年，将可以看到它如何的明媚，它的温柔便会绚上我的额。花开的过程可以如此简单又可以惊天动地，可有时我们一直是等不到一朵花开的时间。至此搁浅，一片泥淖。

我用拥抱需索温暖，用牵手找寻方向。凝在睫上的欢喜和厚重，萦着一汪秋水，再不经易被望穿，再不经易被流失。

我看着秋天的模样，面纱掀起，阳光透过瞳孔，萦着身躯，于是，温暖不已。

尘世生活

1

喜欢昆曲，在很小的时候，无缘由地。昆曲，似梦如雾，在我少时的渴望里如梦幻般蓦然心惊，似乎能触摸，又那么遥远。温婉的唱词在心中缠绕，我常在这样的曲子里陶醉不知身归何处。

《牡丹亭》里，杜丽娘唱，这般花花草草由人忘，生生死死随人愿，便酸酸楚楚无人怨……关关雎鸠，没乱春情难遗，蓦地里怀人幽怨。青春，在这一刻，她那十六岁的青春突然觉醒。如此寂寞的情怀，似有几分挣扎又有几分无奈。那一番景致，却是十六载咫尺天涯。一如我们的心门，被无形地遮挡，如若有勇气推开，便可以看到那曾不留意的东西和在心灵深处的那一份柔软。便会一如杜丽良说的：不到园我，怎知春色几许。时光一天一天流过，清晨，黄昏，从朝霞中喷涌而出，又从暮色里悄然淡去。一切在蔚然之中，又在烟雾之中，如梦似幻如雨丝丝缕缕。

2

被风吹下的落叶，在冬日的风中抖瑟。余下的短枝条，无一叶片。枝节的结口处，可以看到微微的细毛探出，每一节似乎都正微弱地发展。与此同时，朋友送的绿萝正在敛约着极盛的生命绿。细微处可见它正反面的光泽，两种细纹的走向因为太细，而互相不干扰，在浑然无觉中各自生展。

正常的调零或生展，都在难以分辨中进行。生活中很多的细节，在无知无觉中改变。一如一滴水融入墨中的声音，一如一滴墨坠落在白色宣纸上会有多大，效果与结局如何，难以言说。有人右手挥毫时，左手总会攥着一团白色纸巾，墨一入纸，便会很快敷上，吸干。这样的动作是不留痕迹的，一如一些过往与时光。一些过往与时光一如右手一样，不断写，左手不断地吸，一眼可见的匮乏，同时，左手这样的无措动作与优雅的右手动作看着难以匹配，却又是那么的浑然天成。我常想着过往与时光，便是这样。

3

喜欢宣纸，看着墨汁垂落时，宣纸便柔韧接住它的圆润，而后慢慢化开，向着外围不均匀地扩散，内浓外淡，那亲悦目，信笔写去，风起云动时，搁笔，望窗外几分钟再回望，晕化恰到好处，浓淡处便有水乡的气息。细微处，不必太刻意。如此微妙。

多年前，似乎太久，又似一眨眼的时间，持着久远的，谦卑的书写方式。这么久以来，一直如此。坐于案前，心气静下，双臂环抱，左手按纸末，右手执笔，一个字一个字地交错堆叠，形成一篇自己能看懂的文章，一笔一画书写一个个字的分秒中，便让自己的文字飞舞起来。我想着和古人一样，对每个散发生命力的汉字充满敬意，在我的纸上，让它工整起来。让一种悠然在不疾不徐中完成，在消耗的时间里，文字像极了时光沙漏，在里边星星点点地滑落，无声无息。端坐于案前，那般的自自娱自乐。在一种消遣的方式中，若无其事看时日划过。

4

在夜色的书房里，灯下翻书，外边宁静中传来高跟鞋的声音。墙上的时钟，像极了旧年的更夫，由他来向夜归人传达时间的进度。翻开三毛的书，夜的温柔便洒下，我的思绪随着她的少年脚步，一直到跟随她到大漠的一角，平实中见艰辛，贫乏中见幸福。她的书一直放在床头，偶尔也在我的包里。写了很多的文字，所有的字中，没见她的影子，是因为太爱，所以不敢碰触。想着她的荷西，想着荷西离开之后她的无助与撕心裂肺，还有她少女时候的那份叛逆，还有梦里花落时她母亲的背影，几句看似轻描淡写的描诉，却是同样把我的心撕开一个口子。有时，一种情，不用太多的言语，便可以从字中传达，那是一种灵魂的共鸣。最不愿意的是她的离世，或者说，为着她这样离开的方。有时也想，这样也好，或者，她离开时，没有苦痛。

不说太多关于三毛，也同样不想说太多张爱玲。因为喜爱，所以一直收藏，这份情结，似乎用任何文字与语言都远法描述，所以，我的字里，便多了些许浅显与疲乏。忘了几岁看了《红楼梦》在看到它时，便喜爱，只是喜爱，便一遍一遍地看，从少年到中年，我从没离开过。有人问我看了二十遍没有，我说，不知道。其实，不止。每一次看便有更多的喜欢，我的浅薄总是在看它时，一遍遍地被显露，直至现在，我仍然如此。纳兰词，前些年一直看，一直被感染，便在看它时，一直忧伤着。纳兰词的忧伤是植进骨子的忧郁，无法挥去的，渐渐地，便不敢再碰触它。

5

近傍晚，七点时光，我经过菁城路。街灯一如横街的标语，于此或彼，声光交织着商业气息，无数开启的门，明眸善睐。物质的暗器，不动声色萌生的新月，不远处的灯笼，连同门的祝福，附庸风雅地品鉴起来，一样地贝光闪烁，正无限处耸立。一些金钱的内伤，最后的秩序决定于它的核心。

现代的布景，水流的年轮，土与火，釉与水的构筑，是青花上静止仕女的历史，是宋朝大袍水袖中的淡青颜色。它们沉浸在那种与生俱来的崇拜中，沧浪之水，洗不去那曾激荡的娇艳和素雅，千年马蹄，构成了青花故事的悲剧。时间，它可以踏弃一些柔美，却踏不碎那壮阔的民谚。

一条淡青色的纱镶在陶纹间，服饰的风披或音质，便就这样直白地呈现。守望中的陶与火味中进化着贫贱的血液，在出炉后无情地溅起了血清。那一条条纹路，像极了一只飞翔的雁，突然收拢翅膀，时空便骤然留出了空白，让人辞穷意尽。

6

行进着的时光，送走消逝的夜之走廊，如期抵达的晨光，引来了爱晨的人们。迎面而来，碰面，点头，又各自交错而去，然后在接下来的时间里，各奔西东。不容有更多的眷恋，更多的不舍。热爱生命的人们，心中颂辞倾听的耳朵寻找呼吸的方向。他们的表情与意义，一如从一片叶子过渡到另一片叶，相互诱惑、又被填充着。

想起一句话，“苏醒，是另一扇开启的门”一种隐语式的表达，连同那些被氧气抚育中的肺叶，还有那些事物间闪现的气息，一切，看似都算是鲜活着的。路上亦有些秘密，正收拢抑或打开，阳光都随物赋形。

7

有一种事实是无法改变的：乡下的亲戚如一种暖色的植物。那些慢慢变颜色的叶片，如不能停止的一切，悄然加深它的颜色，延伸眼前的道路。想起旧时的鸟，像极了一树鲜艳的梅枝，依偎的影子，不解风尘，却决然地改变了我。我在岁月中被时间调成了重彩，生活成了画纸。而风的到来，有些事物，却不知情缘。故乡的月光永远是一种情结，是另一种月光，像所有的梦，儿时，在梦里，是另一种人生。

世界依然如故，尘世生尖便也随着一片片叶子转动着，一些现实也在某些空间出演，在莫大的时间空间里。还有一种逐渐扩大的寂静正空白地扩张，在阳光与月光照得到的地方被莫名地扩散开来。

时光碎语

1

看上一集不知名的讲述，爱极那带着野性与沧桑的片尾曲。目不转睛地盯着，记下演唱者。

打开电子书，让周遭的空气弥漫上它的气息。

书上一句，让一切归零再继续。某一种恐惧与欣然一步步走进我。这样的心理一时有过，偶然闪落时，便也可以自然消散，也会醒目地一路跟随，昭然若示的刻画在身体上。这是一种抗拒与矛盾相并时的感受。想起那旧时的矛与盾分开也并存，这是彰显了那则故事的哲理，于是，才能流传下来。

人生多的一秒从何而来。许多人在询问，是如何将来世的用到今生。也有许多透支的感动。即便如此，也是温暖骤增，我从不忽略这些温度。它们可以如此安详的浸入发肤，揭了泪腺，断了退路。这样的境遇，心甘情愿背负在身。

生活中，许多的欢笑都自主出击，所有的隐涩、不舍、迷茫也会随时出现，而后自动回避。辞去所有辛苦的咸湿，收拢起折射温暖和爱的碎片，映照微笑和甜美。

我在岁月的过程中，洗褪过往剥落。缝补世事缺憾。体验欢笑泪水。然后用一种安近乎臂弯诠释所有的经历，自此依偎。

迷茫的，伤害的，扶持的，温暖的。难为了时光，也会有一种决然，一如宿命原谅了我的欲望。人之离合，生之悲欢从头顶刮过，我时常在行走与凝视中，在微笑，将记忆与展望镌刻。

2

这个夏天雨水太多。露台里的花草嘈杂耷拉着，用根部未完全释放的热气抵抗夏天的侵蚀。稍高挑些的枝叶，全然没有初春时留恋雪霜侵袭的快感，亦没有怀抱中满是复苏的味道。

这个季节里也可以淡淡地看，静默地听，安静地想。嗅着一切略显发霉的复苏气息，感觉自己是轻盈的。听着时钟滴答滴答划过春的刻度，没有一丝紧张，没有一丝烦乱。

时常看书，见识别人迎着春风绚烂的心情，亦感受那一番番辛辣与苦痛……

至于我，却依然不知道季节转换时要有什么样的心态，动作，一成不变地，以至衣物要有怎样的更换，都没能合理安放。

偶尔的风从沙帘后拂上脸的时候，我坐在仿古沙发上听着别人的歌……某年某月的某一天，就像一张破碎的脸……

一直以来，心里怀着无比的感恩之心，看一场场离别，听一句句关爱。

这是离家上百公里的小城，被季节抚摸过木槿与海棠，连续地，持久地浸入了泥土最空处。我一样的爱它们，清水便汩汩而入。

我点燃为它写的词句，在平和实景中一次又一次地用力拾起。坦然平静。就像一根线，牵引我进入了另一个空间。面对这一个于我全然陌生之地，更像亲近她的生命之源。自此我明了它们的坚韧，以及沉默的所有缘由。自此，我面前的路加重了砝码，我便可以坦然地用尽全身心的力才不至于倾倒，才不至于让自己的双手支棱在空气中，才不至于回转到哀怨宿命的漩涡不得救赎。

谁会不明白，有些快乐与温暖像过往的云烟，弥漫过来，一阵欢喜，情不自禁地陷入，欢笑泪水未尽兴时，已是满怀萧瑟，缥缈孤鸿影。

有些磨难曲折的像时光，一路蹒跚，辛苦恣睢，身心皆疲的经营，苦痛委屈未消逝时，已是灿烂如花，满目尽欢颜。

3

很深的夜。窗外和身边，灯光都已昏暗。

在屏幕的明暗交错中，看到自己煞白的脸。迎着它的跃动，吸吮干涩的嘴唇。冷暗的镜面怎么也看不清自己的发线。

一切在凌晨的眼中变得如此恍惚，边缘不清。

此时此地转向哪个方向，却都在心底生出了一片昏噩不堪来。

和朋友道完晚安，听完筠子专辑里的最后一首歌，开博客，翻动那些记忆的串珠，就着蓝莲盛开的声音，要冲破黑暗的感觉如此强烈。

我看着窗外飞逝的景愈来愈明媚，天青色的天空，有着黄土的昏黄，黄土间青青的墨绿逼着你的眼迷离在这一片单调的色彩转换中，和季节的狂热撞个满怀。

反复亲近心底的一份执着，清新不改，一如壮阔，每一次生硬地闯入我的眼帘，涩得我不由微笑。一如一些好友。都说着安静的温暖。亦是如此容颜许是改变，心意却始终在一处。

城市常在我不经意间景色更换了内容，可用心支撑起的轮廓依然清晰。黑白和绚丽一起交汇在了脑海，记忆的胶片依然骨感的突兀，和心底早已嵌入的感觉恰如其分的贴合。岁月改变了许多，有些轮廓一直彰显它生命中的意义。

我自有隐忍的渴求和卑微的需索，历练中的苦痛和温暖交杂的负累让我隐蔽了自己，几多在温暖处需索的双手也因着反复和纠缠的茧而遮掩了清晰的纹路。可我一直都不够力量和勇气去承受别人移植的颓败和自己心甘的下坠。那么多浓郁的温暖从抑郁中喷薄而出，淡了红，也淡了白。

人生中，不能丢了渴望，或是渴望别人从此处向我们索取的，决绝的掠夺似的索取。只有这力量才能使我们深层次的隐忍和静默得以撼动，得以松懈，而后丝丝逸散。

4

一切依旧很安静。

我靠窗坐着，手中的水已续到了第三杯。上次走过梨树时，叶子没有坠落，但是，地上却有厚厚的一层落叶。

行人踏在那些干枯的脉络上，一声清脆，就算路过了这里每个季节。

第四杯快要凉掉的水我依然摩挲着。想起少时，阳光从旧的花窗格洒过来，想着桌面上那一缕没了温度的暖，想象着像只归鸟一样飞离喧嚣翔向纯净的旅程。

城市昏黄的余晖，窒息一般的放纵。

轻过的风和那斜边的阳光常会让我丧失听觉和视觉，在耳鸣和盲从中需索最简单的温暖和欲望。然后呢。然后一切反转，决然回归。

不会有意外，绝对不会。

平廊一角的花窗格上，夕阳射投向我的脸上。一切很安静。

生命承受之重之轻

1

昨日，傍晚，从医院归来，行于小区中。天空静穆，夕阳明丽，仰望于西天，已然跃出一颗寒星。我喜欢在这样的时刻散步，便可放下一天的辛劳，迎着那颗星走去，悠然，亦淡然。偶尔迎面走来或抱着婴儿邻居，也悠然而淡然着，嘴角处露出平素难见的生动笑意。这笑意，引得我停下脚步，俯身去看孩子。静看她，一个小小的人儿，既可以如此安然睡于天地之间，端然而大方地熟睡着，洁净的脸有着一种不可侵犯的高傲。那娇小的容颜既有着让我疼惜，伸出手不知不觉又收回，生怕触伤这俊美而又完美。襁褓中的孩子，以后的日子，便会经历风雨，经历欢欣。如此生命之小，以后碰发出的力量，是难估量的。偶尔也会传来笛声，在这寂静十分，只是婉转着，就把人的千般柔肠情感勾引出来。这时候，我立于几株木棉花下。红色的花朵耀眼而又孤独，孤艳着它独有的张扬与霸气。抬眼间，天边的那颗星与我对望着，这生生不息的人世，就如这婴儿般小开始，就如这颗微亮的星开始。这些娇艳的生命，又坚强又慈祥着。

前日子，我在后院的草地上，插上木槿花，几天后的一个清晨，便发现长芽了。如此生命，既是这样顽强，不用一根一须，就凭几枝断枝，连于土中，便长出它的生命。细小的断枝弯枝处，小小的细芽便就这样探出身子来，不由得人拒绝。看着这细小的生命，细细端详，这时候的时间是静止的，与这样孱弱的植物小生命共处，让我感叹生命的强大，感觉到一种暗涌的力量，正于周遭蔓延。便不由得心生怜惜。于是我便不由得惦记它们，适时地为它们浇水松土，几日便可忙乎起来。想着再过几个月，便可有满树花骨朵，便有许多粉色花朵在眼前摇晃着，于是便想象着，摘下它们，放于锅中，便有了童年母亲煮木槿花的味道，这便是我一直一直念着的肉花，它放于我们的餐桌，依然那么美丽。一个人，即便孤对它，这样弱小的生命，生出来的情感，亦是郑重的亦是掷地有声的。

因为有个大露台，不由自主地便会种花，石榴，海棠，茶花，康乃馨。它们在雨水及我的呵护下，一天一天艳丽，一天一天成长，我把大部分的时间给了它们，站于它们中间，无谓尘世纷扰，不理时光。这些生命，有几滴雨露，几缕阳光，便绽放着，而我呢，而我们呢，常常为一些自恼着，常常怨天尤人。为何不因此也学它们，生活于别处，让自己清醒于尘世中，安然于生活中。

2

许多人于现实中，忙碌着生活，待到毛病压身，再也强不过。手拿一叠叠单子，转于医院中。受尽驱使与折腾，也会在这个当口埋怨自己。处于这样的境地，这个时刻悄然而至时，也在季节的雨水中，慢慢让自己珍惜自己，一种十分遥远和缓慢的醒悟。

医院里一位不相识的大姐，始终沉默着，或流泪。我冷漠地看着这一切，知道，再过些时日是，她便会真实面对，而不是这样以泪洗面，那么在这样的过程中，让她尽情哭，尽情沉默。那是一种身体没醒而依然沉沉躺着的姿态。那是一种四肢松弛，眼睛不必睁开的姿态，是一种睡得身子烂如泥，而心却如火于冰中的姿态。然后，便慢慢通顺，便知而对，是多么重要。

在她还在哭泣时，我是一向喜欢安静的，外面春雨绵绵，我陷落于这样的阴雨之中，在这个春天的清晨，心无杂念，感到病房昏暗得如此柔和妩媚，如鸿蒙初开，我便可以这样单纯如婴儿，不必为了生活而挑剔，亦不必为人生而感慨。这时候，钟摆可以无声无息地停止，时光亦不再治着时间纵向前行。我依然闭着眼，却可以清晰地看见尘世展现出的世界剖面，一如古老的松柏般，有着圆圆的轮廓，散发着只有它才有的松柏味。

在密集的年轮里，我看着自己，已过不惑，爱文字如爱生命，育二孩子，且半生病痛，易悲易忧易怒，头顶有数根白发，喜静，除爱好写作外，亦爱尘世的种种。我注视自己，目光偶尔客观，偶尔理性，如看一棵树，一株草，想以往数年，为生活奔波，却皆不如此时此刻真实简洁，彻底而公允。只有淡定与平和，没有机锋，亦没有归隐之意。以往的日子，常常与风同尘，与时舒卷，思属风云。此时此刻，我却是心底坦然。不必清高达远。不归隐，不超脱，不疏离亦不边缘于现实中，悄然着，亦彻底着，公允地看着自己的本色。于质朴，至善中。

3

总也会经常回乡村。在那质朴中，感受朴素。于情感中，平静下来。

也会在父母的家中。安稳生活着。常常看着父母，相对坐着，弓着背，一如一对皮影人偶。感谓于那句话“父母在哪，故乡便在哪”。也感叹于“父母在，不远游”如若可以，一直这样栖于膝下，如若可以，常伴于床前，那是何等幸福。

偶然听父亲说，他的命已算于今年，虽不能全信于命纸一说，但，心终还是一颤。父亲的头发已找不出一丝黑色，脸上亦是越来越黑，皱纹愈加深。

也因为父亲的那句话，便去联系旅行社，催父亲随团游京。父亲微喜的面色，使心沉了下来。母亲，固执着不去。便随她罢了。总希望二老能在有生之年里，无遗憾不伤悲，也希望，能活得更长久，也记得父亲的那句话，莫亏了自己。

4

今晨，接到友人电话，她因为肿瘤，明早九时手术。声音淡定。没太多语言，只说，已接受现实。不再脆弱。

我的周围，许多的人走了，又有许多的人来。走了的悄无声息，来的亦是悄然而至。生命总是来的来去的去。生命亦总得承受着，超脱着。我可以看见自己的世界，亦可认识或记忆的所有人与事，在与他们面对和相处，亦不必执着自己的立场，因此，就没有对立和不知所措。我亦可以感受到，我与许多的人是脉脉相通。一如《金刚经》所说，“无我相，无人相，无众生相，无寿者相”。所谓：若菩萨不住处相布施，其福德不可思量。那么，放下，便轻松了。

友人的手术还在进行，所有的祝福都一并送于她，为她祈祷中，亦于心中，一问一答间，许多的感悟便如地平线的露珠，一如初升的太阳，一如人生初见般。满目光明。

第六辑　解·眉间

那些分叉的色线，漫过眉间额头，浸到我深深眷恋的地方。那角度像极了我的手指，弯曲成需求的倾斜。

告别约期

清晨七点。我的车子缓缓地进入久违又熟悉的小镇。这是这次行程的终点站，我看到人群中行色各异的行人，大都脸色苍白眼中略微沉静与疲惫。

走进小镇，找寻许久前的记忆，很久很久，心里搜索任何关于某些记忆的线索。

能立刻记起的地方已经是空茫的荒草黄地。但是，它们依然带着熟悉的气息寂静地俯向我。我习惯地摸索着头发，其实想抚摸的是眼前的狗尾草。在苍白中凝固成孤独的姿势，发现自己站于苍茫下，已是浑身是汗。走过来的那条街，落满梧桐的叶子，安静的蜷缩。整个世界都跟着蜷缩，静静地去暖一些深处的寒意。

这是我曾居住五年的小镇，少女微羞时期，我从没出离开过它。曾经在这里，有我的气息，我回想着所能记起的种种神情，突然发现，原来自己不曾遗忘。它只是缩小成了心上的一条细细的纹路，只是，某些断处无法回复。

我随着自己记忆走入寂静而又孤独的田野，远处，近处，无不告诉我，深秋的瑟瑟。更烘托出我这次行程的孤单。

我披着发，沿着窄窄的走道，身边的行人和房舍在随着移动，似乎我是走不到尽头的。从房舍间隙中射进来的阳光里，我的脸像极了一朵疲惫的花。我不知去向何处，脚下的青石板却是一种安慰。

苏说，来我这里，来看看我，她说，自己常走在太阳下，像一只无法收起翅羽的青鸟，突然觉得累了。她无法确定这是不是一种一次寻求让自己心安理得的逃避，因为，她对生活无所需求。这是可悲的，我在电话里轻声说，你是需要照顾的。

走向她家时，我的行包里只有一把钥匙和一本书，阅读是我唯一的陪伴。

随着自己的身影走过过道，能看到的是一张张陌生的笑脸，不远的出口处外面阳光明亮。我该为这次行程称着为一次回归。快到苏屋前的转角处，我的眼有微微的晕眩，她站在阳光下，笑着凝视着我。我们离很远的距离一眼就可以彼此相认出来。她的身后大把大把的阳光，我们童年时追赶太阳时她的背就是如此，突然的感动，让我的眼模糊起来，原来，眼进沙子时也是这个味道。

和她有同样的记忆，太久的相处。从出生一直到为人新娘，我们都彼此照顾自己的心灵，每一次的心痛都是二人的心结。想起那时，穿着喇叭裤走在月光下的少女时期，在胺水池上数星唱歌的场景，在心内，我对她有太多的依赖，因为她包藏了我太多的喜怒哀愁，检阅我太多的心里路程，一起承担了我的所有痛苦快乐。在她的身上，我才可以找到曾经的我，才可以找到我要的安心。

想起十六岁时，那个夜晚下起凉凉的雨丝，她急急地从包里拿出折伞，然后我们一起走进微暗的山路，是唯一一次在山里走夜路，我们相依相拥向前。

走近她的面前，苏把我肩上的包卸下，她说，你瘦了，我笑着，都说我胖了呢。我们有同样的故乡，同样的童年，同样的少女时代，太多的相同，让我们一直以来都用心灵生死相依。她胖了，为人母后，便一直是这样，我一直没太注意，原来，岁月都同样在我们的额头和脸上烙下痕迹。两个心灵相依的旧年好友，相聚时也是淡淡的，眼神中是一种只有我们彼此才知的灵犀，她微胖的身子走在我的左边，笑容依旧那么阳光，我发现，自己特别留恋这样的感觉，原来，在的一直会在，不曾遗失。

走进她三层小洋楼，整洁的客厅里展现女主人的勤快。也可见她心内的空虚。知道她有一份缺失便是爱情，我见证她少女时期她那段死去活来的爱，那么辛苦，那么轰轰烈烈，又那么心痛。如今我已不能从她的脸上找寻当年那种痛，但，我却是可以触摸到她心内的那份孤独。无所依的感情，除了那个男人之外，放在哪里都那么的不和谐。一场没有结局的爱，是一种破碎的美，有时，也许这样的美更能持久。

她的丈夫，当年她家人为她选的男人，一个寡言而稳重的男人，给了她一个很好的家庭环境，现在的他们是一对恩爱的夫妻。然而，我还是看到二人眼中的疲惫，也许，婚姻与生活就是这样，永远不能如愿，但愿能安安稳稳。

这个小镇已没有了往常的淡定，多了些许的浮躁。苏说，你累吗？我迟疑地看着她的脸，依然美丽的眼睛。

夜里，我和苏平躺在床上，熟悉的气息显得那么妥帖。她说，因为内心的孤独，常有莫名的恐惧。恐惧自己的爱情会在寂静中腐烂，一点一点，从根部开始。我说，要晒晒太阳，或者丢弃。

她说，你为什么不来看我呢。我微笑。我选择平静，却并不多。很多时候走得很远，在一些眼光里把自己的心缩成小小的一片花瓣。很长时间，常让她没有我的消息，我不确定自己的经常出现是否带来一种莫名的骚动，因为消失太久，所以会这样。但是，苏会原谅我的固执，因为如此，才会有我肆意的自私。她会说，快乐，月。嗯，不知道，因为厌倦吧，厌倦虚幻，她微笑着看我，从童年至今。

一夜未眠，天亮得很快，清晨六点，我们走在去观音庙的路上，这是我熟悉的小道。小鸟唧唧。在这里，我似有所依托，又似无所依，一如佛经上说的，有若无无若有，色是空，空是色。人生，便是这样，极力要的，不一定是自己的。

回到镇上，一碗豆花摆在面前，那么久违的味道，让我久久呆坐那里，直到苏叫我。方知这番情景和当年是可以重叠的。

是一种记忆的交接时分，秋天的风平和而迷离，苏穿着纯棉布裙缀着细细的刺绣蕾丝，柔暖的卷发松散地披在肩上，寂静的身影，还有她花瓣般寂静而清冷的容颜。我笑着说，我不想和你说再见，可是，我们要告别了。一夜的无眠让我们的脸更加苍白，有一种我们都没说出口的二字，牵挂。带着微微的涩，她说，我们不说再见，但是要告别了。

常会想着一些背影，常喜欢看一个人的背景，想象那张脸，充满趣意，为一点点相似沾沾自喜，终于她的脸和轮廓，烂熟于心。车子驶出小镇时，我没有看观后镜。我知道，她的身影一定倾斜在街角处，这时候会小鸟飞过，它来过问我们的别离。我不用看观后镜也可以知道，她的身影站在那里，喧嚣的尘烟拉开了序幕，没有人知道，一整夜，我们的泪曾如何寂静的涌动。

时间有光

一、水袖撩过我的脸

戏里，她的睫倏地翘起，嘴角上扬，眉间绚成了花。

唱词：绣房的佳人儿要早起，我只见他，面对着菱花，云分两鬓，鬓上戴着鲜花，花枝招展哪，是俏梳妆。

秦腔折子戏《断桥》，“想当初，在峨眉，一经孤守。伴青灯，叩古磬，千年苦修。久向往，人世间，繁花锦绣。”她是躺着的。旧式藤椅，折子扇，透明玻璃杯，《幽兰注》。腿蜷缩过来，折向身子右侧，脚趾不断拨弄着绷开线的藤条。绛紫色丝质衬衣，连排襟扣，衣角覆到曲膝处，白棉布裙子伏在腿上，烫花褶皱很安静。发如瀑，乌黑了藤椅的上半部。没看到旁边的鞋子，青石板铺就的小径适合赤脚。

阳光很好，门前有恰能坐的台阶，人们尚在酣睡，期待暖冬。

不好的消息还是来了。离却挣扎太久的泥淖，带着没来得及风干的淤泥气息。只需一瞬，已在面前，俯身，纷扰开合如此可笑。

戏里唱，我和她本是同根的乔木，各自成枝，跃然成花，相映摇曳，一片明灭暗生。

我的思绪没停，不理时光静坐，当初，浸淫的风雨将我们逐一凄凉，佝腰偻背中挑睫相望，自知不可长于此处，所以微笑一直，暗自妖娆。我的眼离声涩不可作为这时光的佐料，只为内心无限黑洞的添充，自顾拥抱频频，亲昵娓娓。

明知一片风轻云淡处，却迂回绕道恣睢。不愿用彻底的清朗抹却哀婉如月，那太残忍或不舍，选择忘却时令节奏，伺机狂欢，放任肆虐。

那么，我是晓月。

月，我们走。朋友在楼下喊。

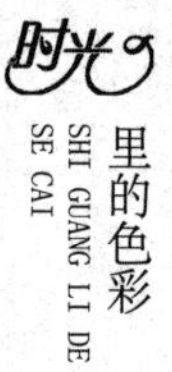

二、野有蔓草月温无声

诗经·郑风·野有蔓草

野有蔓草，零露漙兮。有美一人，清扬婉兮。邂逅相遇，适我愿兮。

野有蔓草，零露瀼瀼。有美一人，宛如清扬。邂逅相遇，与子偕臧。

娟，自顾微笑肆意皱眉的女子，血型不详，年龄不详，对她微笑，很乖。

公园的草地上，她扯来一张苇席，我们像青苔一样匍匐在几方青石板上。

午后的湖边有不小的风，天空因太阳显得很干净。

我们不再说话，昨天是婷的生日，农历十月七。

我们始终没再联络，身边的女子对这一切释然，微笑是她的利器，不容任何人拒绝。

她的季节之于我的时间是一对孪生，都不愿动弹手指翻阅日历，却一样沐风栉雨，听露观霜。

离心多于游身，纠葛多于平和，温暖与冷漠交锋，频频败下阵来。

时间一样划过手心，黑发，眼眉，却是幽怨总向暗生，微笑人人可见。

如果有一种方法可以真正安静淡然，那谁能跑在谁前面？

娟，仍是自顾歌唱的孩子。

你可以视而不见，却无法扼去一种纠缠。

暗处滋生，它定也曾袭上的眼，她的双脚踟蹰在那条线上，进退两难，疼痛涨红了脸，隐忍不饶，叫苦连天。

所以，要微笑，对着许多人，对着已在的边缘和未踏的雷池。

娟是不乏温暖富足的孩子，所以许多的欲望无法从空缺处链接，大可收起。

或许是有那么一个地方，一如我们的向往，安然俯身皆是，温暖随遇而安。

那么，来，牵起手。

亲近荒野蔓草，延续蛮漫无声的隐忍纠缠。

三、时间有光，向隅而行

是2009年，农历十月，时令已过小雪，未曾冬至。

或阳或雨，城市不堪季节的调戏，像变得躁起来。想起冬至里，一个人的生日。已久的离散却不能模糊我的记忆，曾经的温情，在岁月里多了层沧桑的痕迹。

它时哭时笑坐立不安，灼伤记忆的皮肤溅染谁的衣裳。

我的眼从浓云卷过的窗外移到屏幕上。

想起一句话，有些人事是要永在心间的，带着感恩与缱绻。路，或许才不至于太黑；夜，才不至于太冷

一生中知道温暖的拥抱，有过几次。却不知还有承诺。

当承诺走远，温度还在。

凌晨。俯视这城市。头顶的风肆虐，却不让我感觉到冷。

就在这个时候，我带着痉挛的胃，看着你们都在，看着你们的心，这很好。

外面开始有了阳光，我想去海边，睡去，不醒也可以，可是我知道有一刻我会睁着眼。

我看着你们，心里瞬间能温暖。可是我知道，离开总是迟早的。

像我许久没有踏足的火车，晚点也是一样的远行。

声音会是最为直接的安慰，或伤害。所有要面对的，一直都在那儿。

等的，只是勇气。

文字终是离不开的，若有若无的情愫都交给它。许多的人，许多的感情，都夹着心灵最为纯净的方块，那些看似丢弃的一直在角落里，不急不躁地待于那，等着我去不慌不忙地翻阅。心情的文字里，没有诸如那些华丽的辞藻，没有磅礴的意境，或许，许多的许多人。而谁会说起心情，不修饰地展示。

是走的时候了，让我们一起向生。

只要有一些路，一起走过，相互的没有伤害，也没有太过直白的依赖，这样就好。

然后，再一起走，很长的路，不说告别。

天很蓝，大片大片云朵移动迅速。草甸再远一些地方的山峰突兀在这片蓝和绿中间，又被阳光分割成明暗两段。云彩投下的阴影很真实，忽明忽暗，让人想起张艺谋的电影。古典与现代的乐音逸出，明暗交错，各自

寻找向隅之地，掩饰恐慌，需索安慰。

没有开花的梨树生长成弯曲的形状，枝杈伸过头顶，那些叶子似可以贴在我的额前。干枯又温暖，我眼角的泪痣在这片枯黄中特别刺眼还有我手中的痣。我的身体向着石头贴紧了一些，眠下嘴唇。眼睛看着前方，一些陌生人，一些孩子。

立秋·冥想

一

午后，立秋。收到很多祝福的短信。这个时候我想起玫瑰，一朵写满相思的花。在花的唇齿上，唯有爱，才可以弥散如此的殷红，灿烂着整个人寰。我想，我的今生能如此的安静，前世一定是一枚琥珀，凝成泥，沉入尘埃底部。在今生里，才可以有如此的安静与淡泊，我似乎在抬高自己。又似乎在迷惑自己。

一朵花的凋谢，该疼痛的是叶脉，只能让一粒花暗自悲歌。想到花的世界里，然后愉快地失去自由。我静静地潜伏红尘中，咀嚼着生活的点滴，如一粒尘，盼望着风来时把我带走，漂移在我一直喜欢的村落。我的视线一直向南，没有偏离，亦没有游走。

佛，上帝，还有妖，还有爱，一样都信。我在找寻，哪怕一个微小的触角，寻找一朵花凋谢时的惊心动魄，想来，要多少的造化才能有这样的缘分？佛，上帝，妖，是不是也会同时看到，那又会是怎样的惊天动地。

二

立秋以后，该是处暑了，雁在这里也该准备南飞，蝶也该在这个时候做茧。这些的每个细节，都可以照见我内心的滂沱。秋风将会带走满山绿，吹散满树的叶。我想，我不会因此有很多悲哀，让那一地秋黄，随一路莺歌渐次散落。

再后来的白露，该是大雁排飞的时节，蝶也已成蛹，等来年的破茧。然后，我可以再某个秋日，看夕阳，听雁声，话离别。如今想来，我是喜欢秋的，喜欢那一地秋凉与荒芜，还带有淡淡的伤，季节也总会引导情绪，秋也带来收获，那么，也该是高兴的时节。

一直喜欢的是残缺的美，还有那苍凉的静，一张照片便会给我很多的感慨，不用太多的语言不用多美的文笔，我便很容易感动于一张图或一句

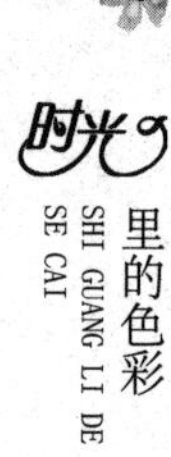

话里。记得自己曾经说过：熟悉到极致，便是陌生。也记得有人说：完美到极致，便是残缺。想来，完美与残缺是可以共通的。

三

很少去注意农历节气，突然想起老屋后的古树，孤独地守候百年，那是老老祖母种下的，是父亲的奶奶，那是一生充满故事的老人。在百年前，她随她的丈夫——一个国民党军官种下了那棵叫白果的树，在那年的秋天，丈夫还是随部队去台湾。去时，说，秋天就会回来。然后，接下来的每个秋天里，等待便是她的全部，她在他走后的第一个立秋日里，挂上了风灯，这是我们村子里为夜里外出的人挂上的灯，她终究没能等到，再没有取下风灯。

风灯终于在三十多年后台湾来消息时掉了下来，也是立秋日，不知这是巧合还是冥冥之中的定数，风灯落下了。那棵树百年后还那么的苍绿，记得小时候，祖父会在立秋的那天到白果树上挂上风灯。在我十八岁那年，还是听到了这个等待的故事。也是在立秋日祖父终于把老老祖母的灵牌放在她丈夫的灵位边，后来，立秋日，祖父再没去白果树上挂风灯。

四

立秋，总会给我冥想，这样的冥想看似无味，可我喜极这样的回忆与想象。人都是充满矛盾。我们一直在一种矛盾中生存，并用这样的矛盾相互排斥也相吸引，在这样的动力下存活。所以，有人说，快乐并痛着。我一直是这样，觉得理所当然。

想象一个空间，仿制演绎着一世的传奇，繁衍着生命，一个个生命的最后绝唱，遗留的时候，在岁月的咀嚼中慢慢地拉上了帷幕，记忆的角落便也会掩埋着一种悲壮。

秋天，似乎注定要以孤独的方式表现，在岁月的角落里捉迷藏。秋天里可以寄托最原始的思绪，承载一种荒芜后的梦想，显示最初的图腾，展现岁月呢喃中慢慢编织的画卷。

暮色随想

喜欢一个人走在暮色里。走在其中，眼前，像极了画里的大漠，这个时候，总会让我想起马，迟缓的蹄步发出来的沙沙的声音踩碎了乌鸦在天空静飞的影子。风在那一时，急迫地触摸着暮色有些冰凉的胸膛，然后又触摸疲惫的蜥蜴在远古的草丛里的爬行。彼时，大漠中的马，看似是凝立不动的。一直认为，这样的情景是静的，可以让人想成一幅静止的画。那时，我们的祖先许多的人都厮守着祖传的茅草房，把生活当成一张宣纸，卑微而孱弱地阻挡着日月轮回。历史，在一段漫长的路慢慢地延伸着，山高水长中一些火焰总是是照不到路上的行者，人们却在思念中思念着，企图温暖那些流浪了许久的手。然而，那漫长的路终是隔断了从故乡到异乡的阳光，其中历经的山山水水便决定了一个人的历史，一些草木与河流很自然地成为了一种标向，注释那些多变的心情。我总会在这时的暮色里遐想一些不关乎事俗的历史，想象那些远古的画面。

在渐落的白日里，我的心情似也被某些事物注释着。一路上的暮色，是从山顶上开始的，慢慢地接入地平线，似乎是忧伤而不情愿的，让白天里它所有的旅途都充满了无所适从。这不是我的悲伤，我喜欢这样想象着那空灵的忧愁，只是在思维里多了一种飘逸而已，而此时的我，心境是平和而愉悦的，因了这暮色可以给我无境止的遐想，也因了可以一个人独享如此的惬意。落日便很自然地成为我心情的标向，注释我的心情。

没有灯光，亦没有窗口，许多的纷扰与此时是无关的，我的行走与驻足，被苍茫慢慢掩盖。此刻，如果你遇到我，在这样的暮色路口里，看到的我一定是若有所思的。

这时的暮色是属于我自己的。它可以让人漫无目的地行走，让飞翔的思绪飞翔着，让孤独的身影孤独着，让静坐更安静。这时我的身边是没有村道没有楼群的，与乡村和城市也失去了瓜葛，那些浮华苦难远了，这虫声却近了，不知不觉，一肩的凉意。

我想，在这个早春同样的暮色里，也会有一些人如我一样吧。或者，

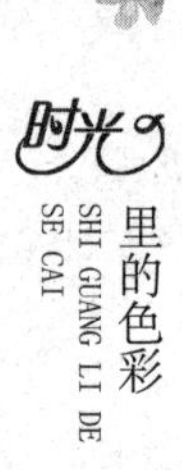

有人可以听见悠扬的风声，有人可以目睹一些叶子飘落，春天里，也会有一些飘落的叶子，而我们常常是忽视了的。我们会错过很多一些不经意的事与物，譬如，那些让人心驰神往的花格窗帷和斑驳的门扉，譬如那些水袖般陈旧的年画，一些漂荡着的关切与热情，这些便在我的思维中定格，想起它们时，便可在这些我们快丢弃的事物中寻找，一定会有一些记忆是可以拾起来的。

暮色里，布满了思考，却到处也充满了遗忘，回首时，暮色的含义可以让我更刻骨铭心。当我们的人群纷纷地逃避朝天的大路时，所有的门扉都会迫不及待地关闭，都在厮守着各自的欢笑，这个时候，暮色卷起了地上厚厚的灰尘，让一些曾经明亮的眼也迷茫了。当我们的人群挥舞着淋漓的欲望，把街市走得很拥挤的时候，暮色便会在街道上穿过人群间的缝隙，抵达饥饿与寒冷在心灵最深处隐秘的地方栖居。于是，无处不在的暮色，让一些头发开始散乱，一些头颅慢慢凝重，并被崭新的灯光牵着，呈现一种鳞鱼和渔火的色泽，在喃喃自语中闪闪光发。

当暮色潜入独自一人的呼吸时，它在乡村的旷野或城市楼群的上空，在尚未完全落日的注视下，弥漫着让人联想的氛围。此时，我的思维被暮色浸润着，呈现那些许久不见的坦诚，还有呈现着的炊烟，马，路灯，一些人影以及难于察觉的空气，都在不知觉中排成一首幽古的诗，无需朗诵，无需注释，却可以把沉思的人引入一个宽阔的地方，没有喧哗没有躁动，没有争夺亦没有祸害。

暮色中，让我想起许多逐渐成熟的生命，轮转，是所有生命中共同的迹象，暮色却可以为这些从不停止的轮转提供宽敞的思想舞台与心灵台词，一切都可以在其中悠然结束亦可以在准备中开始。只要希望与梦想在乡村与城市之间如草叶般不停生长暮色便必然会带来梦境与呓语，不断地进入一些而对暮色沉默不语的生灵的心灵深处。

其实一些梦境与呓语都隐藏着一丝幻想，譬如暮色展露出的醉人的金黄色，向日葵谛听地下水的畅情，胡子中的日子的隐意，还有一些故事转移到童话和寓言中的英雄和公主身上。沙滩和雪花，松针与墓地，低语与朴素，绝望与碎片……很多很多让我们把不相关的放在一起并把它们合并。一切素不相识的脸逞着它们特有的意象，在回归与出发之间擦肩而过。许多的东西都在启迪着事物沿着各自的方向延伸不息，那些形状便构成了令人激动的姿态。而暮色可以在这样的欲望下，来洞悉这种姿态的钥匙和门扉，让我可以在其中总结和畅想，通过，泪，疼，汗，等一些纷繁复杂的经历懂得不断让爱与恨更加深，更加沉，让一些陈旧的场面更加鲜活而动情。我也曾在很多时候无数次地想抓住那些虚无与存在之间的距离，但暮色所赋予它特有的含义，展示一种缄默与阅读。我深信，它不经意展现出的是可以给一些面孔柔韧的呼吸，让一些事物生长出它们没有阳光的特点。暮色让我与一些相关的事，进入了一个鲜为人知的世界，同时让我不止一次地发现，它的笼罩与弥漫让我的手指也闪耀着它灼目的光芒。莅临是一个意象，暮色合上它的窗扉时，便是这样的意象，它狭窄的空间便有了痕迹，生命的迹象牵引着和我同样沉醉于暮色的人，紧闭双唇面朝它敞开思想，诞生特别丛生的骄傲与张狂，它同样让我错过一些俗世，留给繁华一个粉淡的背影，让一些斑驳的色彩呈现斑煌神采。然后，我可以坐在暮色里进入一个又一个生机盎然的春天。

此时的暮色，在我的眼中是凝重而安详的，它为日与夜贴上标记，让一些人深深地铭记又可以轻易地遗忘。走在暮色里，亦是一种缘分，而对着眼前的暮色，它似很快地涌上我漆黑的发际，将成为我终身不离的影子，呈现它博大的谜语，可以让我用尽一生思考与探寻，最后让它成为我心中一种珍贵的血液，流淌它一路上最壮丽的一幕。此时，我便可以更明白路的内在意义，明白了生的真正意义，可以在这个时候无尽地回首与遐想，把我无数次地牵引着，回望着。

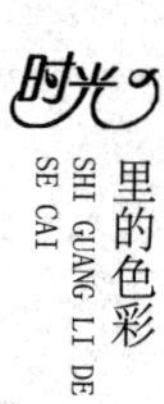

孑然三味

独 行

看一本书时，想起一句话：“你走时，我不送你，你来时，我定会去接你，无论是风，是雨。”这是梁实秋说的。或许，不是所有的人都喜欢一个人漫步，一如不是所有人都喜欢浮华一样。或许，很多人都不喜欢再走一次寂寞的回程，或者是不喜欢与孤独同伴。

然而，人生路漫漫，谁都找不到她的出处她的终点。谁都不能奢望人生路的全程，一直有人陪伴。也许，一个人走走并不是坏事，一如有些歌要一个人独唱，才更显出它的旋律。

我偶尔也喜欢独行，会把自己置身于一个人的路上，不看两旁，任思绪归于零。有时，喜欢一个人沉默行走，像一只孤雁，在天地间落落独行。

一个人的心灵是否深刻，看他在热闹的境地里，能否独守一方幽静，走走无人的小路，这也许是心灵之深，之沉吧。在这纷争的年代，我无意寻世人眼中的深刻与深沉，只简单地喜欢这样，喜欢一个人走走，感受一个人走在路上的感觉。

背着心灵的行囊，踏着满是落叶，或满是杂草的路，走到山村的山谷里，与一朵花，与一只蝶，与一只鸟相对。不说这花是不是美丽，这蝶是不是周庄的那一只，亦不说这鸟是不是名贵，能与它们独处时，这也是一种缘，佛教喜欢用缘来概括一切，而我，也喜欢用这样的字来解释自己这一生所能相遇的人与物。

一个人，一朵花，一只蝶，一只鸟的山谷，是安静的，安宁的。我不去想山以外的世界，不去联想山外的纷争。突然想起周庄所推崇的，天地与我并生，而万物与我为一。这是无为的境界。我们都不知天地从何开始，它从蒙昧洪荒一路走来，没有起点，亦没有尽头。庄周说，“我就如同天和地同时诞生，不分彼此，水乳交融，混而为一。”没有大与小之分。一切是相对的，平等，这是人与自然融为一体时的最高体验，周庄在先秦时，便这样告诉世人。所以，庄周分不清是蝴蝶梦我还是我梦蝴蝶，他已进入了神与物游的化境。对于这样的境界，很是感慨，谁能做到如此，而现实中的如果有这样的人，那么这样的人便才是真性情的吧。

谁能无梦，我曾经梦想，梦想我一生拥有天下好书，有着绝对的自由。而这样的我怎能拥有天下好书呢，这便是一个梦想，不可及的梦。都说，人没有绝对的，对于独行游者，其实走不了太远，最远的路程，应该是回家的路。那是心灵的最深概念，家的定义是有父亲有母亲，有爱自己的爱人，有自己爱的孩子。大多数人都远离父母，大多数人的孩子都远行。所以，这条路便是最长的。

一条弯弯的山路，开满小花，走在上面，似可以听到一首首沉郁的调子，透着无尽的苍凉。这样的感觉是这片祖祖辈辈生生不息的土地所给我的一种超然的感受，先不说我是不是这小路的独行者，此时，我已独占这样的心灵之地，这个时候城市的花瓶里的花与此已无关联。

其实，死亡更是一种人生独行。去那条不归路，我想那应是潮湿而又阴暗的，去往这条路，每个人都是必然又无奈的。有人说生时不虑死，死时不贪生，我想，如果在生的路上曾与一朵花，一只蝶，一只鸟对视过，用这样的心态走时，在死亡的路上，一定会含笑迎接，花，蝶，鸟。我想一定是这样吧。

假如一个人有灵魂，他的独行便因此不会结束，如果，一个人没有灵魂，也许他就没有这要独行过。如果，可以，我仍可以再来一次独行，假若有缘我想一定能遇到一颗同样漂泊的灵魂，我们便可以相拥走一段路。有人说，从这头到那一头，有一段最短的距离，那便是找个最爱的人伴你走完那段路程。那么，独行的路便不太长。

独　坐

有一阵时光，很长的一段时间，我一直是一个人独坐。常这样独自安坐江边。

冬季的江水，浅了许多，露出早时淹没在水里的礁石，枯叶漂在江面上，便有了萧瑟的感觉。我坐在江边，任风吹打我的脸。我不是在等什么，也不是想在脸上留下饱含风霜的见证，就想这样坐着，不用想什么亦不被打扰。

偶尔，有船从江面驶过，轻舟缓过，投眼过去，追随它渐远的身影。我不知为何突然喜欢这样的独坐，看江面的落叶，江上行走的船，让我想起许多遥远的故事，那些已被我遗忘很久的人与事。

记起古人说过，水在哪路便在哪，脚在何处，故乡便在何处。我想，我也许比古人有更多的牵盼，可我也曾有在水漂泊的时日，有在路上迷失的日子。夜深时，便是安静的时候，一个人孤独地坐着，月亮正好，远处的灯显得愈加飘忽与淡漠。这样的一条江，多少人像走人生一样在睡梦中就到终点。年轻的人，大多数人都以为日子是无尽长，到垂暮时，才知，人生何其短。此时，那千古不息的流水，也给我一个不客气的幻灭。坐在江边很久，才知，以前，错过了许多美好的景致。

记起一本书里有一句话，在夜里独坐的人，只觉得人生的短促，应当尽量享受，是一种在夜里还留恋白天欢笑的人。记得这是一位船员说的，那么说他是哲学家，我深信不疑。

或许，只有漂泊过许多地方，在夜里还能醒着的水手们，才了解生命全程。从年轻到中年再到不能再动时，我们难道不是更像水手吗？有谁能全程清醒地走完人生呢？人在世上，都是在红尘中漂泊，似无定所。

很喜欢庄周的无为境界，他常常告诉我们，超出功名利禄的诱惑，才能逍遥于天地之间，庄子所追求的是精神上的自由。他说，且夫水积也不厚，则其负大舟也无力……这样的话告诉我对于我，更应把目光投向远方。

看到周庄说的“心斋坐忘”这便是养心的最好方法。心灵就像一所空房子，让它空着，阳光才能照进来，他告诉我，心灵的生活，在喧闹的生活中安静下来，才能头脑清醒，发现自己，达一种惬意的生活，这也许就是庄周所说的“乘物以游心”。如果我可以做到这样，那么，便不会被红尘纷扰，或者，我可以往这样的方向走去。

江面的水时急时缓，或者，真正急的河段我们却感觉不到它的流动，一如我们的心，也许是这样的吧。这让我想起独钓寒江的诗人，那看似寂寞的表层下蕴藏多少的激情。或者，独坐也要一种境界。

独　品

独酌是古时候人的浪漫，花间一壶酒，对影成三人，这样的诗意在月下却显得有些清寒。“醉里挑灯看剑”让人看到了豪情，而“酒入愁肠，化作相思泪”显得悲情了。大抵都是对灯把盏，独自成景。

而现今的我，却没有如此的清寒亦没有那样的豪情，也没有那般的悲情。我更喜欢泡上一杯茶，在自家的茶室里，与好友畅谈，或者，拿一本书，一杯茶，一盏灯，这样便够。或者，在下雨的午后，扣开友人的门，递过雨水的伞，在友人的窗下，等水开，泡一壶水仙，续三次四次水，偶尔闻闻，偶尔品品。这样是惬意亦是随意。

李白说：清镜烛无盐，顾惭西子妍。朝坐有余兴，长吟播诸天。这样的豪情在茶同在。而苏轼却是，酒困路长惟欲睡，日高人渴漫思茶，敲门试问野人家。这便是茶酒同在，慵懒和惬意。李易安说：病起萧萧两鬓华，卧看残月上窗纱。豆蔻连梢煎熟水，莫分茶。枕上诗书闲处好，门前风景雨来佳，终日向人多酝藉，木犀花。她或者也在哪个春日品茶，品着人生给的滋味，或许，是很多时候，也因此有了些许惬意之感。

其实，人生，如酒亦如茶，它有着酒的浓烈，有酒的香醇，亦有酒的芳香。它有茶的悠然，有茶的淡雅亦有茶的幽香。人生如品酒，有清寒，有悲情，有豪情，人生如品茶，有浓，有淡，有清香。酒让人醉茶亦可以醉人。再倒一杯酒，再续一杯茶，人生便在这续与加中感受着。

我不知道这样的感觉别人是否赞同，但觉得这样很好。一个人在安静的地方，有朋友，有树，有草，有天地有酒，有茶。一口口吞下杯中的酒，一口口品下杯中的茶，从口到胃，其中的感觉非常清晰，人生便是这样，个人的滋味，只有自己品了才知。

茶会慢慢地淡了，酒瓶也会空了，天地也许在这满与空，浓与淡之间便有了改变。

酒瓶空了，也许我会醉，醉后人憔悴，醉后情更怯，独处时，最怕这样的感觉，或者，有一种豪情可以笑醉于人事，聚众欢乐。也有一种情境，独自举杯，醉卧天地。可是人生却不能如此，人生的路上，我不能醉，不能因此憔悴，因此怯情。我不能独醉天地，因为，我的身边有好多的人，我不仅为自己也要为他们负责，人生的路上，会有许多的人，而不是一个我。

茶淡了，也许我便忘了原来的滋味，怕的是怀念起来有许多的遗憾，有许多的不舍。人生也是这样，都说诚如赤子，人生若只如初见，可这样的美丽，都是一个个怀念，一个个回忆。茶从浓到淡，是其中续的水悄悄地洗去原来的味道，而人生中很多的事一如茶，也是在长长的路上，慢慢地被时间淡去。

品茶，品酒，品人生，或许，我品的不够芳香，不够香醇，然而，我常常想与酒与茶放在一起，我的人生之路，便这样，又浓又淡，又烈又醇。在安静自我的时候，我更需要的是再来一杯酒，再来一杯茶，一杯足以润泽我的灵魂的茶与酒。

对于酒与茶，我充满冥想，想象那看似迷糊又潇洒的古代饮者，可是，我离他们的朝代太遥远了，只能用现代的杯盏盛古人的酒，用现在的茶具，续古人的茶，将千年的酒香，千年的茶水，在夜里慢慢品，让现代的我，慢慢进入浪漫的核心。从此，我便更深地知道了人生的味道。

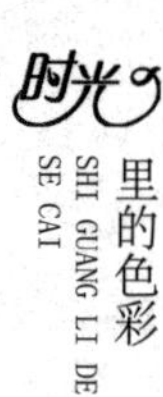

我目睹了一场空寂

清晨，太阳暖暖地照着我的窗台。阳台上的紫薇花没有凋落。临近的街口，安静得没有影子晃动。我张望着这温暖的平和。

电话响起，是一个友人的。这个清晨，我接到了一位老者的挂念，那是我一直敬重的老者。他病了，病了很久。这些日子，显然忽略了他，忽略了一位老者的存在，不觉有了一丝愧疚。我与老者算是远亲，我的名字便是他起的，因为年少无知，自己硬是改了一个字，音同字不同，意思也被颠覆了，他因此还一直遗憾着。老者学识渊博，生活恬淡，心境平和。我常常会在心情浮躁时走进他的院子，听他说诗经，说宋词，唱元曲。他跟我着说五柳先生的恬淡、李白的豪放，说着李易安的悲凉、东坡居士的悟禅，我心便安宁了。

今天，我再一次推开木门，走进种满花卉的小院。小院依然温暖干净，香樟树苍劲依然。老者躺在香樟树下的躺椅上，几步的距离，我便看到他清瘦的脸。他沉沉地睡着，我不敢打扰那样的恬静，轻步走过，阳光从树叶的隙缝泄入，刚好照在他的脸上。我看到的是最美的画面，百年的香樟树下，一个安详的老者，安静地睡着，似乎不入红尘。时间便在这动与不动之间流逝着。我凝视着他的脸，沧桑而安然，浓郁的眉舒展着，显然，病痛没有折磨到他的意志。

他在我的凝视中醒来，我的身影打断了他的梦。丫头，你来啦。依然清爽的声音，我坐在他身边的石凳上，石桌放着茶叶与开水。买菜的伯母还没回来，我为他续上茶。他的手轻微地抖着，我的心有了些许的疼，病痛还是悄悄地侵蚀着，生命在病痛面前，显得那么的单薄。好些天没见到你了，丫头，身体怎样？公司事故解决了吗？能放手就让手下去做吧，孩子学习还好吗？一连串的关心，让我越发的惭愧，我常常会在生活的忙碌中将他忽略，而他，如孩子般惦记着我。我一一回答了他的问题，不敢再问他的病情，只和他说着家常。丫头啊，叫你来没什么事，因为担心你，这些天一直乏着，昨夜感觉有些精神，叫你来想和你说说话，还有一样东西要给你，留着做个念想吧。我突然有了一种不祥的念头。

伯母回来了，一位贤妻良母，一辈子为家为孩子为丈夫默默付出的老人。我一直叫他伯母，其实，按辈分我该叫她婆了。她拉着我的手，嘘寒问暖。两位老人有三个孩子，一个在上海，一个去了国外，身边只有一个女儿。老人向伯母比画了一下，不一会，两本书便放在我的手心里。《脂砚斋全评石头记》，书页浮黄，古字跃然眼前，如此贵重的书，我哪敢接受。两位老人严肃地对我说，书放在爱书的人手里才是它的好归宿。我惶恐地接受了这沉甸甸的爱与信任。

晌午，我与伯母把他扶进房中，老人略显疲惫，我帮他掖掖被子，默默陪他坐着。他又沉地睡去了，我拿着《脂砚斋》翻着书页，一股晦涩的味道随着水烟味扑鼻而来，这样的味道暗示了我老人的珍爱。瘦弱的身躯在被子下显得更瘦小了，太阳从窗子进来，房内没有病人的怪味，只有清爽与温暖。我不禁感慨世间还有这样一对不落俗的老人。

老人似乎梦见了什么，喃喃自语。我与伯母不再说话，伯母忙着手里的毛衣，我看着手中的书。安静的房间里只有老人轻微的鼾声。似乎过了很长时间，鼾声没有了。老者直躺着，一动不动，一脸详和，我突然害怕起来，赶紧走过去叫着，先生，先生……他睁开眼，没有回答，朝我微笑着，眼神有了不一样的亮光。他转过头，深情地看着妻子，笑意更浓了。眼神再从妻的脸上转到窗外，我似乎看到眼中一种平和的渴望。窗外，古树沧桑，阳光明媚，他收回目光，悠悠叹了一声。伯母关切地走了过去，突然，急切地叫着先生的名字。我急得跳起来。先生的眼突然睁大，脸上轻轻抽动，眉间紧锁。我突然明白了怎么回事。

老人口微动，唇微抖，手抬起来，似乎想说些什么，可我与伯母什么也听不清。他努力想让我们明白，我们努力地想听出什么，可是，我们三个人的努力都是徒劳的，他放下手，终于放弃了努力。他的脸不再挣扎，他的眼神黯淡下来，他似乎更累了，闭上了眼。我和伯母以为他睡着了。伯母帮他盖被子的时候，他全身动了动，两腿蹬了一下，伸直了。伯母的泪便无声滴落，先生的脸变得平静而安详。我知道了，也许，他走了。医生到来了，只说了一句，瞳仁已定，人去了。

伯母没有哭泣，只是无声流泪。我知道，先生生之前便嘱咐她，他去时，不要哭。他走了，安详平静，没有苦痛，没有遗憾，没有世俗的喧哗。他走了，给了屋子空静，给了樟树怀念，给了妻儿缅怀，给了我感动。他走了，在我的眼前，在这个阳光很暖的中午，在这个紫薇花微红的时候。他走了，院子静了，树叶没有飘落。

一个生命在我眼前渐渐消逝，将随尘埃一起沉入岁月的最深处。我看着一个老者的生命如何老去，看着一场空寂如何弥漫，看着何为空来，何为空去。

秋末话秋

一

今年的秋，没有了往年萧瑟的感觉，夏的炎热似乎还不肯离去，在秋的上空萦绕着。虽如此，入秋的雨，总是有着另一番模样。

这个午后，霜降日。秋风吹着，屋外很静。雨在这个时候来临，雨声不大，响得有些空灵，有些寂寞。想不起雨是如何来的，也不知何时会结束，雨让天地间充盈着饱和，似没有了结。檐上滴水成帘，阳台上的紫薇花儿随着雨声一朵一朵地飘落。紫色的小花，没有娇贵，坚持着它的花期，而，这时的风，还是让它们飘落，阳台的地上，铺满了紫色的花瓣，我的阳台从没这么美过。

在这霜降日，我给朋友发去祝福短信，同样也收到了温暖。雨在下着，我隔窗而望，雨帘垂落折叠成溪，跳动简洁而明快，尽显自然之工。屋外的道上，水团斑驳，雨在水面极快地圈圈点点。我在屋内，隔着窗帘站着，淡淡的秋雨让我有如一种如闲弹灰品清茶的平静与闲散。这时的我在秋雨面前毫不保留地显露着我的慵懒。

墙外的柳树如少女般于微雨中低眉，又如少妇屈膝于香案前聆听神旨。我亦陡然被这一番秋静的情绪感染，不再以萧瑟之态面对，不再以寂寞之意偷窥。雨，依旧如丝如缕。雨点虽小，却以勇猛的一跃来衡量天地之间的差距，然后，悄然入地成河。

二

凉意在夜间隐约来临，在连续的炎热之后，才知已到秋末，才陡然发现，秋，其实很短很短。仅可供我捡起一枚落叶的时间，在我不经意抬眼时，秋已要一晃而过。霜降日里，终于有了秋末的一丝丝冷意，冬的意念慢慢地潜入，秋，真的不长。

与朋友在这个夜里，续一壶茶，酌几杯清香，各自默契着，疏懒着，各怀心事，使难得的机会在各自的无意里窒息着，又一声叹息都没有，依旧各行其是。总会在这样的安静里，想起一些人一些事。譬如渐渐年老的双亲，这时候，一定安睡于榻上，而我所居住的小城的夜才开始。譬如许久不见的老友，那个说我们都要保重而在不久前离城的朋友，在大上海的繁华都市里，她是否还会适应，还在忙碌？而我在这样围坐的场景里，不言不语地，依旧在演绎着我的抒情，诉说着我的潜静。

雨不休，我和朋友们依旧沉默着，暗地里不时地打几声喷嚏。一本李易安小记在手中，李易安可是带着愁绪走进江南，声声慢的无奈亦是身不由己，而我敬仰她的才情时，还为她的不幸而发出几声叹息。那是一种悲哀的延续。在大爱面前，我不能用这样的感觉去品她的诗词，不该用自己的情绪来解读“大河百代，众浪齐奔，淘尽万古英雄汉；词苑千载，群芳竞秀，盛开一只（枝）女儿花”，这样的品读是我的浅薄我的才疏，我为自己多了些不知所措。

没有月光的秋夜，雨一遍一遍覆盖着这个依然喧嚣的小城。记不得有多少日子，自己如何沉默地生活。我的客厅里，暖灯渐泄，朋友拉窗帘的动作，敲起了那串风铃，悦耳的叮当声回响着。让我想起我文中的一句话“来世的深秋，化成一只画眉鸟，也要栖在你的枝头，等不到你变老”。记不起这一句话的出处，在写上它的那一瞬便爱上了它。

三

秋并不全是悲，或者，有悲有喜。秋，一向有很多的至文佳句。一句“天凉好个秋”让我们领略了关于秋，关于人生无法表达的感觉。记起“树树皆秋色，山山惟落晕”的句子，也曾在秋里，留意印证过如此画一般的绝妙风景。这首诗的本意写着彷徨，无依与苦闷。这是人之情污染自然的早时明证。其实我更喜欢的是“兴是清秋发”的浩然。“愁因薄暮起”却有了几层沧桑。诗的秋色与心境相得益彰，虽是言愁，却因思好友而得。喜欢孟浩然的这首诗。喜欢这里的情与意还有几份说不清的愁绪。

古人咏秋佳句很多，有悲切婉约之气，亦有大气豁达之诉。诗词在文学史的铺展中时不时转换着什么，有“小桥流水人家”之婉约，有“枯藤老树昏鸦”之暮凄。如今的很多词句有着羁客秋怀无涉，熏染着一些明快简洁纯朴之意象。

我喜欢用一份潜静的心境，欣赏着秋。一种随时准备融化其中的心绪，而不想单把它当作风景来点缀。如以穷愁虐秋，不免失之穷途。如今的我想用静态之心擦拭秋天，在秋的各个角度切入，欣赏着。我的感悟便有了

至微至深至诚之感。

站在秋的末点，霜降时节，秋便以更深的方式走进我的生命。而许多的时候，我便在这不知不觉中感受着季节带来的感悟与感受，没有惊涛骇浪亦没有悲观论调，我以平和的心面对这个常被咏悲咏伤之秋。而，如果说，我不想错过春天的话，我更不想错过秋天。这个可以让我安静，让我思考，亦让我沉淀的季节。

2009年10月

玄　歌

1

午后，我在阳台上的藤椅盘腿坐着，阳光散满阳台的每个角落，初春的树影淡泻在我的披肩上，枝节清晰中显一些迷离。这是一个温暖的时候，一个好时节。我即使闭上眼，所见的黑也不太深。

我可以听到游走而断续的风声，听到一片枯叶的声响，听到不远处人群的喧哗声，还有从更远方传来的汽笛声。

一切声音似乎与这断续的风有关，风偶尔把它们遮住，偶尔又把它们悄悄显露。我心泰和，一再地想到佛这个名字。我更愿意从禅意的角度去知解这个字。似乎愈是在独处时，或深夜之际，愈想能从中领会其中的寓藏的奥义。

暗诵着几个字，不去打扰来自心灵最深处的宁静，我似捧着一包钻石，在博深的暗夜里，凭借微弱的光，寻找着一个可以把它珍藏的地方。

2

我仿佛和一位智者走着，看到一对残疾的夫妻从我身边走过，聋哑的妻子拉着失去双腿的丈夫。我就在他们身后的墙角，我走出来的时候，智者指着他们的背影说：你可怜他们吗？我没有说话。他说：其实他们和我们都带着各自的使命，可惜，他们和我们都忽略了。

然后，我看到一个人牵着马，一个人坐在马背上，他们从身后超过我。隐约听到骑马的人对牵马的人说，累了么？累了我们歇歇吧。他不说你也上马来坐坐的话。但仅那一句话，也足以让牵马的人连声说不累，而更为大步走了起来。到最后马都累了，牵马的人不提出不需要休息的要求，我想，是不是所有的骑马者都要找这样的牵马人。这次，智者没有说话。

我看到有一群人死的时候，带着他们一生穿过的衣服，他们比谁穿的衣服多，谁的一生只穿了几件，从这些衣服中比出艰辛也比出虚妄来了。

他们各自的坟前的碑上刻了几个字：送我入土的人们，我的一生都在这里了，我已解脱，请不要打扰。如果你们想哭，就对着自己的艰辛和虚妄哭一场吧。

3

我们似乎走出很远，我的视线不远处，有一处火在燃烧。大火后，有人开始清理灰烬。智者在我身后说：火的燃烧不是为了灰烬，灰烬是火的穷途，却非新生。人无法把希望投在灰烬里，所以，人便烧出各种形式的灰烬来。灰烬是火之最后末路，是我们的另一种反思形式。

智者接着笑着说：我愿意火只能取暖就可以了，一如茶壶里倒出的茶一样，安宁，长远。但，很多的火易现易暴，很多时候，把很多事物提前成了灰烬。

我和智者一路走，路边有棵大树，有人抱着大树摇着手对着佛说：给我换一种人生吧，树动了动树上掉下来几片树叶，很久很久才落下来，我过去捡起来，没有看到比树叶更多的东西，此外，也没有其他任何声音。

4

智者一路对我说一个故事，一个老实人向聪明人问路，聪明人坏笑地随手指了一个相反的方向。但老实人却顺比走到了一个令那位指路的聪明人十分意外而美丽的地方。后来，老实人很富有，很有名。聪明人依然在原地帮很多人指路，他总对往来的人说：老实人走到那里，全凭着我的一指。

不一会儿，智者问我说，你怕孤独吧，其实孤独就是呼吸和啜饮。我安静地等他再说下去，他说：人在孤独的时候，才能闻到自己的呼吸。我还是不明白。孤独还会有什么意思呢？他接着说，你以为无意思就无意思吧。智者说：你要看守你的呼吸并凭着你们的呼吸做参想吧。无意思就无意吧。

5

我感觉有一天，我病了，医者来摸摸我的头，看我的舌，说：是什么病呢，弄得这样？我说：就是心慌，不得安宁，其他没什么。他又把了把脉，我说：可以看看么？可以就看看吧，或者开些药。我很想吃药，食无味，还老让我心不安。医者静听我说话，沉思了许久才说：比这更重的病我都可以医，但这病太轻微了，倒使我不知所措。

我是料到了的，便不为难他，放他一径走了。

2008年9月

心的呼唤

一枚叶

这个冬天，你看到了吗？树枝上，还挂着一枚叶片。

你的窗向南吗？你的窗是否也需要映照？你对面的窗，是否有人用手臂对你舞蹈？

你的窗下是否也有一个袭白衣的人在等待一片落叶？

你知吗？我便是那枚叶，正等一声合适的风，合适的时辰，有一束合适的目光。

才可以坠落，才可以飘零。

我那么小心地绕过你温暖的掌心，绕过那棵松，绕过你那千回百转的心情，我也绕远千里晴空，万里无云，还是回到你的心上。

那么，在炉火烧旺之前，在微凉的潮湿里，在温情依稀可见的脉络中。

为我们曾经的温暖，让我们一起合掌沉默。

等一场雪吧，在我们沉睡的夜里，那么沉寂地飘飞，你是否也在等待。

那么，让我们一起为春天合掌默哀，低声哭泣。

站　牌

他喜欢走，他真希望有人接他，在无数的风雨里，无数的夜里。

在无数风雨的夜里的站牌。还有一张十六岁黑白的照片。

渐渐离愁变淡，没有任何变故，没有任何惊喜，真的没有。

站牌老了，锈迹斑驳。它很想躲开霓虹灯的照射，躲开行人的碰撞。站牌折了，又被扶起。

这是一个过程，等待也会老，也会遍体鳞伤。

走路的那个人，头发白了，稀了，他一个人站牌下，还有站牌的影子和黑白的记忆。

在汽笛声里，他站成了一个等待的影子，在我回头的那一刻，我无法

把他遗忘在风中。

只有火车知道，他在等儿子，孩子卧轨的那一夜，火车，一夜未眠。

桥的故事

故事说起，从那座桥开始，曾祖母略带疲倦地说着。

春天来了，豌豆花开了。

那时，天空是单调的，曾祖母的小脚，适合走过那座木板桥。

洗衣裳的女孩子，渐渐长大，美丽的象屋前篱笆上的那朵浅紫的豌豆花。

桥下的水漫过膝，歌声绕过桥。一道虹坠入云中，鹊鸟结伴而来。

十八岁的衣角被风吹起，又羞涩地落下。

一队娶亲的人马，从桥上云朵般地走过，然后又轻盈地走来，一条紫色的丝线落下桥梁。

我年轻的曾姨母，死于十八岁的春天，她将在那年的夏天出嫁。

心的呼唤

村庄倦怠时，大风也静了下来，在这个时候，我才有机会坐下来，想你。

我那出门四年，二十岁的表妹，流浪都市的发廊还好不？

昨夜，你的母亲为你制作了四道菜还有一个生日蛋糕，那上面有二十支蜡烛。

那是栖落的二十只太阳鸟，等你放飞。

天亮的时候，你母亲在村头的榕树下，泪水打湿了曙光。

你知道吗？田地已荒，父已去世，家里只有等你回来的老母。

你听到母亲的呼唤了吗？村子里，只剩老人和孩子。

2009 年夏

第七辑　书·记忆

书的记忆，轻轻掩起那尘封的故事，然后，写成一句句诗行，细细斟酌。

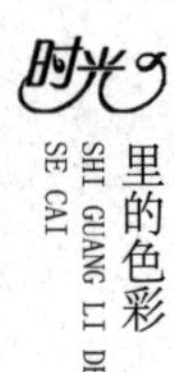

古龙的味道

古龙，知道古龙是从《楚留香》开始的，然后到《绝代双骄》，最喜欢的是《多情剑客无情剑》里的李寻欢，飘逸的身段英气逼人，独具个性又不乏温柔，深深地吸引着我。那时的少女梦便是想象着有一位如李寻欢这样的男子出现在自己的生命里。

飞刀又见飞刀。李寻欢，流浪的人，在每个隐藏的角落里默默承受默默疗伤。这个小城在远山，远山在千里外。他又回来了，回到了这座城。这里的风沙黄土和这里的人，他都久已熟悉。

因为他是在这里长大的，他是个浪子，他没有根，他的童年也只不过是一连串噩梦而已，可是在他的噩梦中最不能忘怀的还是这个地方。

这个世界上无疑有很多种不同的人，也有很多相同的人，同型、同类，他们虽然各在天之一方，连面都没有见过，可是在某些地方他们却比亲生兄弟更相像。

淡淡的刀光，淡如月光。月光也如刀。因为就在这一道淡如月光的刀光出现时，天上的明月仿佛也突然有了杀气。

必杀必亡，万劫不复的杀气。刀光淡，月光淡，杀气却浓如血。

刀光出现，银月色变，一株老梅孤零零地开在满地白雪的小院里，天下所有的寂寞仿佛都已种在它的根下。

多么寂寞。多么寂寞的庭院，多么寂寞的梅，多么寂寞的人。

这个世界上，本来都有很多事都是这个样子的。非要到了那分生死胜负存亡的一刹那，才能够知道结果。

可是，知道了又如何？胜了又如何？败了又如何？生死存亡是一刹那间的事，可是他们的情感却是永恒的。

生老病死，本都是悲。这个世界上的悲剧已经有这么多这么多这么多了，一个只喜欢笑，不喜欢哭的人，为什么还要写一些让人流泪的悲剧。

每一种悲剧都最少有一种方法可以去避免，我希望每一个不喜欢哭的人，都能够想出一种法子，来避免这种悲剧。

古龙就是用这笔调，用这样深沉的表述吸引着我。

古龙笔下的男子个性分明，坏到极致但不失温情，好到极致又不失个性，可以为爱失去一切，可以为爱得到一切。真诚，不拘小节，慷慨豪迈，风流多情。美酒、佳人，广阔的空间和更丰富的内涵肝胆相照，三教九流，无所不包，他们的生命是寂寞的，每个人物里，似都显出悲天悯人的情怀和纷扰矛盾的世界显得那么格格不入。古龙笔下的女子多是多情温柔，或精明，或单纯。她们可以为爱失去自我，失去尊严，她们在每个环境下挣扎着，为爱也失去也得到，每个女子或美或丑，她们似乎不为自己而活着，那么决绝，那么的让人惋惜。我不喜欢这样的安排，常常会怨古龙为什么要为她们安排这样的命运，可是，如今想来，古龙是替女子不平，一如红楼梦一样，为女子讴歌。

古龙说：这个世界是一个从来都没有一个人到过的世界，也不属于人的。在这个神秘遥远而美丽的世界里，所有的一切，都属于月。没有人知道它在哪里。没有人知道它那里的山川风貌和形态。

没有人知道它的存在。所以他从此离开了人的世界。

古龙逝世时，才四十八岁，其实，知道这个消息是他去世几年以后，那时才开始看他的书。总会去想，书中的人物哪个更接近作者，或者，书中每个人物都有他的影子，一如他创作的人物一样，他是孤独又寂寞的，爱着又失去着，或者一如他书中人物一样与世界那么的格格不入。有人说，写作者都是有一种不入俗的个性，所以，他有与人不合拍的个性，也许大凡写作者都是如此吧。多么寂寞。多么寂寞的庭院，多么寂寞的人

如今常可以看到古龙的作品被拍成电视剧，然而，所有的表演不是都能有古龙的味道。所以，我宁愿不看，因为，怕失望，怕怀念也怕古龙的味道被湮没。

2013年冬

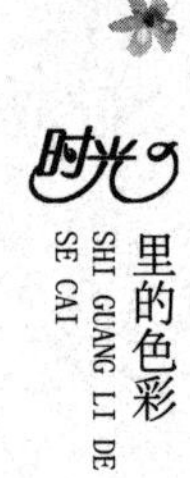

词牌名写生

点绛唇

在岁月的书签中过了千年，我依然没能感觉到你的衰老与沧桑。想着你容颜清新，若隐若现，你在历史的长河中披上薄薄的纱，半遮半掩在妆台的铜镜中，一如亘古不变的雕塑。每一页书笺每一首诗，都印烙你任何时候的风尘记忆，一如你额上的纤巧，给所有回眸相望的人亘古记忆。

想着有那么一只无心的雀鸟，会有幸落入你的窗台上，可以目睹你梳妆的每个过程。或许，你的面前就那几件物什，或香粉，或黄花，或木梳。每个举手，心无杂念，流苏已挽好，你的双手在唇边，手中紧握的那一张素宣双唇紧抿。

有一种颜色是属于你的，绛，它可以敷上你的唇，那么的妥帖。点在你的唇上，便成了亘古不变的色彩，无人能及，无人能触。点绛唇，如此美丽的动作，那么轻柔又那么有力，把历史从古至今挥在一处，让我们，在每个时期都看着你，想着你那轻轻一动，便成就了诗的永恒，色彩的永恒。

虞美人

被你打动的第一人，那么伤痛，那么轻柔地抱起你。一遍又一遍地想起当初你的样子，想起美丽的你一如从前，想起那一年那一个夜晚的那一枚月亮，怎样优美地从你身后缓缓升起。

往事如烟，岁月无痕，你的美丽却是印在苍天里。那一片苍茫里，在垓下的那一场惊心动破，至今被人提起，那一个美丽的灵魂至今被人传说。没有人有那么大的力量能从英雄身边把你带走。你的笑容里那凄婉的一瞬印染整个大地，黑色，便这样笼罩着。

黑夜依旧，明月依旧，似问，你的笑容依旧吗？其实沧也努力过，桑也努力过，沧桑之后，纵然我们遗忘一些，但你仍从我们的胸膛中间滴滴穿过，穿透我们的左胸直抵深度的词行。你立于我们的心间，点燃心头那一瞬的感动，只有你才懂得的斑斑言语。

千年后，我们仍然默念你的名字，轻轻掩起那尘封的故事，然后，写成一句句诗行，细细斟酌。

风入松

剪剪风，徐徐走。入松来伴我。

岁月把双肩沉垂，让尘土在风中散去。谁在唱？谁的弹奏？谁的手抚摸风入松，谁躺在松下，感受大气，唱着体内活着的诗句。

万亩天地，用一山的月光梳妆，今夕何夕？一种雨，一种风，从松间落下，从绿色的静谧中长出，蛮腰如柳，眉似远山，将松风带入，站成诗意之美，九歌之壮。一头松叶，一头柳，醉成今晚匝地的凉。一地诗意，如水银般滚珠，无法捡拾。

一段段词句，便这样从松间涌出，在时光的尖头，悄然绿了岁月。笙歌，驶出林间，在白云深处悬挂在每一松江上，它被风悄悄打湿。月光，推开松涛，正捕获着每个朝代的词语。

风声老了，松花将夜之黑染白，一山月色，唱得都要碎了，旧年的红嘴鸟不知去了何处。风，似乎读懂夜，却是对面不识那夜。

浣溪沙

西子，被岁月热热地宠着，在河边，濯洗。惊世的美，妙世容光。洗着，在西湖边，那么的漫不经意，那水声，跨越岁月，萦绕耳边。细细的声音仿佛世俗的红尘，将你困围。

你洗瘦了岁月，将欢笑也洗老。清流似乎也瘦了，瘦成一片月光，一粒清癯的果粒。浣纱的女子，在你转身而远的时候，阳光碎了。纱便撑起一个故事，风靡千年的小序。穿着纱质的女子，错船而过，回头微笑时，月光倾城，它们，给了那个朝代一记响亮的耳光。

善良与大爱，是最原始的美好，如氧气、如花船落入民间，走过许多的路到过所有有人的地方。以地为器，浣纱的女子，把真、善、美，月白、风清全部唱响，那样生动那样文学。

湖边，什么时候还会有那么一群风情万种的女子，让我们看到她们的笑和美，然后，心跳不已。心头，有凉凉的诗意，随着词句的意境一起惊讶，无法说出。

那条条湖水瘦了，我们再提起浣溪沙的女子时，诗意越来越浓了。

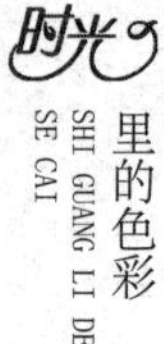

青玉案

美人赠我锦绣段，何以报之青玉案。如何能丢弃你，青玉案，摆在我的眼前，那么清秀，那般沧桑。我不能触摸你当初的故事，却是可以续读你当初的心情，那般风情万种，那样无可奈何。

把你拈在手中，把前尘旧事和疼痛一同吞下。握不住的双手和忘不了的眼眸，开始在历史的底层摇晃。依稀可以记起你的故事，因了你所才有的词句。深处浅处，都可见你，在案几上，我静静欣赏你才有的青色，看着你却要冥思苦想，似有悟于一种眼神，还有那一种幽幽的叹息，随着那一句句挥落的诗意，飘远在每个年轮的季节目光里。

暮霭沉沉，楚天杳杳，我们弹起你才有的音味，流于弦上的音符，一如残留在空荡荡的掌心中的尘埃。回过头去，往事已遥不可追，你站在每个诗词的末端，让所有的人来揣摩你的模样，让所有人来仰望你的高度。

人们一再地举起你，举起只有你才能收容的重量，怅怅饮酌踽踽吟哦，结尾的部分，一任生命隐藏不深的累累伤痕，一次次地让人们触动记忆，我发现，踉踉跄跄的岁月正从你的身边渐渐去远，而你的色泽与音符却是越来越清新越来越深邃。

摸鱼儿

细数江面上来往的船帆，在它的四周，季节正在开开落落，所有的影像在重叠再相遇。有一只人们常念的小舟穿过岁月，直达眼前，然后上演一场不可逆知的欢欣苦乐。

日月岁年，残阳似血，晓月如烟。风中的江面上，捕鱼的人们被写成文字，被记载成岁月，他们似乎都掉进苍茫的历史江面上。有一场欢欣是鱼儿在网内跳跃，有一场苦难是鱼儿在怀中死去。没有人能从中领悟到当初，没有人能把这个词意表达。远远地欣赏，苦难也可以传达千年。

有人唱，鱼儿你来我网。有人道，一番景一番情。这两种姿势，都在等待一场迎接，只有岁月可以赐给的。有人得到，有人失去，我在那其中，如若可以阅读它的一角，便是幸之大幸。

鱼儿仍在游走，而那个情节的渡口，已是空空荡荡，瑟瑟的江面上，响起摸鱼儿的音律，只见一线浅沙，半江清流，半江风雨。它们的结尾处，衬托着一派荒凉与苍凉，似乎瑟瑟的荻花也白了头发。

2011 年秋

今夜读张爱玲

“每一只蝴蝶都是从前一朵花的精魂，是花的前世回来会见今生。”我似乎看到张爱玲在一棵花树下，喃喃自语，我便被如此旷世奇女的一句话而热泪盈眶。

也许她便是那朵花那只蝶，张扬的才女，逃不了世事变迁。她的开场便注定有泪，才会有她温温的情怀。她的结局注定悲凉，才会有绝美的回眸。

她说：“我喜欢我四岁的时候怀疑一切的眼光”，童年最初的朦胧与不快便被这句话概括。贵族的血统，给她以无奈。童年在她《私语》里呈现，是该和她一起欢喜，还是一起悲哀，我突然有了些许的茫然。一本《摩登红楼梦》把她从文字中带出来，是该为她的才情呼赞的，这样的奇女子。

要强如她，也在父亲再婚的前夜哭泣。她说：“像重重叠叠复印的照片，整个空气有点莫糊。”她说：“有太阳的地方使人瞌睡，阴间的地方有古暮的清凉。房屋的青黑的心子里是清醒的，有它自己的一个怪异的世界。”我是爱极了如此语言，仿若看到一个身着艳色旗袍女子在一幢斑驳的屋子外徘徊。这样怪异的世界，便在她的身上刻下了烙印。如此让人惊叹。

在那个时代充满青春充满希望的她，却在满清遗老遗少里，昏昏沉沉，纷纷扰扰的世界里，她却有着不同一般的迷糊与清醒。她曾经的爱人说她是“花来衫里，影落池中”。她每一个细微的情绪会被聚焦，放大，似一花一世界，一沙一菩提。她的世界边缘被敲打着，她始终让自己沉淀，淡漠着，炽烈着，甜腻着，跌跌撞撞往前走。

“母亲立在镜子前，在拔绿翡翠胸针，我在旁边仰脸看着，羡慕万分，自己简直等不及长大。”似乎一个小女孩在母亲又回时那一份安详与渴望，能把自己如此表达的只有她了，这样的女子，让人敬佩的同时，又多了些许的疼惜。

沉浸在她的《金锁记》里，谁见过轩信笺上的泪？泪珠是“忧愁不能寐，揽衣起徘徊”的失眠。泪便会烙上一个永远的印迹，谁会再想起，三十年前的月亮？谁还会没吃过雪里红呢？谁还会在吃的时候盯着它？谁能再想

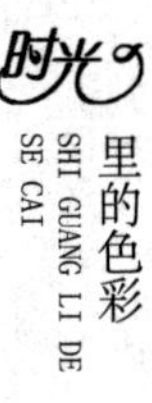

起青涩年纪中的凄凉，敏感压抑的少女？飘浮的情绪只有张爱玲有如此的才情。

她在《烬余录》里说，“铜锅坐在蓝色的煤气火焰中，像一尊铜佛坐在青莲花上，澄清，光丽……鸡在叫，又是一个冻白的早晨。我们这些自私的人若无其事地活下去。”看似淡然，却隐藏着无法明言的悲凉，这样句子让人伤感，让人不由地心深疼起来。乱世中的女子，聪慧并孤独，洞察着人性的真相。

她是喜欢悲壮，喜欢苍凉亦喜欢张扬。她痴情于那份本看着不见好的爱情，几乎是卑微地，她说“很低很低，低到尘埃里。”她更明白眼前的男人的卑劣，在那个乱世里，她无法把握这样的男子，在她决定要离开时，也多少心酸往事尘埃历历，要做一个了断，和爱人，也和自己心灵最深最真的爱做了个了断。去留之间，徘徊复徘徊。她了断之后的平静与从容观出了决绝，那是一个尊严中的华美。

《十八春》里也试着随波逐流，那样结局不是爱玲要的，最终还是改动，便是《半生缘》，当曼桢和世钧十八年后相遇，那份无奈，看得人泪流满面。

那一夜的决定，走出国门的她，既是诀别。走得干脆，再没回来。绚烂之后，归于平淡。异国之恋，一次次的命运不公，环境已非昨，爱玲亦是。

她继续写着，一本《红楼梦魇》惊动文坛。她把自己当成曹雪芹的知己。要如何才能读懂这一个旷世女子，是敬佩得让人无言。动荡的生活，终于让她面目全非，在经受阵痛后的她，平静地承受了这一份深邃透彻的苍凉。

有人说，有些物质的，美丽的东西，浸染着回忆的，温暖的一切，不过都是些身外物。走过乱世，走过生命流离的人，早在四十多前，那个二十出头的女子，已经完成了心证意证，这便是张爱玲。

每一次读张爱玲，便是她一次次的绝美的回眸。我想，不管在胡兰成的生命里要燃几炷香，想必张爱玲一定是第一炷。人们在回忆她的时候，她的绝美，她的艳丽，她的自信和傲气，还有后来的悲凉，那都已是历史，只是，每每说起三十年代的上海文坛，人们都会提起张爱玲。

在她生命的最后，她终于道出，她的那个世界关系，她是爱她们的需要他们。这样的旷世奇女子，终于如她说的：我很低很低，低到尘埃里。一如她说的蝶与花，她便是那蝶，便是那花。

2013年夏

张爱玲的《金锁记》到《怨女》

一直喜欢张爱玲，她的文字有一种张扬亦有一种沉稳，还有一种沉重的灰色。极喜欢这样的感觉，也喜欢她偶尔的伤感和快乐。今夜，重拾她的文章，《怨女》与《金锁记》。有人说，《怨女》是《金锁记》的展开本，这似乎又不确切的。这一历时十多年的改写，几乎是一次全新的重写。从1943的《金锁记》到1966年的《怨女》二十多的岁月里，我们可以看到一条步履不轻的轨迹，深浅错落，迟疑，但，一步一步脚印却是清晰而坚定的。这是张爱玲的个性，她，向来是一个心眼明亮之人，使之让我感慨着生命溶化在时间里的绚丽。

看过《金锁记》的人，都会记得开头那段：三十年前的月亮。这样的感觉太美太妙了，现在的人，就算可以不知道七巧，也不会不知这一段话的。忧愁不能寐，揽衣起徘徊，夜的失眠。泪便会烙上一个永远的印迹，谁会再想起，三十年前的月亮？谁还会没吃过雪里红呢？谁还会在吃的时候盯着它？谁能再想起青涩年纪中的凄凉，敏感压抑的少女？

然而，在《怨女》中，她毫不介意地丢去类似的言语，轻轻跨过，不露痕迹，这一些语言的跨步，就越过了从前的她和现在的很多人。《怨女》的女子银娣，同样是麻油店出身，一位麻油西施，大暑天的夜里，会有借酒醉的男人喊着她的名字，拉她的手，想拉她镯子里掖着的一条手帕顺把他的手也带进去。一如《金锁记》说的：“年轻的时候有过滚圆的胳膊……镯子里也只塞得进一条洋绉手帕”。

因为她的美，但越美越悲哀。麻油店的生活，她已受够了，贫穷，猥琐，受气，以及哥嫂的嫌弃与算计。所以，当姚家来说媒时，“邻居婴儿的哭声，咳嗽吐痰声，踏扁了鞋跟当作拖鞋，在地板上擦来擦去，擦掉那口痰，这些夜间熟悉的声浪都已经退得很远，听上去已经渺茫了，如同隔世。没有钱的苦处她受够了。无论什么小事都成了心事，能叫人受气，记恨。”姚家二少爷一个瞎子，好歹是个阔少，还是明媒正娶。

银娣的这些心事，深深浅浅，弯弯曲曲地被呈现出来。在《金锁记》

里没有这些，七巧嫁到姜家的历史，是从两个丫环的口里透露出来的，“不知她的心里是怎样想的，怎么愿意嫁给一个病痨。”姜家也就是姚家，一个是骨痨，一个是瞎子。也许瞎子会比骨痨好些，不那么令人绝望，嫁给瞎子，似乎有一点人气，然而，瞎子永远也看不到银娣的美丽，而七巧嫁的是骨痨，就是嫁给一个无气息之人，完全的寂灭，满腔的欲望只好转向另外寻出路。

丈夫的病情的不同，使得这两样鲜活美丽的年轻的女子，在同样情境各自与小叔子欢爱，两番不同的情致。七巧与姜季泽一回翻江倒海之后，姜泽说：“二嫂，我虽年纪小，并不是一味胡来的人。”他走了，她捏着一片锋利的胡桃壳，在小圆桌的红毡条上狠命地刮着，“左一刮，右一刮，看看那毡子起了行就要破了”这是何等惊动动魄的描述。类似的场景，姚三少要她唱歌，站得很近，是为了让她好低低唱，“他们太甜蜜了，在她仿佛有半天的工夫……一刹那去得太快，太难得了，越危险，越使人陶醉。她也醉了，她可以觉得。”回到房中，看到瞎眼的丈夫，她顿时满腔幽怨。七巧是恨，恨是无望，而银娣是怨，怨是心里还有一丝盼头。

银娣坐月子，她嫂子还照顾她，在《金锁记》里是没有这样的情节。浴佛寺的一场戏让银娣与三爷的孽缘发展到欲望，银娣抱着儿子，走在院子里，碰到了三爷，她说：“碰见这前世冤家，忘又忘不了，躲又没处躲，牵肠挂肚，真恨不得死……”当两个正温存，有人经过，似乎在他的心里敲下了警钟，立刻换了面目。给了感觉又轻浮又绝情。

银娣不是七巧，这是从《金锁记》到《怨女》里，最清明之处。银娣是一个常人，这场越轨，一直压着她的伦理良心，夜长如年，她无比紧张，又苦恼，又对于三爷绝情的绝望，终于在夜里上吊。可见，她连命都可以不要，可见她对那个人的死心了。她终是没有死成，十几年过去，她还是守了寡，带着儿子，终于等到老太太去世，分家。“其实，她这时候拿到钱又怎样？还不是照要过日子，不过等得太久，太苦了，只要搬出去自己过就是享福了。”这和《金锁记》里的七巧比起来，似乎是没志气了。

分了家，独自和儿子生活，冷清。偶尔会回忆，还有亲戚间的新闻偶尔会传到她的耳边，偶尔也会想起三爷，当年，她的情是真的，也误认为三爷亦是认真了，这种痛，现在想起已经不那么痛了。

一如《金锁记》里的姜季泽一样，姚三爷出来借钱，银娣不似七巧，又是试探又是猜忌，七巧还是未能对季泽忘情而有些歇斯底里，而银娣在这里显得理智多了，盘算一下，竟也借给他。“他再坐会儿就走了，喃喃地一连串笑着道谢，那神气就像她是个长辈亲戚……”这一处理，让银娣比七巧老练多了，几十年的人生经历，银娣懂得了圆滑世故，而七巧在这里竟是弱的，她的心里竟然还停留在十多年前。

姚三爷终还是来纠缠银娣，她突然奋力甩开他，她原来是逃债的，她打了三爷一巴掌。

说到这里，两个小说大体相似的话，那么，后面就有些不同了。七巧的无望和畸形性格攫住了一双儿女，悲剧是女儿长安的幸福被七巧破坏，那种荡人心魄到了极点。银娣后来的生活却是大家庭的稳定安逸，儿子虽是浪荡，但在银娣的哄爱里，还算像个家。说来银娣最高兴的事还是眼看着一些人的报应，三爷也死了，时间，似乎证明她在某些意义上是赢了。

从七巧到银娣，似是一个英雄做回世间的常人。《金锁记》的悲剧是个人的性格悲剧，反抗，坚硬，刚强，不妥协，还有结局的轰轰烈烈。这是最鲜明的个性表明。而《怨女》的悲剧却是人生悲剧，平淡，苍凉，波澜不惊，一个小女子的命运转变，从少女的怨到女人的哀，纵看全集，到终时，似也没经历过什么事，人生就这样过去了，了无痕迹。

银娣没有七巧触目的。《金锁记》里的精彩是无法计数的，看得人眼花缭乱，触目惊心。在她每一场戏里，有些太强的跳跃，多少让人有脱节的感觉，让人感觉离世间有些距离，而《怨女》里是细致的，叙述纹丝不动，在高潮时有一些细索，但终感觉是人间的了。

如果说七巧是唯一的，那么银娣是千千万万常人中的一个。张爱玲的笔锋停顿时，偶尔有过犹豫与迟疑，看得出，在很多地方，她是想把银娣往七巧方向写，但到底还是笔锋一甩，加到了人性恒长的底色里。

2013年秋

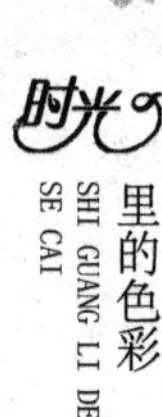

梦眼红楼

黛 玉

冷淡中隐藏脉脉深情，深藏的温暖是雨夜对知己的等待，是等待泥燕回檐时撩开帘子的温存，卸去面具展怀内心的简单。

离恨天外的那棵草，为泪而来为情而去。

每一滴泪都收藏了你的忧伤，拭去的泪水倾诉着悲哀。在所有的故事里，你只是忧郁与孤傲。生命中的纯净是一种单薄的向往，就像竹叶投下的月光，你无法抵挡破碎的感觉，尘世中人有谁能读懂你眼中欲诉还休的情怀？如此迷茫，是因为雨露化为泪滴么？

春日花树下，葬花人独唱，“侬今葬花人笑痴，他年葬侬知是谁？”纷落的花瓣铺落小径，花锄下一起掩埋的是忧伤与无奈。花冢化水流，花语随风飞，一曲忧伤缱绻天涯。

孤灯独影，病痛缠身，你夜夜泪伴残烛，时光在烛影下渐渐远去，唯有洁白的诗稿记下一片痴情。

读尽书卷，你超然傲视一切，都说冷艳寒心，一帘竹影暗淡地印下盈盈绽放的蓝调无奈。白雪飘零掩不去那几抹苍绿，竹叶声声抗拒着潇湘馆外的奢华与欢笑，无缘的人，望着随风轻荡的那一帘翠绿流泪叹息。

一罐药，微苦弥漫小屋，客居的屋檐，孤燕远飞，是惜春还是怨春？旧年的记忆梦眼江南，清澈的泪模糊了不远处怡红院，痴情的视线跃不过那高高的围墙，穿不透那厚重的漆红。浓浓的苦涩渗透疲惫的身心。炉上焚烧去的是心，暗夜的诗稿已成灰烬，心灵深处的那一声哀怨萦绕高墙，丝帕上的无言投送爱的语言，只是又如何？

只想拥有一小片宁静与淡泊，恪守着沉默与哀愁，天成的高洁与优雅随竹枝被节节折断，破碎的影子凑成一首不堪弹奏的哀乐。

沉重的木门，潇湘馆内已萧萧，风雨飘摇，再没有人拿起闲置的花锄，再没有“半卷湘帘半掩门，碾冰为土王为盆”，谁还会拔弄断了弦的琴？

谁还会在春暮花树下，怜花，惜花，葬花？谁还会在烛影下拭泪叹息？谁能见一株洁白的芙蓉开在竹林的角落里？可曾见石径阶阶长满思念的青苔？

鹦鹉独语，香囊依旧，只是魂已去，泪已还，情已了。

质本洁来还洁去，天外的音乐拥着最后一滴泪离去。

来自天外归于天外，为何红尘中人依然怀念？你走的时候是不是忘了还有一滴泪留在怡红石径？

惜　春

带着冷漠，看破红尘。

无从躲闪的伤害，默默地承当着，终于蓄养了冷漠，以纯粹的清洁与尘世划清界限。尘世中的无奈，只用冷漠求自保。末世的无奈渗透着难堪与无奈，用冷眼化作一柄寒光闪闪的刀，将亲人也一并屏退。

挣了命的冷，彻底决绝，不留余地。只为给心灵一块净土。

没有泪，没有情，用孤傲保护自己的脆弱，从来没有见过你眼中笑的影子，画笔下，谁知细腻谁知佛语？大观园内万事与你无关，冷淡的语句隔开了尘世的风尘。

你固守宁静与世无争。一句无情，一个冷笑。在另一种孤单里，谁来握住你的心痛。看佛经，解禅语。

只想远离尘世纷争，只想远离俗气。冷言冷语伤众人，惯于表面平静，冷眼看尘世。看透繁华，看尽奢侈。

纵然风雨飘摇，斑驳世外，你抖落美艳始终不改洁的本质，独倚门内，你已隔绝，置身红尘外，你的目光凝成冷光锋芒能刺醒谁的无奈？

拾级阶上，青苔的石阶，有浅浅的脚印，佛前的影子，没有一句告别，没有一丝眷念，毅然决然。

青灯古殿，你将夜夜残烛相伴，心泉随枯井干竭，时光在指尖画笔下老去，唯有雾霭中的晨钟暮鼓记下你的虔诚。描出丹青，道出平静，傲视凡尘。月下的梅枝干枯，烛影伴一盏香茗。

露湿青苔，一双素手剪去残烛灯芯，收集甘霖雨露，晨昏的木鱼声敲打着冷漠，透不出想知的任何禅机。终于露出淡淡微笑，那是隐去的那一丝落寞的嘲讽。

蒲团依旧，香炉依然，若有所思的佛慈眉善目，一道道远离尘世的门扉，千年的佛像，依旧让人迷惘参不透内涵。

来自红尘归于佛前，彩笔伴拂尘。菩提树下，似问圆满何为？

香　菱

谁问你的过去？你无力回答，只有自己知道，你仿佛是行一程丢一程。谁问你来自何方，你已没故乡。故乡在何方？你迷惘不知归路，旧年的记忆，模糊复模糊。谁说你呆？你心灵深处，同样深藏细腻敏感，只是你不愿表白。

你说你已忘却父母的模样，你说你已忘记了来时路。你已忘了那个抱你离家门的人，你不愿再说，你只是不愿记起那些痛苦的记忆。简约的回答，隐藏多少的磨难？小小的身躯，在路上颠覆流离，谁道今生如此必是前生罪孽？抬眼低眉间的那颗红痣，可是你前世的印记？

你的愁苦，随着命运追波逐流，灾难中的软弱，逆来顺受，自得其乐地让自己快乐再快乐些。强迫自己忘记一些过往，再让自己开始学会爱。开始用快乐的态度去迎合世俗的目光。

仿潇湘，效蘅芜，爱上诗，是爱上诗的缥缈。沉入其中，忘记曾经的痛楚，徜洋于诗的世界，逃避现实。逃离阴暗，与风花雪月结个缘。守着粗暴，数着如抽丝的日子，在一个没有幸福埋伏的路上行走。

人生的风口浪尖，无力作主的你，闭上眼，停止思维，任生活的痛裹卷，小心谨慎，毕恭毕敬，仍被摁于生活的死角，退了再退，忍了还忍，那一幕幕的不堪，让所有的目光不愿碰触。在夜的寂寞里，谁的目光能与你取暖？随的话语透露怜悯？

道不尽的浮沉悲欢，谁忍再望向那看似快乐的笑容？找到了故事，却看不到故事的背后，找到你的影子，找不出你的身。你的眉心透出满怀的心事，都说你的灵魂归家，风烟弥漫的前方，归路茫茫，何处是你的家园？

妙　玉

说什么梅花煮酒，说什么踏雪寻梅？露湿青苔，在另一番的天地间，谁看出你的心？谁知道你为何冷漠？那些道不尽的浮尘悲欢，你还是离不了。每一滴藏于你心底的泪，都有一段忧伤。谁也看不透你眼中的泪光。是否缘于你手中的拂尘？还是人们的双眼已被尘世蒙住？

故事的你，孤寂冷艳，却也离不了心底那一点点曾经的温柔。青灯古殿，走着你寂寞的身影。你的世界似乎静得只能听到煮水的声音。雪落，梅开。

你的生命里也蕴满纯洁的向往。都说你宁静淡泊，恪守沉默。你的身份却也令骄傲的你不愿深想。眉高眼低的世俗，你独处时的思索，都提醒你的卑微。你曾努力摆脱这样的窘境，因此，用孤傲保护自己。用冷漠的言语表现自己的不同寻常。

读尽诗书，你超然傲视。高处不胜寒的门槛内，暗淡地绽放一帘蓝调的孤独，白雪飘零时，点红了梅花。梅的艳，诱惑着槛外的笑语与欢颜。折梅而归的人，却无缘知道梅的心事。

是夜，煮一盏香茗，那又是你何年收藏的雨露，淡淡的茶香，隐藏着一丝寞落与苦涩。你走的时候悄无声息，栊翠庵外，长满青苔。再没人收集梅的芬芳，再没人收藏旧年的雨水。木鱼声声，枯躁如同虚设，是不是你从没来过？还是忘了归来，你是否原谅了自己的遗忘？

蒲团依然，香炉依然，高大的佛也若有所思，只是还是让人无法参透世态炎凉。

晴　雯

你的嘴角露着微笑，眉宇锁着忧愁，你笑着，忧愁却一点点的绽放。你的眼中固执地放着一个身影，不再有世界，你似乎扶着门栏等谁归来，目光逐追着那个匆匆的背影，只不过，你的痴只是醉眼看人人自醉。

身世堪怜，伶俐可爱，尽心尽力，你还是无法立足那么一点点的位置。说你好强还是说你骄傲，骄傲得不想接受现实？如今还可以看到你撕扇时的淘气，那人替你焐手的温情，只是多情公子翻脸时的语气让人读着心疼。

有人说你尖锐，有人说你好胜，有人说你美丽，有人说你纯粹。谁能有你的直接而热切的表述，那一番挣命地补裘，谁能不感动你这一番赴死般的倾诉？谁不赞叹你的手巧？那是你心灵的美丽。你用生命之光照映爱情，充满委屈与寂寞的暗恋，谁不因此震撼又感伤，你的爱与“争荣夸耀”无关，与世利无关，你在乎的是自己的小小尊严，那么一点点的心愿，你还是无法实现。你拼着命地挣来的时间，只是一段短短的青春，只剩下一句话，有人说你是歪打正着的准确的一句话。铺天盖地的世态炎凉你完全失去了抵御能力，一切美好轰然崩裂，那是比死亡更深的绝望，你承受不起。你离世时喊着亲娘，是不是你想回到婴儿的最初，那么撕心裂肺的痛，就不会漫延几百年。

我只能哀叹：茜纱窗下，我本无缘，黄土垄中，卿何薄命。哀怜之际，无言那些淡漠无语于那些无奈。

尤三姐

你倚桃树，将柔荑的守望付与五年前的那惊鸿一瞥。你的生命在无边的黑暗中沉沦，找不到存在的希望。红尘纷纷扰扰把你湮没，让你一天天麻木。

你惊世骇俗背后的曲折，没人能懂。他们只看到道路尽头的离经叛道，却看不到挣扎的苦痛。覆水难收，一句辞，铸就错误，生旦净末丑，演不完生人生悲剧，道不尽浮华悲欢，缘来缘去，只不过是一场梦。

纵使风雨飘摇，你不改你的高洁的本质，一把剑厚重却也无法承载诺言，挥不去的冷言绝情，把剑温了又温。你抛尽泪，挥不去世俗的眼光，你的目光凝成剑气，忧伤的锋芒冷冷地刺醒谁的孤傲？来不及说什么，便含恨而去，剑已出鞘，桃花园内，每个花朵都见证了你的刚烈。你苍白的脸上绽放最后一抹笑容，迎着冷二郎的懊悔，我看到了凄婉。

你怎能指望那个对你一无所知的人，有着天然的宽容与慈悲？在飞短流长的世上，他还是抱着宁可信其有的态度，因此，不能包容化解，在那片桃花中，你带走你的过去与未来，同时让一个人顿悟，如此，你一并把他的一切也带走。

青灯古刹，绵绵无尽的忏悔，从此锁在眉间，锁在了红尘之外，惨淡亦没有颜色，只是那又如何？三姐，有一种遗憾涌上我的心头，又溢出心头。

史湘云

你的出场没有铺垫，我们就这么突然地看到了你，一如一朵迎春花，没有面具装束地站在我们面前。我们更多的是看到你的笑，那份娇俏。或者，你不是人们特别要留心的女子，人们不曾去检索记忆，查找你出现的最初。

你在人们眼里，似乎更想把你当成一个孩子，你看起来什么都不在意，让人们也跟着不在意你的悲剧，还有你的孤苦。

你的邂逅一如人们说的不经意和不经事。在这不经意与不经事之间，便为你的一切埋下伏笔。或许，人们最初以为你的爱情与你的命运正如人们常说的一样，有太多的选择空间，一如两条平行线，共同伸向人间，切近而永不相交，这只是人们以为不是吗？

你的言辞，不缠绵悱恻，也不惊心动魄，可我们看到你一种隐忍的坚持，一种静默的勇气，还有一种看似低贱的高贵，佯装卑微的骄傲。那么，你是轻视苦难的，那么你是重视天真重视放达的，然后，以健康的心性直面生活。

是不是人生给予你太多的苦，而你，想用笑面对？我们都不能从表面看到你的内心，你深深地收藏着命运所带给你的一切苦难，笑对人生。都说爱我所爱，痛我所痛，无论喜与悲都是浪漫的决绝。谁又更能懂得，同是天涯沦落人，极度的寒苦中，两个人的温暖加在一起就是微温。那一时，尽管你不是那个前生欠他眼泪的人，可是温度比眼泪更近，更显得真实。

我们宁愿相信，当初最不可能爱上的，成了相互支持的伴侣，如果当初想得更多的是如何更好地活着，后来的你，想得更多的是如何活着，枯寒而萧索，千方百计地抓住可以抓住的一切，勉力把生命带到下一时刻，这便是你的坚强。

那么，让我们回到最初那个金麒麟的故事，蓦然回首见你，见到的还有那种啼笑皆非的荒诞感，命运，把你放到最初那个不经意的缘分里。群芳零落，只有你开到荼靡。一如那一句“终久是云散高唐，水涸湘江，这是尘寰中消长数应当，何必枉悲伤。”

薛宝钗

最看不清的是你，你在一层雾中若隐若现。看不透的你，让人喜欢让人怨。你是沉默寡言，安分守己的，你是“一问摇头三不知，不干己事不开口”的，你是衣着半新不厌旧，家居简约朴素清心寡欲。你不会说不该说的话，你不会做不该做的事，你顺应那个社会，做个大家闺秀，是那个时代的典范。

你的诗文令人刮目相看，你的学识不得不让人叹服，你透出的艺术修养和生活知识，让那些人只有恍然大悟的份，你谦虚谨慎，大姐姐般的胸怀。你在不经意间让人看到你的学识，但，我们却不能看懂你不能看透你。

你近似冷漠，对于那些离开的人，你是冷漠的，因为你身在那个社会。一如一颗冷石，立在院子的中央，远远地看你，越看越看不懂你。你从来是见好就收，点到为止，你从不得意洋洋。你不用更多的表示，但当你搬出大观园那一时，人们就知道你的分量。

有人说你有心计，有人说你可怕，亦有人说你世故。我宁愿把你看成一个小女子，一个安于伦理的小女人。你亦有爱，亦有情，亦是需要爱的，只是，你硬生生地把他们给谋杀。

你陪伴着那个不爱你的人，只是，“纵然是齐眉举案，到底意难平。”一个万念俱灰，弃家为僧。你只能空闺独守，抱恨一生。徒有“金玉良缘姻”而终身寂寞。

你是顺应了那个社会的，但你还是逃脱不了命运的安排，我们看到你的悲凉，看到你的不堪，我们都不愿意看到悲剧的，但，人生总是不尽人意，你还是做了悲剧的主角。那颗金钗终究埋在雪里，蘅芜君应了那句诗句“山中高士晶莹雪”。

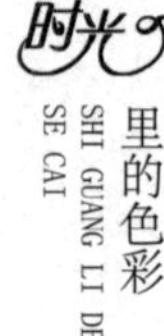

王熙凤

想把你当纯粹的女子，若是这样，真想留住当初那一幕。“人生若只如初见”，这是一句怅惘的感慨，总是在曲终人散，望着人生那一地狼藉时，忽然想起当初见你时的那一瞬间，隔着那一树桃花的灼灼光华，曾见你的最初笑颜。

消尽所有的温情，只剩下憎恨与嫌恶，逃离与追击，曾经的美好，曾经的单纯，都被命运捉弄，谁还曾想那最初也是两不相厌。你的笑容是以苦涩打底的，保持长时，会露出尴尬的底色。或者你也有虚荣，很多的时候，也被被动地走进那个社会怪圈。

看似坚强总有脆弱惶慌的时候，赶得上一场场盛宴，看一场场浮华，忘了大肆铺张也总有盛而衰强硬撑的意味。近似于回光返照的辉煌似乎还在期待之中，你那扩张的欲望一点点晕开，待到不可收拾之时，我不知道他们冰冷似铁的心，想到当初的情景，是否也有那么一点点哀伤。这是你的悲哀，你的不幸。

种下什么因，得什么果，你的肆意终究成就你的悲剧。有几场荣华便有几场悲苦，我们在你的身影里看到你故事背后的结局，你虽明白人生际遇常有顺逆，但，你忘了“月满则亏，水满则溢”的道理，你洒脱恣肆的同时，命运也在一笔一笔为你烙下红字。

你的一次善举，超越了乞求者与施与者的界线与身份，有了一种莫逆之于心的交情，彼此有了认可，在命运的关口，终于有了回报，放出熠熠之光彩。这便是你，贾府一个末世之才的亮笔。

谁都不能抹杀你的能力，都不能忘掉你的智力，目睹你从得意到末路，一如一场场戏，开演又结束，你被聪明自误了一身。真是“机关算尽太聪明，反误了卿卿性命”，而“一从二令三人木，哭向金陵事更哀”，是也悲，一如书中说的“一场欢喜忽悲辛。叹人世，终难定”。

2010年5月

误入山乡

一只蝴蝶在花丛中。从淡黄花蕊飞向那一朵洁白花瓣驻足。一个雾蒙蒙的清晨。我误入没有尘埃的山乡。

看小楼梳妆，南窗对南门，南山一帕软烟，面纱儿半遮。竹叶袭薄云，如梦飘衣裳。松针儿斜绿，似玉钗儿轻荡。

晶莹凝绿草，抱一涧清泉，如揽镜自望。

独立晨雾，抚湿润绿。

赶早的山坡上，竹林松柏下，我如牧童，坐于无极世界中，放牧无限的光景。笛声远处，悠远缠绵，踏着松浪而来，长笛是否如短笛横吹？

远处的琴，琴声幽幽，临水而来，有女素手抚弦哀怨飞天吗？竹叶上朝露的眼，可是竹身的笛孔？

蓝色下的林梢之外的雁音，可是云彩琴弦的轻诉。

烟绕林外，云环烟外。紫日含羞，冉冉浮现。蓄意的眼，直待长空清朗，朦胧的天幕，遮去涂抹的色彩。

林中鸟会说些什么？飞起的翅膀，直抵云霄，挥洒盈天的美丽。让彼时的心空出一方清静的心境。

风起竹浪声，山随人心空，携情携意倾听山音。

岸边，桃林园内，千树桃花。粉色的空中有千朵祥云停留，粉色的江畔，粉色的溪水欢唱。桃花报来喜汛，粉红的蝶，随流水轻舞。粉红的溪谷，蝶儿双飞。

一片粉红的世界。你，可曾见过？

几阵的春雨，天边远挂彩虹，桃林里桃花雨带来春汛。风含情，水含笑，静默处的那一尾轻烟，环抱桃枝。

苏醒的溪水，承接欢乐的源泉，清洗粉红的颜色。

渔歌，踏浪而来，淡远而清晰。垂钓的悠闲满满地在水涡中荡漾。钓

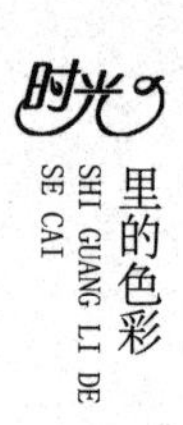

风，钓雾，钓来春色满怀。渔钩，钩千次轮回的花开花落。渔网，晾晒绿毯。一起晾云，晾雨，晒来千年轮回相思的日子。

千株桃树，问老苍天，千片桃叶，唤醒沉静，绿的语言带来天外的问候。岁月复始，捻云彩一截，抽一野藤，把山中岁月，编著成一卷可细阅的装书。上一页溪水缓流，鹊踏枝，下一页桃花绽放，喜迁燕。一页复一页，年年复年年。

高一句，吟吟而唱，高一声随飞鸟而跃，只是低了那山坡的羊群。倦了，倚凉石而卧，听溪涧泉，累了，倚松柏而憩，试几行诗，随东风一起沉醉。拈一抹绿，心生无数小叶，拥风飞翔。印一页缈缈青山，随一泓绿水，弯弯缓缓。

日子如书，沉甸甸放于眼前。

只想如渔人，行于溪边，取弱水中的一瓢。只想如茶女，倚于茶树下，守风华月露，挽一袖流云作伴。只想如箫女，轻握箫身，挥清泪一滴，随风飘去伴桃林。只想当寂寞如山，停于高处时，拈一滴山泉作陪。只想独坐山中，细数山中流年，细听音。

那千只蝶舞，为情守千年，种千个相思，带千个疑问。空的心境与山回，满山的绿，满眼的淡泊，满腔的思念，试问山中岁月如何答心中事？

笛声远，琴声弱，满园桃，山回，箫去，人隐，洗桃的水远去，梦醒。

窗外。

一只蝶儿轻舞。

梦里。

一种相思轮回。

2006年3月

乡　恋

1

多少次的期盼，因乡恋而变得缠绵而美丽。

阳光下的水，缓缓流淌，那是悠长的乡恋。

湖面上的点点金光，是乡恋的双眼。

我站在湖边，乡情便如一滴滴溪水，流进我的心海。

掬一滴水，就像握住故乡，捧着这份清凉，一如拥着你，我的故乡。

有你，我的牵挂便有了温馨，我的心灵便有了居所。

2

静静地，听一曲呢喃音。

故乡的歌是深沉的琵琶曲。

总会在有月的夜晚响起。

年年复月月，我的月亮，这是种在心头的故乡之月。

透过夜空，照彻着我。

我看着你，读你的眼睛，仿佛又读出我的乡恋。

我携着眷恋，背着离开你时的行囊，走向远方。

离你越远时，心便越空，其实，我始终不想走出你的视线，一如我不想走出月亮的光辉。

3

多少个凝望的黄昏，又有多少次午夜梦回，总是看到母亲瘦弱的身躯，向我走来。

满脸的沧桑，满眼的期盼。

母亲，欲语还休的神情，常常打湿我的梦。

亲人的背影，像陈年的家酿酒，滴滴流在心头，淌过我的梦乡，流过

我的乡愁，唱起我的乡恋。

把思念做成风筝，放飞千百次地追寻，游子便把你装进行囊，在夜晚来时，陪伴自己走入回家的梦乡。

4

故乡的茶，便这样呈现在我的眼前，乡愁便被我沏成一道道水仙茶，续着是一杯杯乡恋。

故乡的小桥流水，绿野炊烟，都萦绕着我的思绪，心中全是一种悠远的亲情，一份甜蜜的乡恋。

故乡就像一双轻柔的手，抹去我眼里的风尘，擦去心灵的烟尘。

那个夜，母亲的背在我的梦里，佝偻了。

佝偻成一轮弯弯的月儿，永远挂在我的心头。

2006年8月

清秋月话

一

故乡的草已枯黄，一只栖于枯枝的老蝉，啼了几声，便不语。是悟之季已暮，还是怨于己已暮？而对寂寥天穹，无边无际，苍苍茫，了无尽处，蝉悲也不知归于何处。天空之空，于蝉之去，归是空，不归亦是空。随自然之空而空，随秋风而去，一声凄，蝉，失踪于天空之空。蝉去了，将被尘世遗忘。

该凋谢的，便谢了。落叶亦落了，该飞的已飞，天涯不远，故人已归。回忆是桥，从桥的此岸，到彼岸，月圆了，盼归的人在桥头。归路人徜徉着便随月渡回今日此岸。在桥与桥之间寻找，寻找在记忆中尚未遗失的，在秋日里继续过滤，更为清晰。秋总会给人寂寞的感觉，仲秋时光，寂静的回忆寂寞些，我想寂寞比空虚好许多。

二

最后一抹夕阳洒落在湖面上，秋随着风吹起一湖金光闪闪。仲秋辉映着笑语，田野静静地收获着梦想。我像是在寻找一种逝去的感动，岁月的呢喃中，慢慢释放着最初的情感。秋已形成一种习惯了的孤独，用尽所有的耕耘，收获了沧桑与喜悦。

我的不远处，水天相连，一朵云拥着另一朵，歌声从远处传来，婉转，动听，如梦，如幻。

秋在山头，翻过一座又一座峰。一条似丝的路，在仲秋里打结又掏开。我的心中有首词在翻唱：一重山，两重山，山远天高烟水寒，相思枫叶丹。鞠花开，鞠花残，塞雁高飞人未还，一帘风月闲。

三

月终于在头上升起，夜里许多的叶子美丽着自己，它们以圣洁的方式悄然飘落。桂香袅袅，遍地芳菲，秋以最凄美的方式轻轻划下一道美丽的

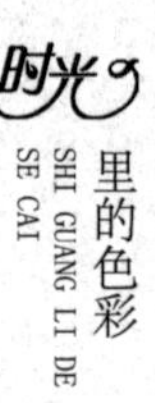

符号，鲜活了一些曾经熟睡的情感。空中似乎有鸟飞过，鸣声一如远古的音乐传来，某些悠远的思绪便定格成永恒。

菊花在这时静静地开放，许多的花沉默地凋零。最后的真情独立枝头，谁都让它如此无助。似有一枚树叶，在等一场合适的风，等待着坠落，才可以飘零。深入季节的爱深及血脉。一条寂静的小路一直通向远方，一如脉络，清晰，迂回。

四

云淡了，风轻了，我在这个时候漫步行走，在月亮之下。树叶飘下，落在肩上。轻微的响声，伴寂静一行梧桐，把夜染浓。故乡的月总是清亮清亮的，无尘的银辉洒在我的脸上，我抬眼时，仿佛看到少时的自己在院子里，拿着月饼等月亮升起的影子。那时也是孤独的，但却是欢喜的。记得那时偶有萤火，细小飘忽。如今，却如何也寻不到，似乎也要从我的记忆里悄然流失。

山村那忽明忽亮的灯火，平静地亮着，在黑暗和阴影中，保持着初始的含蓄。月缓慢地在我的头顶沉落，沉落。一些洁白的记忆在月下，他的深情与灌浆。月影中，我回到最初少时的奔跑着，几个少年，嬉笑地在月下捡起一块块闪光的憧憬。

五

我以寂静的方式坐在老屋的角落，岁月在石磨上洒了尘土，仿佛看到母亲在灶台低声吟唱农家风味的诗歌。一抹柔和的月光洒在母亲的背上，把母亲的身影拉得好长。母亲转身时，手上捧着一碟月饼还有一掌月光。微凉的月下，饼经过母亲的手，温暖了我们。祖母推磨的姿势，在煤油灯下慢慢浓缩成心灵深处的一座雕塑。

我似乎看到祖父蹲在门槛上，抽着水烟，上升的烟，随着圆月，朦胧了一世的沧桑。我的一块月饼便很快停止了祖父点水烟的姿势，他的笑在此刻还是那么的清晰。父亲总是紧锁眉骨，有些迷惘的眼神，诠释着生活主角的原始心声，沉默得让我们敬畏。中秋的月下，父亲的脸温柔了许多，柔和的眼神，让我们都轻轻地笑起来。

老屋高高的门槛是我们最初的道具，我把岁月的色彩剥落，在记忆的角落里，倾诉一生中梦一般的过往。中秋的月下，此刻的我，独立于此，再次在心灵深处，幸福地演绎着清秋月下美丽的画面。

2007 年秋

思绪素描

1

一直很安静，又一次进入安静的世界，周遭宁静。所有的事，都藏在心灵的最深处。镜子里映着我的脸，定格了此时的时间。眼眸的深处，一些事显示也隐匿着。譬如细碎的光阴，从记忆深处，缓慢而优雅地带着回忆的色泽。譬如潮湿的心事，从心底下射出，冷静和热情。一些事，在记忆里不会有复制的痕迹。

想就这么安静地，一直到时光的尽头。看不见的意象，总会扰乱安静的世界。安静地，守着巨大而琐碎。时光的不远处，有着清晰的暧昧，仿佛种子，植入皮肤的深处。

2

起风时，推开灵魂的窗，让柔和的光从时间的缝隙间进来，照亮一个人的安静。知晓，不著一字，是禅的最高境界之一，想安静，是不是也在悟禅之内？纸在左，笔在右，中间是安静的影子。

我听过拈花一笑的禅意，知道佛一直端坐在我的心灵之上，宽大的袈衣是微风的方向。佛意，静谧本无形，在安静之时，我似乎看到前世的秋叶，今生的花色。一树，一花，一钟声，便是经典。

3

怀念曾经，那种散发着潦草的美。似白纸一样的纯，想起额前的柳丝，如一排流苏未剪。除了坚持还有什么能支持生存。和心的最深接触，知道，自己原本如纸白，生命也薄脆如纸，轻盈如蝶。

一些撕碎了的诗句，是情感的伤痕，已被装成一帧纸，被我视为躺下的碑，成为祭奠。朝南的窗，失却的心情，中间的断裂，用什么来弥补。惊觉地知道，已慢慢地风化成一行行模糊的字迹。如此熟悉的疼，已感觉

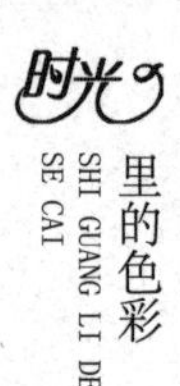

不到痛。是否，熟悉到极致，便是陌生？

4

隔窗，坐听，一如一束夜的温柔，安静如花。在窗下，剪下的月光里，看风起花落。没人知道我，在宁静开始时，我开始很少说话。在不远的时候，想一些人，一朵没拧干的美丽，在我转身时，就这样凝视那沉默的荒。

暖暖的夜流，在窗外滑过，目光交接时，眼眸承接下如此的温度。那些晃动的开始，便在不知不觉中结束。所有的遗憾和不舍，还有美好，都在悄无声息的光芒里划走。寻不着它们的出处。我低下眼帘时，感觉到窗外有一滴水，落入季节的杯中。

5

记起一个承诺，一个约会。如若能如约远行，将去另一个天地。记起一首歌，叫离歌。想在彼时起身那一时，凝霜的地上，留下远行的脚印。那离离的结花的窗里，影儿能否浸入我的容颜，还有那怅怅的触动的旧事。挂着远方的牵挂，心难放下。担起这份思绪，千里路一如深海。两岸斜月梦落。空中几滴清水，清风过时，留下永远湿润。

那一别是否也如雨，是否也怎那堪临风残年又远行？在那霜天晓角的时候，耳畔絮着寻常话语，我却不想有人送行。空身一人的时候，便也会一路走好。

6

记起朋友对我说，要快乐，要好好的，重复着这样的关爱。总是微笑地接下这样的友情，记在心里。

没有不快乐，也没有不如意，从长大那一天起，就没有真正的快乐，也没有真正的痛苦，偶尔忧伤，因此有文字。在我的世界里，有忧伤，但没有颓废，生活依然。忧伤的文字是心情的发泄，然后笑着对自己说，我还活着，多好。忧伤是一种心情，但不是生活态度。我的生命在我的坚持中继续着。

7

今夜，一如风中流窜的鸣响，在飞过时才传到我的耳里。很多的夜，可以在一段文字里，一首诗中找到相识的感觉。也可以在一片落叶上一湾水里找到忧伤的理由。

今夜，我停歇在夜里的影子中，或坐或卧，一些跳动的音符，便成了今夜安静的叹息。把自己放于夜的深处，一场思绪，扇动着一些感动。我犹如一枝精致的发饰，伫立月的鬓头。看一场绒默，一场放纵。变成一道风景，一如昙花，清远，幽深。

2008年冬

蔷 薇

蔷薇，你是那个读着春天的美丽词句的温柔女子吗？我们用纤纤柔指翻过一页又一页的期待，我们一起抚摸着春天希望的颜色，一起默诵秋天忧愁的词句，时间湿湿地为我们刻下了岁月的痕迹。

此刻的你，冬天的你，凋落的花瓣憩息在哪个无人的角落里，谁还能记起你的温柔，谁还能记起你那不太华丽的容颜，谁还能为你双手合十地祈祷，你还在深夜里叹息，还在清晨里祈盼吗？你哭着、笑着、忧伤着，走过那些风雨飘摇的日子，如今的你，抬头间是否能看到冬日暖阳，你是否可以感受到在冬日太阳下的温暖与平和？

蔷薇，冬来了，有多久没见你了？你在冬的霜雪严寒里，隐藏了美丽与自强，你在雨雾里，低着你那看似脆弱的头，你在太阳下沉默地接受抚摸，你在冬天里枝节干枯，你冬眠在蓝色下。那并不是你脆弱，在来年的春天里，我依然可以在那些不被人注意的角落里看到你那不起眼的背影，你在你的花期里依然散花淡淡花香，花朵仍然迎风飘扬。

在冬的阳光下，我慢步行走，我仿佛看到一个长发飘逸的女子，在江边梳理那一头长于腰际的长发，我仿佛看到你的眼睛，泪从眼眶轻轻滴落，我仿佛听到你轻轻地在我耳边倾诉，温柔轻抚发际。流浪的心，停驻在你的精彩中，平和装满心间。

在江边行走，有雨丝落下，承接云朵湿润的赠予，冰凉渗透皮肤。闭眼享受这如云帮的抚摸，平和的心境如你容貌一般恬静。瞬间的繁杂在抬眼远望时，被如此雨丝浇去。许久不见的蔷薇，真希望在我抬眼间，能有你的影子在眼前摇曳，在我疲惫闭眼时，永远收藏你淡雅的容颜，真希望在我的生命里，你的影子能永远点缀我的人生。

靠在床边，翻阅写满诗的一叠纸，没有温度的铅字跳跃眼前，为你写了多少诗句已无从计起，张张纸，铅铅字，都跳动着我的心，都收藏我的泪，我的梦。和你一起负载，一些过往差点被遗失的美丽，和你一起承接一些美好和沉重。

秋来时，你的花瓣一片一片的飘落，我开始担忧你的美丽从此不在，似乎你的调零也把我的心一起遗落，似乎你的残败犹如我的不幸。用冰凉的手，抚摸你的柔弱，你的粉尘印染指尖，你的美丽是那么的不起眼，你在角落里旁若无人地绽放美丽与清香，你与世无争地生活在自己的世界里，你淡泊地点缀自己。

走在花园里，一些看不到的美丽总会让我试图寻找，寻那些不被注意的精彩，寻那些被丢弃的美丽。一直以来喜欢两朵花的美，而不太能接受簇拥的华丽。有些美丽，不是眼看，而是要用心去体会，我只想用心去体会你深藏的美丽与精彩。

我一直在等待，等待你来年的绽放，来年的美丽，等待在我站在某个路口彷徨时有你在角落里陪伴，等待你携同你的清香再次抚摸我的发丝。

2005年2月

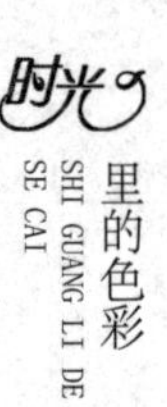

美丽邂逅

一个梦，一次美丽的邂逅。

只见你，衰淡荆裙，清雅如水。梅花佩饰丝线编结，文静如风。伶俐如雨，灵动如云，漫步田野坐上垅头。凝神细选，手折并蒂白菊。菱花镜，葛巾香染，沾九秋之霜。细累审忖，悄悄抿笑。

岁月茫茫，青春寸寸，光阴点点，膝上留下晨露打湿的冷。梳子忙碌，清清逸逸的香。木兰，我看到你的美丽。

我见到你，美丽木兰，立一堆庄重汉语里，从一个缠绵的梦中走来，我的邂逅，木兰如此美丽。

羊群放牧山坡，啃一片阳光碧绿般的憧憬。清澈的春，自然的温暖，如水划过你身旁划进我的心上。

一篮寒衣，盛放少女流水私语。两肩柴禾，两肩露珠两肩芬芳。声声低吟浅唱，散满轻扬的缝隙，洒满美丽的落红。寒烟如碧，夜光如幻，古朴草屋，星挂檐边，月亮荡树梢。夜的中央，只见你细密纺织，娴雅美丽，明亮花纹编亮黑暗。

木兰，我与你既有此邂逅，如此美丽。

伽鼓悲鸣，风落雨雾。铁马带着冰河破梦而来。美酒把临，琵琶却声声急。老者一生，笔墨一道。一个夜晚千年铭记，一个动作的决定仰视千年，一个女子替换传统。一个生命，一个无意的叛逆纪念千年。一个含蓄带一个坦荡，一个决绝带一个深情。

田野依旧，梅花佩饰静静地温柔着箱底的每一个角落。羊群眺望，母亲遥望，几番芙蓉暖水，几番薜荔倾墙。等待，一次次播种一次次割断。

梦中也泪流，思念胸中藏，并蒂白菊梦中开。母亲慈手密密梦中缝，父亲颤抖暖冷梦，身体发肤，受之父母，一个孝字心中刻，一个思字眼中留。

旧痕已了，陌陌草树，谁在挑灯抚剑？谁在风帐谈将？

挥起锐气，你刺向一个时代的仇恨，溅起的血泪，挥起勇气。亡者的家书封你的胸口。一骑红尘滚滚，驮半壁山河，半壁月，你醉里醒里。

渐行渐远的足声，穿过一座王朝的感伤，终于抵达父亲翘望的树下。沉重，灾难，还有离乱，磊落接受。你说很轻，如蝶轻轻坠落，如曲黯然飘断。亦如父亲颤抖的手，如母亲窘促的笑容。你掬沉重，你说很轻，如羽，如魂。却重重地给那个时代一个响亮的耳光。

“孝”字高挂，绢纱洁白，高高的尊严从古至今。

梦里梦外，醉了霜，醉了桥，醉成虫鸣一片，醉了思念。一切似乎醉了，醉了一个王朝，醉了，只见木兰也醉了，醉了千年万年，醉了文子，醉了一切，一切醉了，木兰美丽，醉了。

但见你笑如兰，天真纯粹，仿佛俯首可拾，多情回眸便是。清雅依旧如水，清清逸逸的香，却令千年来多少儿女惶恐羞愧，不敢承诺，不敢承诺。

做一个梦，一个美丽邂逅，一个女子绝唱。木兰美丽，美丽木兰。

2005年3月

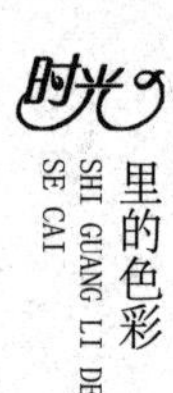

浮生微尘

一

于案前，绿萝安静栖于一角，忽明忽暗的街灯，和那一树树嫩绿，行成夜的风景。习惯于某些动作，亦是无声无息地重复。手摸索着案前已不在了的青瓷的位置。原来，一些东西一旦疏离，便难复原。一些习惯一旦妥协，便难继续。突然的感慨，袭面而来，是的，一个人自娱自乐自给自足自喜自悲，已学不会了。

这是可怕的。当一切都还习惯时，在某个当口发现，不知何时已经不再重复，便也于心里附带着太多的恐慌与不安。

我一如既往的安妥地放着心事，当它们袭上眉眼时，身体与手便也不知觉地移动起来。这些琐碎而烦乱的动作时，却发现已深深地陷入心绪空间中间，周旋依赖不能自拔。更多的时候，它们成了安心坦然的符号，一旦错乱，生活便会马赛克化了，混乱惶惑。

二

一个人的夜，可以安静而醇厚，而后，开始慢慢懂得许多内容。看云朵挪动，看夜星如何微闪。听时间的流沙，嗅一杯岩茶的甘与苦。于是。便也时时保重，日日珍惜。

镜前自己的头发不舍昼夜反复地掉落，一如一旁的夕颜，还在恕放。忘了如何把它搬回来，它紫色的花随藤缠绕着我窗前的钢网上，像极了空间里的烟花，浸红每张见证的脸。

镜子里的年轮，选择在我额头刻画，眼角的纹路开出纠结的花。于是，找另一个自己。雀跃着恼嗔，压制着不安，点着下巴悄悄地对自己说，在它们面前，我是孩子，不忍伤害，简单美好。

可以简单地流连在影子最美的橱窗前，心甘情愿的接受一场花的诱惑，让自己与花相对，与自然相栖，眼睛交给一枝开得正好的玫瑰。是在抬头的一瞬间，鼻翼赶上一场盛宴，辛辣的清香溢满脸庞，春风，不凉。

三

电视里，有人在哭泣。一直以为眼泪是个温暖的液体，因此，便拼命地留着，于是，别人流出时，心中便有莫名的不舍。再次翻开《穆斯林的葬礼》，这个季节的夜晚，泪水突然流于嘴角，是被感动亦是被那无奈感染，它们的出现竟然没有了理由，却依然流淌的那么自然畅快，那么真实而忧心忡忡。

那些泪水从眼角涎下，漫过鼻端，顺着嘴角浸上唇边，先是灼热然后是无尽的冰冷。是在什么作用力下涌出眼眶这个不规则体的，我一直以为那背后的理由要么很唯美要么很凄然。

看书里的故事，如对街路人的期待般，更多时候，只是注意力的转移。许多的人，都要有一片臆想空间。不是看不见就不存在，不是记住的就永远不会消失。只想着，若有落叶，便安静地拾捡一枚，然后抻开，顺着纹路找寻那寂寥从干枯的纤维中漫出来，缠绕每一根手指。闭起眼睛，用指尖轻轻摩挲，冥想她给予的温柔曲线是如何的漫上了眉眼，那么执着与热烈，让人生羡。然后默不作声。于人于己便也是这样。

四

常常会在某时心绪里，宣告一种唯物的结束，一种唯心的开始，一种唯物的唯心成长的到来。而后，就是成百上千个漩涡陡现在眼前。忘记的，憧憬的，唯心放弃的，唯物开始的。

每一个漩涡都无尽的深，每一次坠落都无尽的痛，每一次窒息都无尽的闷。还有什么能义无反顾，还有什么能自然而然，还有什么能婉转吟诵。用这样的心绪，接纳亦抛开，用一种神秘的方式，不温不火的处理悲哀与欢喜。

于是，静坐，不理时光。于是冷眼看那哀而不伤的苍老如同时间逼取曾经的天真，如何满世界倒拨时钟。如何不辞缠纠的恐慌缠绕手指，还有那交错的火花如何画出烟火，如何对小小的时刻表倒背如流。

在有些人稍纵即逝的欲念中，决绝地选择短兵相接。让盘桓身心的纠缠，用最坚的决绝抹去隐忍的孤傲，一分一分地丈量，一秒一秒地呼吸。纵使欲望蚀骨沁髓，纵使人人在劫难逃。

还有那骨子里弥漫着未消的倦意，谁能够真实感受到了生命的存在，若能一如冬天沉寂后的复苏，还有眉睫间氤氲着陡现的留恋，便会令所有

的顾忌都被击碎。便只看到黑暗的最底层，留下的影子，在无声胶着。

五

谁能懂读仰视的人，是在落寞还是惊喜。残缺的，完整的，灼然而逝，试图重生，权当幻觉。那不过是尘世的寻常放浪，寻常哀伤，寻常眷恋，自此无意保全。

于是，我便可以于尘世中，或躺卧，或蜷缩，或行走。

不说话不抱怨不要求不掉眼泪，不动声色地用自己的方式再次靠近一些渐渐模糊的痕迹，贴近每一个已消失的现场，一点点靠近，一点点重复。这浮生微尘，一如那半心花事，过程像极了容器，结果至死不过一汪泪水的承载。

2011 年 4 月

第八辑 乐·和音

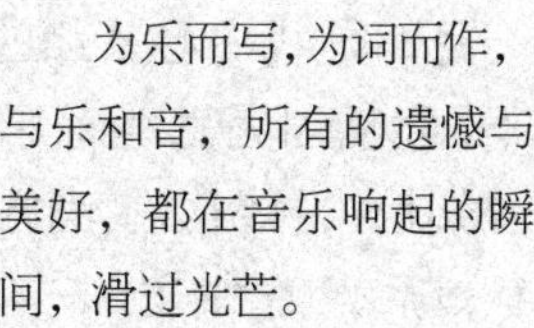

为乐而写，为词而作，与乐和音，所有的遗憾与美好，都在音乐响起的瞬间，滑过光芒。

借词如烟随尘去

一

花开又谢，冬日夜里，怀念那一阕宋词。

古典的月光，照着你的婉约，缠绵着我的今夜。你以心灵为源，越过坎坷的乱世流传至今。在远离尘嚣的角落，穿越时空，用你朴素的双手，与南风缠绕着我。

那朝远古的宋，持箫的女子站在桥上。一袭素衣，在高寒之处，临水而居。我与你的距离是不是只有一行诗句？如果我能走近你，我渴望拥有真实。别让我远离你，你是那样的冰清玉洁。

聚散无常，在水源之外，你遗落了一方绣帕，在微寒的清晨，落入思绪中，放入我沧桑的纸笺里。

二

月，是我内心紧绷的弦，我在唐时开始饮酒，把酒东篱。再到宋时的月下，我摇摇晃晃地离开了长安。汴州一片月色，闹声阵阵幽怨。壶中的酒，空空如也，只倒出了满杯的月光。那一夜，只有月光陪我同醉，化影斑驳，一夜过后，皤然白发。

柳边的月下，堤岸低低，最后的一杯酒，收藏在时光的褶皱里，月亮翻过古老的墙土，那些旧的日子，如同崩裂的琴弦，在我的心中，悄悄烙印。

还有一阕词，落在我的口中，再没吟出，不愿追随我，也再不用流离颠簸。她正软在水的中央，飘飘荡荡，我可以把她拾起的，又恐她与我一起流浪，罢了，让她忧郁在水里然后沉没。

三

面朝古战场，空无一人，九万颗尘土飞扬正捏着我的衣角不肯离开，落群的雁，在风中和天一样高。我的词句催我走，他们在七百年前就催着我。

穿越七百多年的时间，风把词韵吹起，怎么吹都成调。天空中，看不到孤雁的影，它已随我遗落在七百年前的天空下，所有的尘埃落定了。

那一时，我流浪的心在那片泥土里，为一次的灵魂守候。一条飘带终是流浪，在柳枝下失眠太久。远方有帆影飘过，心上的弦丝轻轻地动的时候，湖中的月牙儿圆了又缺。我的诗句加进永不沉沦的心愿，便有了词的浓馨。微风处，我的脚步不曾停止，叶语嫣然时，笛声悠扬便挟进了岁月成了书签。

我站在水一方，等着知音凋零，孤依草木的时候，然后涉水而去。再看云卷云舒，随纱裙而舞，长发飘落雨露。沾满尘香脚步，把温情还给了时空。再不问花落何处，只是无花的日子，蝶在何处？

四

湖边，凭水临风，冬天的露水把翠竹的叶子打开。我以竹为媒，与寒相守一生。

从古到今，我们的距离是一卷长长的轴卷，我们的倾诉是一缕缕素墨。在这个月夜里，从尘封的年代递到我的案前。

我的窗花离离，凝霜的地上，留下词的脚印，林中虫虫，黄叶纷纷，经霜蚀而泛白。听了一句商音，记起古人的素商，早起的炉边蛩吟着天外的雁语，仿若都在唱“上阳曲”。“上阳人，上阳人，红颜暗老白发”，听着，随着一阕词，在离离的窗下，浸着人面。

怅怅着旧事，一别几世，箫声响了，红唇伴奏，称之为骊歌。我从琴弦上经过，再从擦拭过的宋词和着一行清泪，横跨时空。在这个红尘里，如约远行，到另一个世界去。

2009年1月

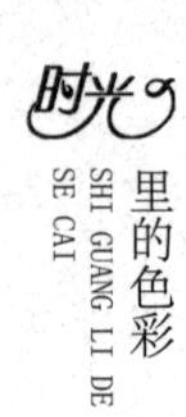

烟雨凝尘

1

烟绕山，在云下翻过一座又一座峰。一条路，在愁肠中打结又掏开。相约山之外。

有歌回音，举目一看烟雨朦胧，仿若在天外。烟雨浸润了忧伤，一如被风吹远的琴音，在烟尘中徘徊不前。我手中的弦上，有一行清泪，恰如流水把你送出更远。而我的温柔却岿然不动，依然跨越时空。

一盏蝴蝶灯，在烟波中摇晃，像即来的爱，在檐下摇出等待的碎片。

烟雨相随，一盏灯还是邂逅了蝶，相约烟下，用蝶掉落的翎毛，飞渡。琴声悠悠，悠扬回绕如烟似尘，把心事写成烟雨。

灯火处，褪色的灯花在轻轻摇晃。

箫声，搅动宁静，纤影柔姿，自烟雨中缓缓升起，箫声仍在，恍若花香阵阵，微风，似乎要把我的心事掏空，但我的心仍旧收紧。箫音把我心内的宁静翻动，你的身影如烟，在我的心尖上踏过。

2

你是烟，我亦如烟雨中岁月边缘的花。我是最不起眼的那一朵。在风中掩着心事，在我美丽的时候，寻觅你的足迹。

冬去春来，枝头清寒，期待有重逢一刻。月华如水时，等待的尽头依然是一池秋意。总抓不紧的飘浮的身影，在桃林里失迷了出口，温柔的烟雨缠住归航的扁舟，风，空对一树繁花迷离。风雨处，只见残红点点，留下一世怀念。

又一个轮回，柳叶在月下轻荡，归巢鸟在梦中呢喃。许多故事在不经意间发生，又有许多的故事编了一世却无结尾。有一扇窗开了又关，有人在镜子里迷失了自己，空对如花容颜，眼前只有模糊的苍白，无奈何人在意？

柳絮没有飞翔的方向，一如前世的情爱，从花到蝶，找不到一条通向的路。时光河床里，记忆浮起又沉，上个轮回里，我们同坐的那艘船已无，相思渡口，刻了我们姓名的桨已化为烟，驻足的守望，用一生的时间也无法抵达。

3

云的泪，划过天际，僵硬的思绪和着细雨窃窃私语。雨悄悄地吻醒沉睡的花，隔岸的凝眸，度量着距离。屋檐下的雨，诠释层层包裹的心事。

笛声送来宋词的温婉，浓浓淡淡，一如水墨的意境。词韵叩响枯藤的门扉，花，一朵朵被淋成一片素白。烟雨向南处有停留的爱，烟中的花朵有了诗意，笑容干净了许多。收拾着深深浅浅的伤痕，掬一捧温柔忘却了生命中的寒。

咫尺天涯的距离，不是谁的悲哀，隔山隔海，隔着梦生，我的呼唤抵达了寂寞的岸。我的凝视站在阳光的指尖下，无人为我喝彩。花开处，美如陈酿，未饮已醉。

风还是剪碎了往事的布条，缠紧心。为初共君订下的誓言，一如风中的一枚落叶，慢慢下沉，能忆起的是花，能说出的是情。笛声带忧，绕过烟雨，走到一根断弦上，戛然而止。

4

不知前世的你是否会记起今生的我？一只蝶儿送来你的消息。从那个夜的深处醒来，终于听到你穿越时空，踏梦而来的美妙声音。

我在烟雨处，低首回眸，接雨洗尘。你坐在我的不远处，弹着古琴，携一缕青烟跑进我的视线。你抬头注视着面目全非的我，眼里溢满迷茫。你已记不起昔日我的美丽。

泪，一滴一滴。你终究记不起曾经的誓言，遥视你绝尘离去的背影，目光落满寞落。望着岸边的你，多想以叶为舟，渡一江春水。能不能停下你的脚步，看着我，一朵孤独的女人花在今夜为你披上盛装。在今夜出你温暖的手指，穿过我长长的发丝，挽起缠绵的结。

一朵花瓣上坠着一滴水，褪色的花，在我的面前，旋转着琴声，你的笑容隐在我的唇边，你挥着手，带走我积蓄三世的思念。

尘世中，我终于变成尘粒，沉入到尘土的最底处。

2012年5月

断桥遗梦

1

风穿过掌心的刹那，沉默的衣襟划伤妖的指纹。一道千年的伤，抵达心灵，颤动心扉。风过之后，是什么？是雨雪昏黄？还是太阳光照的背影？尖锐的目光，便洞穿隐匿最深最长的秘密。

你仰面向天，直至灵魂飞去，在我悄然出现的方向屏住呼吸，聆听我与阳光躺在落叶上的动静。今日，谁愿与我独坐，与孤独对坐？找寻那褪色的星辉。单调的脚步，踏响西湖，你是否嗅到因妖而至的风带来六月的脂粉，惊诧一汪湖水，泛起无声微语。

三月的桃花，六月的柳，是我一生的旅程。收缩在江南的蝶茧内，安然小憩。风错过了，雨也错过。天晴时，果实便淡忘了花的记忆。风起的微澜里，我是妖，你是否窥见我的妩媚，出现在月光暗淡的夜里。

一切似乎停止，只有花轻抚着冷凉的窗棂。落英一样飘落，表现妖的宿命。

2

西湖水停下了波澜，雨中的伞变得孤独，离别的飞翔格外凄美。我的单薄身躯，收藏着一缕月亮的光辉，一如冷色液体，那是我抵御伤害的工具。独翔长空的雁，风是妖相伴而行驶的天使，你明白吗？很多的思念总是从遥远的边界，遁入我的相思。

我是妖，唯你的出现，打破我缄默和宁静，那一汪寂静无澜的水，被风惊起的伞你能接住吗？风在空中独自飘扬，柳聆听着雨里伞与妖的对话。让干燥抚摸你的唇齿吧，向那盈盈飘去的方向，让所有的风惊起的微澜长久地将你我的距离包围。感受那一次人与妖的情缘。

我经过的梨花、果实、夏里蝉鸣，还有断桥的记忆，都无法搬运。点点星，恰如我深谙的眼语，诉说那千年成卷的往事。我是妖，你留不住我。

时间的暗道已铺至你的额际。我珍惜任何一枚枯草，因为它所包容过的春天，曾让我在清明那一天找到你。我珍惜每一片落地的花，因为它见证我发饰间遗落的爱意。我珍惜每一粒飘飞的柳絮，因为它缠绵了我们的姻缘。

3

夏日的光芒，还记得我经过你的帐前时，打破了无风无雨的平静。我的足音，你寻不到出处，伞见证我的痛，还有那无痕的伤。我是妖，在你的前世里出现，断桥还在，柳树依然，而你，已在轮回里走了一世又一世，我还在西湖边等你在高处出现，启盼雨来缩短我们的距离。雨织的美景，春风不谙的忧伤，恰似我忧郁，我那一滴盐分浓重的泪，黄金般地跌入西湖最深处。

有人掷一枚石子，向着冷静的湖心。风不在这个时候来临，我不怀疑水花的美丽，只是，不知那个读水花的人，良知是否将被一枚石子的浮沉拷问一生。那个分散我们的人，是否一如掷投石子的人一样，拷问自身。

风是否也会被误会，那被吹起的微澜，在桥的两头，往复来回。那时，来时不是风景，如今，去时，亦不是荣归，多少关爱始于最初的情深。我是妖，你知道，只是，你是否会记得我衣袖飘飘时的美丽。还是在你的记忆里，已没有“迷”字，“忘”字已刻在你的心头？

4

妖的深情，宽容着人的浪语。谁能料到人类生命的归期？我盘坐于千年记忆，在树与桥之间伫立，等风来传说郁积于心中、默念千年的那个词。因为那个词，我，早来了一千年，因此，花早开了一个时辰，它凋谢在春天还没有结束的微澜里，而我，还在这里徘徊。

谁也拉不住轮回的旅程，还有一串串落叶砸伤的蝉鸣。我不能拯救你来自心灵深处的痛悔，风不止，时间不停，西湖的空中，蝶飞。我起伏的心壁，皱纹被误解成时间的过失。伞握在谁的手里？我目睹风逝无痕，水去无迹，我独在断桥边，形单影薄，生成一朵花久远的记忆。

那一段风月，在时光的水上，悄悄逝去。笙歌，驶出西湖，乌云深处，我看到悬在柳枝上的风被打湿了。桨声老了，湖水被唱碎，在我转身而去的时候，阳光也碎了。伞，还是将雨分开，撑起我们的故事，风靡千年。妖的爱情，落入民间，走过许多路，到过很多有人的地方，仍见，月白，风清，荷艳。

2012年8月

长河记忆

1

远远的沙滩，被天际飞来的一缕亮光朱线犁开，落日，像画一样，又圆又大。穿过黄昏，错落的古堡像是被长河串起的远古编钟，像一种幻景，近在眼前。

天籁，一如一种暖色的弦音，静静地流淌，似乎是停下呼吸，观看落日的光辉，夕阳如诗地抚摸着天空，像天使的手，写着野旷天低的句子，写着苍茫与雄浑。一如真实与梦幻，人生与现实，灿烂着它充满诱惑的景象。瘦瘦的炊烟，一如一缕疲倦的乱发，笔墨散文，漫且无章法，点缀着粗犷与温柔。

2

我在一种距离中丈量着它的尺度，长河在远方，在心灵的最深处，一种记忆，一个暂时休息的瞬间。岁月拧坚目光，一些人的头发正脱落，皱纹挖掘着曾经美丽的容颜，它们是否可以打开那些被掩埋的记忆，打开那些影子的身前身后都没有人的记忆？

孤独的行者，爱与不爱，整个季节有一些小小的草儿，拼命地向外钻着。持一枝青竹，是不是也可以吹断这个世界的音符？就如不停地说话，是否能换回所有的声音一样？看来，生命也许是透明的，记忆也许是寒冷的，长河不停地流淌，失去的仍在失去，留下的亦渐渐不能再为自己拥有。

3

手终究不能紧紧地握着那些故事，握得再紧亦是空，一些漫不经心的音乐，也许也是美丽的音符，轻灵凝重，依恋还有神圣，都会在一些漫不经心时能让人感觉到美妙。那如烟的雾气，如尘的雪正古意苍凉地从远天之外席卷而来，我似乎看到一匹匹骆驼，牦牛，它们抬头看天空，又淡淡地低头吃草，这时，严谨是多余的。

山远着，雁噙走了最后的树琴，一切都空静了下来，一种让人打战的空茫，火烧在火炉里，斟满的酒杯，置在一旁，没有饮者，饮者正望着天空的雪，两眼空茫。

记忆是最美的诗，一如弧，山与此静静面对，骨刺刺地凉。

4

离是艰辛的，别可以让爱情更加长久，深夜里的故事，我无法读懂，就像离别的心，你可以阻止背影离乡，但没有一把伞可以抵挡风雨。用一种姿势，将那些故事拾起，给自己取暖，看着来往的离雁的影子，怀满往事的思念，风虽无痕，但有风速，人有往事，有沉思与回忆。

雁是分离的符号，天空满是单调的色彩，天因了离雁的叫声，而让我有充满仰望的目光，无论是向往，还是回忆，雁在天空总会成为最悲壮的角色。有一些疼痛便被扔向无垠，离雁的灵魂背朝故乡面孔灿烂，那是种永恒的毅力，一种永远的坚持。

5

风，隐隐地小了，残残的云朵，在天际孤独地飞，水线，在迅速地暗淡，一种沉沦的暗。马与古堡的姿势如同深邃的哲理立在天地这间，大音稀声。

雁总会在这个时候悲鸣，惨然跌落在渐生的暮色里，不知是谁的眼泪将会化作最后的光亮，照着它一路同行。孤独的马，一动不动。太阳降落的地方，还有一只骆驼，走在隘口的一个转折点上。

我眺望的眼睛一次次地回头，落日已在远方的天际，打开那扇属于自己的门。一匹孤独的马和骆驼，伫立在水草上，似一句苍凉的比喻，在静谧的象形文字间，让那些记忆显得更加雄浑而悲壮。

2007年6月

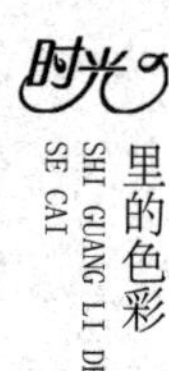

心酸的浪漫

流泪的女子，下压的睫毛，可以那么清晰看到，看着，直到那的忧伤水一般地落下。直到那个影子缓缓移开，离去的影子不留下一点浮尘。

那夜如此疼痛的月光，白纸一样地洒落。递来的忧伤忘了还要远行。白月光，带着微微咸味的水，把夜的眼眶盈盈盛满。那夜的浪漫如此心酸。

那些瘦小的柳条，在南方的小城摇晃。晃得让人流泪，我只好绕过它，却遇到了你。你一样瘦小的腰，一样瘦长的纤指，一如前世种下的柳，长成了我的忧伤。风吹过时，她们蔓过我的发丝，那种安静，静得让我想流泪。始料不及的缘分，自然而然。爱的疼，蔓延到痛处。

在你的梦里，不想把你惊醒，走在你浅浅的梦中，浅浅地笑，还有浅浅的忧伤。

在心灵深处，收藏了蓝色忧郁，那个幽幽的眼神里，我可以站多久？我可以被暖暖地注视多久？

多久了，那夜流失的心，冰凉如水。我知道，然而你却不知。我的忧伤总逃不过窗外的月，还有你那幽蓝的眼神。

我说那是一场心酸的浪漫，当我们打伞经过时，会不会打湿他们的结局。当那场浪漫经过我们时，会不会落下许多尘埃？一如此时，我的心被你眼中的那颗泪打湿，一如你经过我身边时遗落的那些灰，我们都无法留下。

那夜的手，冰凉，已不在我的枕下，它在你边远的诗国，和你边远的爱中。犹如我们的那根伞，孤单地在回忆的雨中，沉重得再也拿不起来。

在四月的夜，我接过你递过来的泪，心茫茫地伤感，伤感也是一种美，我们都带着它远游。心长草时，难以收割，我们又安静地拾起忧伤。

一些晃动的画面，是不是也在你的眼前浮现？你隐在栅栏最深处，不露出一点。我知道你一直在那里，然而我却始终看不见。看不到的你，你是不是还在那个角落里？你的脚下有我的心。你踩碎每个石子时，要记得，那儿有我的心。

我徘徊在这样的深夜，看月光似水，不想披上疲惫。你的影子在过去是个空白，在过去之后，已填充了我的整个世界。抹不去的影子，闪现着蓝色情怀，我的手上捻着深情。凉意的夜，几许寒烟，飘游着残月的幽，轻若蝉息。浓浓淡淡的寂寞，浸泡着清冷的夜，足音已挪不动。

生生世世的轮回中，我们一次次地擦肩而过。深藏的蓝色浪漫，竟会在我们不经意的挥手间，遗落风尘。再相见是不是又要一世？那时候的我们还会那样不经意吗？你转身时的那颗蓝色的泪珠，是否依然为我落下。那心酸的浪漫是不是已刻骨铭心？

相遇的路上，所有的遗憾与美好，都在音乐响起的瞬间，滑过光芒，我们已找不到它的出处。我们合上的眼帘时的那一滴水，落入深处的谷底。谁能再拾起这样的浪漫，在这晃动的一秒，竟是它的一生。

2010年4月

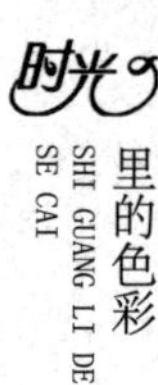

青花瓷

1

薄薄的绢纸，掩不住你的温柔。浅浅一笑，便惊动我寂寞的心，载起绵绵相思。

勾画你淡青色的梦境，寻找我失落的相思。我轮回几劫依然不能将你从我的记忆中抹去。沧桑的宣纸，浓墨淡青色的你。青花笔锋，又浓又淡。你的笑在纸中渐渐淡去。

你立在那儿，立成一束安静的花，淡雅一如你清晨初妆。在花格窗下，优雅地看风起又落下。没有人知道你，我静静地注视你，檀香冉冉，穿过窗。你从此不再说话，在我不远的时候，安静地想，你的心事，我了然。那一刻，我接下你递过来的忧伤。

2

宋词在宣纸上走了一半，至此搁笔。我已私藏你的韵味，这一世，你在我的窗前，没有转过身，你的眼不再抬起，只想这样沉默地荒。我仍然，怀念那个清晨，你那嫣然一笑，如花初放，风吹起时，吹走前世的记忆，你的温柔如烟飘散。你带着我的所有记忆，去到我寻不到你的地方。

太久了，我仍可以记得你月下的那一缕幽香。你是否会记起我，而我，仍在柳下绕开那些瘦小得让我流泪的枝条，我怕它们因此挡住我的视线，从此会再也寻不出你的出路。天青色，风渐起，它们一起等烟雨，而我，在柳下等你。

3

这一棵我们前朝栽下的柳，如今已站成一种忧伤。烟依然升起，而我们却隔千万里，江的那一头，你还要站多久？我储蓄着你心灵的荒，画着淡青色的忧郁。还可以记起你前朝的飘逸，我临摹着思念，抚摸着记忆里的你，淡韵墨香，哪一笔是你为我设下的伏笔。

月色软到湖水的根部里，你的忧郁探到风的怀里，风吹过时，月色被捞起，结局被一点一点地晕开。一行行墨渍被岁月烘干。泪落了，你的目光是否可以意会一个名字，你是否还为那些温情的碎片为憔悴化妆？我在这世的相思里，为你墨勾画你的诗意，用这些水来淹没你前世的脸。

4

晚歌吹亮的岸上，你在看谁的轮回？看穿那一生的流徙？而在墨水的港湾，我用相思与记忆，将你刻画。我在江南的记忆里，把你一次次地拾起，而你，隐在我记忆的最深处。琵琶斜抱，你随着那柔软的声音，刺中我。当初不该，委身一生，把你，斜抱在怀。只为这一世中的我，可以再次擦拭琴弦，一同踏上归路。

仍记得一箫一弦，藕断丝连，一些忧伤，一些沧桑，和音声中时隐时现。我焚烧着过往，一页页，一幕幕，那一时谁会知道，这便是我们为自己埋下的一笔伏笔。浓墨淡妆，哪一笔是你？帘外芭蕉惹骤雨，我在那个小镇惹起你的相思。从此，风雨贮满你的相思，柔指翻飞，门环惹铜绿。琴弦上跳动过你的花期，春山远处，几度夕阳红。如今，我抱千古遗憾，漂泊在这里，望瘦黄花。

5

湖面轻舟飘过，载着一首古老的歌随着风穿过掌心。沉默的衣襟划伤思念的指纹，一道千年难愈的伤，深深埋在你的心内。琵琶声如今还在响起，你缩在岁月的角落，错过风，错过雨，错过时光轮回，淡忘了花的记忆。

我在江南的一处窗子里，不经意间拾到了你。你在传世的青花瓷里，骄傲地，自顾自地美丽。

眼中依然带着笑意，只是这次的眼神不再与我交会。瓶身描绘的牡丹一如你初妆，在泼墨山水画里，你从墨色深处被隐去。

2011年10月

雨巷姑娘

衾冷枕寒，月影孤怜。心中痴情，有情天涯也咫尺。相思苦重，人生一世，两情长久时，岂在朝朝暮暮。

月光似水，灯下窗前长坐，风雨飘摇，拥被凝听。

泪挂腮，凉意不知何时滚落。问世间情为何物？烟雨蒙蒙。

曾久亮的窗前，灯下的你是否在剪碎那些埋在夜色的忧郁。

一夜灯，亮到明，漂白的相思，牵引一世。

雨声渐疾，芭蕉垂下眼睑，任白云的清泪滚落，有一颗晶莹剔透滚入雨中的女孩眼中。

伫立雨中的女孩，为何？你可是在数千丝万缕的情丝？可是在轻嚼那一世的情缘。一世情缘，有吗？

春尽芭蕉绿，倚窗忆梦。窗外夜色浅紫，姑娘，那是你的一抹孤独和一丝忧郁。

一杯茶香淡淡升起弥漫。舒展开的一朵朵茶叶，送来雨季的清香。

我独自捧着雨季里长长的故事。一页页地翻阅。我的姑娘，我仿佛看到你，你依然撑着那把淡黄色的油纸伞，款款而来，轻轻的飘在我记忆的雨巷中。从晨至昏，你溅亮水声的足音是我最美最难忘的音符。

风中的紫藤摇碎了缠绵的思绪。紫色情结。满满地盛满杯子。那是紫丁香的记忆。

梦中的女孩，那把诗意的雨伞，依旧握在你素手中。你身影轻盈地舞在我的心灵最深处。

思念的天空下，相思的花园内，浅绿的叶子一片片覆盖了我那浅浅的孤独。

春去秋来，冬夏交替。世间轮回。雨不停地，如飘坠的音符敲落在长长的小巷。你袭一身紫至雨巷轻轻飘过，遗落一抹淡淡的紫色。

我拾起那一抹浅浅的颜色，我的雨巷却洒满忧郁。久久立于雨中，欣赏着雨丝细细掠过脸颊。我在雨缝中回忆你的温柔。

在季节的牵挂中，找寻你的倩影。你的身影游弋心灵深处。

短笛轻吹，清风咏诵，细雨飘飞的时节。

我静静地休味着雨的真实，静静地体会你的缥缈。

你一次次地从小巷走过，我沉默地望着你，生怕打破你在雨中的沉静与美丽。我已分不清，是雨先走进小巷还是你先走进我，我的心中贮满爱恋，在远远的巷子的这头，接受雨赐予我的情感潮汐。

那一天，你徐徐而至，在这个轮回里，你依然一身紫。还是惆怅的雨天，还是咀嚼着雨中的忧伤。听着雨，看着你，轻启时间的门，唤醒远古的痕迹。

雨巷情结在冥想中重演。

在那个悠长寂寥的雨巷中，带着彷徨，丁香般的姑娘。

携着哀怨，太息一般的眼睛，凄清，又惆怅。

你飘过我的眼前，如上个轮回。如梦似幻，凄婉迷茫。

你撑着油纸伞，轻轻的远在雨巷的另一头。

你洒下芬芳。留下相思与愁怨。在雨的哀思里。有一个结着愁怨梦一般的女孩，走过，飘过……

你在雨巷中留下了下一个轮回。

2012年夏

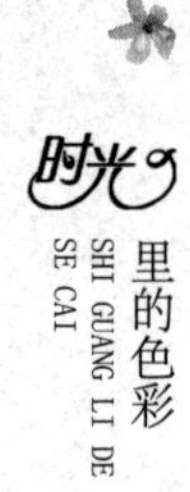

一首心曲

雨侵南窗，独坐窗前。春夜深处心如渔竿，欲钓安宁，垂钓深情。自赏雨夜，细雨飘舞在黑的夜色中。春日恋歌，一首心曲。

手持孤独，白衣飘逸在窗台。孤独如瓶，盛满寂寞之水，爱情如莲。

梦中蝶儿飞过，一只栖左一只栖右。台阶重重，青苔满足，握住一根紫藤，攀寻你的影子。

江边之石，传递着一个故事，称为春之恋曲。石若有灵，亦捞如月情爱。想象之外，为自己篇织着篱笆。用如此诗意，裁剪雨中罗裙。

春日之内，吹响季节的笛韵，独饮长夜，在思念与情爱之间。一张雨织就的网，横错在云海之中，网住灵魂，锁住心肺。

生命如江，冲出红尘，任此生漂流。泉被春雨覆盖，枯枝在岁月的案头坚持着春的酣梦。我们的春日里，谁在对我说岁月无痕？我已没资格无病呻吟。

如此春夜，一如发丝，细细地缠绕着心尖。消逝的季节足迹，反复倾诉着一个永久的故事，爱与被爱，情与无情。

春日下，弹奏那被岁月洗染过的沧桑。一嗓清音，在布满尘埃的时空吟唱。

春之恋，丰盈地让我弯曲如虹，夜之爱，沉重地让我如拾箭的弓。我亦诉亦说。

夜的一声长啸，一如断弦的碎响，射出一个美丽的休止符，瞬间的唤起远古情调，画下一个季节的惊叹号。

乐谱上的此时，是否也无声胜有声？琴声不断，爱恨无限。谁能坐等这个季节，穿越爱情。如潮的思绪，铺就一条春恋之路，是来路也是归途。

一切与抗世无争，一切与时空无关。

用心折一枝春日里的橄榄枝，在梦中化作一叶小舟，水如舟之羽，从远古绝唱的夜里起飞，落入我的梦中。

折一只纸船，载日夜之轮，一只蝶儿，独舞浪花，从水到水。

水在空中，诗写成雨，以居高的姿态，临界而下。

水作的心，水作的云，从结尾到最初，无始也无终。

漂流中的灵魂，寻找季节的转弯之处的一个亮点。

一声清笛，那是一串串无语的音符。跳动着无声的情意。一叶扁舟，如上弦月从心海里飘摇远去。所有的故事已谱成一首歌划过我轻柔的指尖。

春之情恋，已如茧长出情爱的薄翅，已经过眷恋的炙烤。

梦之昭示，永远在岸的彼方。我把远方交给春日，春夜把远方交给彼岸。只听，一声声低婉的笛声来自彼岸。

把手伸向雨中，夜凉如水。

把心交给春日，心冷如冰。

一生简单如树，是否就是幸福？

情爱开启的时刻。然而，多雨。我们绕到时间的背后，寻找着春日里那份安静与保护。

春日雨中，阴着心情。逃离阳光，亦逃离伤害的阴影。

想象无风，无雨的时刻，在清晰的世界里疗伤，在美好的营养中存活。

我欲寻找感恩的方向，提醒感恩的心。在春日的恋歌中感恩一切。从水到水的祝福。

2013年5月

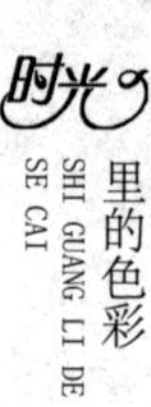

千里之外

一梦经千年，醒来，深深庭院，曾经的屋檐如悬崖，芭蕉摇晃，风铃如沧海。伊人等谁归来？

只见朱红楼台，空空，时间安排了一场意外，伊人悄然走开。幽幽小径，西阳斜照，晚风吹来，谁的泪落，只见落叶纷纷。

浓雾不散，故事在演绎，只是看不清对白。一对彩蝶，飞舞腾空，石径一巷，风吹不散，谁留一声叹息，你听不出来。

那是我的感慨。

千年一梦，尘世牢笼，谁在窗台写下情爱，谁在窗前把结局打开。离合的感叹，唱响情爱的回廊。守望的誓言，经过荷塘惊不起荷叶，只见残败荒凉。一缕青烟淡淡，蝶翼薄弱经不起世俗的眼，谁忍来拆？

千里之外，伊人送谁离开？无声，却见黑白。明月当空，琴抚手中，倚云浅唱，小窗盈盈。神若游丝飘月台。沉默的年代，他年的月，载满痴情与眷恋，移步相送，离开了天涯，伊人是否还在？却叹相隔太遥远。

云端寻伊人，折一只船如月，云笺倒影思绪。琴声随云飘然，欲用星折船，惜生死已难猜。

谁又用一生去等待？

旧年的月，今时的风。闻泪声入林，寻梨花白，得一行青苔，抚一架竖琴，握一管洞箫，唱一首千年的月谣。

风中长亭，承载风雨。烟波淡淡，若梦如丝，风移影动，天在山外，山影重重。

临水照花，雨落花台，回望泪染暗香。飞燕回廊，轻倚侨栏，等伊人回廊。

轻卷西帘，投影一帘幽梦。晓月微蓝，西风暗渡，轻卷一帘忧愁。

玲珑锁月，愁上眉梢，一身琉璃白。伊人踏梦来，透明着尘埃，我亦步亦趋。无瑕如你，伊人今何在？

雨化诗愁，打下一席哀怨。淋湿红尘，打湿花梦，呼吸满腔的依恋，谁怜阴冷，花亦不堪淋漓，伊人是否如花憔悴？

空篱旧围，冷月清风，待等菊花独对酒，月下影疏离，空对影，笑对花，他年温情悲中来。

高吟一曲，盈盈笑，再问伊人今何在？我欲问风，笑对月。哀叹他年繁景。

翻开扉页，写下诗行。捧一份相思，印下一抹蓝色。残梦飘摇，寻一尘不染之情。月作弓，星作弦，雨作箭，落入水中，碎成相思满腔。

点上清香，熏香一世。默默行，坐默默。任轻风绕廊，借一天情深，看影疏横斜。纯净的箫声，诗化在轻风中悠悠吹起，吹奏思念，如此弦音，不尽问，他年的伊人安在？

如瓷的情感，深入骨髓的爱恋，如握箫的手，不再轻言。伊人的梦里，庄周的那只栖肩的蝴蝶安在？

枯叶，穿透秋。无言在月下。岁月，剜碎心，不留下痕迹。弦之上，血泪斑斑，谁是最后抚琴人？

寻你，随一路梧桐，在千里之外，淡淡月下。岁月覆盖的尘埃，随花开花落成为空白。尘缘如梦，一梦天涯，爱在千里之外。

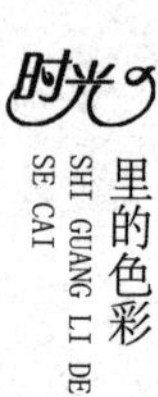

二泉映月

一盏油灯，一把二胡，一件长衫，一个清瘦的背影。萧瑟街头，寒风凛冽。寂寞的街灯，孤单的影子，音符飘在夜空，静静倾诉，淡淡诉说。失明的双眸，明净的心灵。隔世的古寺，带着远古的气息。

二泉，那可是你失明的双眸？

在黄昏里静听那琴声幽幽，看到了斜阳慢慢地拉长了如弓的影子。在淡淡的月光下，倾听那悠悠琴声，如初蛹变蝶慢慢轻舞，拉着细细的丝，抖长个个音符。

那灯火微抖隐华丽，提琴的人步履沉沉，似问知音何处有？声声低吟频回首只见斜月清照。琴音绕屋檐。

憔悴的琴魂背着沉重流浪街市。

内心的伤口，随音符如泉水般缓缓流入心田，在共鸣的心头栖落。风雨兼程，怎堪泥泞与沉浮。

琴声诉离愁，琴弦解悲痛。细细琴弦是琴心，颤抖声声诉悲情。常伴晨昏的二胡，苦乐总相守，直到散余韵幽。

那缕缕清风，吹动着青衫，正慢慢飘出巷口。

阿炳，流浪的人，唱着流浪的歌，弹尽悲，道尽苦。一把琵琶在背，一把二胡在肩。闭上双眼，只为了能专注聆听，只为能收藏喜乐的脸庞。只为不再看苦痛，不看贫寒。不再有可怕的颜色印染眼睛。捂上双耳，只为能更好地凝视美好。把恒久的音符永远收藏。

莫说古道，有身影走过。莫道壮志千仇藏心中。一曲悲歌，唱尽千愁。个个音符，搀扶着把爱牵引。圣洁的声音从凝露的花瓣中，带着怜惜牵着崇敬款款而来。

清凉的泉，凄凉的月。流动的水，留住了行走的月。清幽的山中伫立孤独的古寺，树影婆娑依偎孤寡的影子。

一把弓，斩不断新愁与旧恨。两条弦，走不完坎坷与沧桑。一支曲，诉不尽辛酸与缠绵。悲从风中的指间流出。情从雨中流尽。黑暗中的叹息，印染着肃穆的沉寂。哀怨的愁绪，一路走一路行。

如隔世的农夫，两条弦，一把弓，耕耘着渴望。

繁华如浮云，往事如风。水中月，无力拥有。亘古明月，不竭之泉。千古明训。宿命注定流浪，二胡如伴侣真实地相伴不曾离弃。无数次地跋涉，掩不去沉重。黑色的灵魂，浸湿凄迷，胸中的呐喊，惊醒了沉默的血液。

鲜血淋漓的脚底疲惫不堪，伤痕累累的身心，已无力寻求。

终于回归，伴泉水汩汩，伴明月皎皎，两行清泪化成两泓泉。

邀明月晖照心灵阴暗，用泉水洗去胸中哀怨。

退守清泉、明月。紧闭的双眼再也不想睁开，留守皎洁与清澈，心如明镜。守住宁静已空寂。拥冰清玉洁。

如蚕把苦难的桑叶咽下，把晶莹的丝慢慢抽出。织成音符在夜的空中细细的飞舞。红尘之外的明眸，看尽红尘，望尽悲欢。

两泓泉水，一轮明月，一个瘦长的影子。一曲优美，轻轻地倾诉，淡淡地述说。

一泓悲愁映泉月，神曲绕梁今未绝。

恩怨情仇，化作一曲二泉映月，卓绝千古。

2007年夏

望江南

唐时我是一株细细的柳

在时光里，我们在路上相遇，我的瘦弱储蓄着心灵的荒，淡蓝色的眼神有你渐渐清晰的身影。那一抹淡淡的忧伤随软软的湖水探到风的怀里。

风吹过时，没有打扰我的安静，它们拂过我的脸时，我闭上了眼，爱着，有一种感觉，安静时泪悄悄溢出。

云下，有我们流失的泪。伤感一如风把云划出一道道伤痕。那飞起的裙裾飘起了孤独的等待。湖水洗不去那两眼的秋。

一种相遇，眼前的路开出枝丫，如树。晃动着的遗憾在那一瞬滑过，作别一湖秋水。我低下眼帘时，梦到水滴落，落入时间的杯中。

你是否还记得我们的爱，还有那和风一起飘摇的泪。你是否还记得断桥边的身影，和那一段深情。

我是你前朝栽种的那株柳，嫩嫩的枝条那么多，那么瘦小。你怜惜地绕过我，在时间的褶皱里，你不得不把我放于烟水里。

我久久地在断桥边站成一种忧伤，我还能这样站多久？一抹忧伤弥漫烟水……

宋时我是那一枚月

那一个轮回里，一切缘分始料不及又自然而然，忧郁的火烧到我的痛处。一处的疼，从你那里经过还须经过。

和你相遇时，耳际丝弦渐起，柔帆点点，木管悠悠。我们暖暖地注视，在江南的烟水里。在水的一方，细雨疏斜，红叶低窗。

每次与你相遇时，我的眼眸流露期待，你停下脚步时，一切凝止。静静的阶前的角落里有世间蒙尘纳垢。

你离开时夜正下落，只见衣袂飘飘。我接下你离去时的那一滴泪，与夜同在，与夜同往，悄悄地灌起一朵枯花。

我是你前朝那夜的那枚月，我偷偷在你的屋檐下，你的影子后面。不让忧伤把你找到，不让疼痛把你围绕。你是否还记得那个故事，那座桥？你的梦里曾古乐回音么？

你走了，我依然留在这里，淘洗忧伤的水，我站在岸边，看你走过每一个轮回。

我如瓷地站立苍茫下，如此孤单和荒凉，手中握着的诗句填满夜。悲情终究还是作陪。蓝色的水装满那只杯子，太满了，终溢成了一片汪洋。

今世我是那把伞

站在我身边，你是否看到我的眼里流水的影子，你是否看到落叶的微笑？那些下落的衣角随风飞起，你的泪和诗意轻轻下落。

你微微一笑给我一个心酸的美丽。一池莲花，用远香将爱传递。一段风月悬在柳枝上。水洗瘦了岁月，将那一笑洗旧。

我坐在地上，如此安静，在花格窗剪下的月光，看风起又落。你在我的不远处，想一个人，安静地，我很想送给你，一朵没拧干的忧伤。

我就这样沉默，在你没转身时。雨把我浸湿，你的忧伤如曲谱在烟水之上徘徊不前。琴弦上遗落的那一行清泪似流水把你送得更远。

我一如一朵美丽的花，作陪你的无眠，夜晚流失的暖，在你的枕下隐匿。

在你转身而去时，阳光碎了，我将你和雨分开撑起我们的故事。白衣飘飘的情，错船而过。

天籁留在梦里。

我是你前世那场雨中遗落的那把花伞。穿过心灵的雨巷，任雨拍打我的脸，在轮回的夜雨中追寻你。然后，在红尘之外以亘古的深情凝眸，在尘世红尘的阳光下与你作别。

今天，我化作一朵淡淡飘浮的云彩，在红尘外遥望你遥望我们的江南。

2011年12月

犹抱琵琶半遮面

1

音乐轻轻响起，想起菲曾经说，音乐可以让人安静，心因此安宁。《琵琶语》的音乐，舒缓地抱围着我，一种轻柔悄悄划过我的思绪。

我置身于淡淡的忧伤中，音乐把我带入那莫名的伤感中。那应是一个江南女子的哀伤，淡淡而绵绵。我似乎看到一个陌生女人在那悠长悠长的小巷里徘徊，油纸伞在风中翻舞，一卷卷长长的纸，飘在缥缈的雨中。那是何等的忧伤，女子那姣好的脸庞上，一定有一行清泪滑落。思念就这样飘在空中，久久不肯散去。

我仿若看到一个袭一身青衫的男子，徘徊在雨中，回头寻找着那一缕芳香，丁香般的香气。一丝丝雨挡住了他的视线。他抬头时的叹息声，深深地绕进巷子深处，回荡着回荡着。那雨丝应是江南女子的思念，飘在他的空中，再不想散去。风吹起他的衣角，遮住他欲流泪的眼。那是多么回肠荡气的情，在前世今生里徘徊复徘徊。

音乐便这样把带入这无尽的伤感中。感染着我，在凄清婉转的情绪里，流连。泣泣声声诉衷情，我便不自觉地被带进如此意境中，欲罢不能。沉浸缠绵悱恻，欲说还休中。

音乐，安静地流淌，我坐在客厅的沙发上，灯流泄着它的温暖。这般情景，《琵琶语》一遍一遍地重复着。我的世界不过是两块蓝色的窗帘，撩起时，看看窗外的云天，对于窗外那林立的高楼与路上的车流，我已厌烦。将帘放下，我的世界是孤独宁静而丰富。我安于如此宁静。

2

喜欢民乐与古曲音乐，也许是缘于我喜欢历史。琵琶是我喜欢的，早时的琵琶似乎是适合沙漠的，想起反弹琵琶的词句，那是何等的荒凉，孤独的行者，背上的琵琶和着漫漫黄沙，那音符是透出沧桑与苍凉的。它从大漠孤烟中，带着一路风尘，落在红尘中，江南性情人手中传递它苍老的音符。

琵的正弹加上琶的反弹，如今的我们已经忘了它缘于何时，有人说丝绸之路时代便有了它，有人说更早，有人说它是缘于国外已来我们的国土太久了。不管它是缘于西域还是缘于何处，琵琶是美丽的，它带着千百年的沧桑，还着岁月的痕迹，带着古曲的婉约，从大漠到江南。演绎着宽广与细腻，含蓄与怡静。

琵琶，从最初的两者，到如今的二合一，从最初的简单，到如今的丰盈。从当初的横抱到如今的竖抱。《十面埋伏》的悲壮与倾泻，把那段历史痕迹呈现在我的面前。南音的琵琶声古朴而独特，敲击钟磬的风味，这样的音韵清淡、委婉，让我沉浸其中。如今《琵琶语》的清凄婉转，缓缓淡淡，这样的清音，古典中带着时尚，总让人流连忘返。

3

我是喜欢古曲的，欣赏古曲民乐，喜欢一个人坐着，在午后或在夜里，音乐从音箱里慢慢流出。或是在与朋友们聊天时，泡壶淡淡的茶，伴着茶香与音乐，有一声没一声地说着心情。这份感觉是惬意的。其实，欣赏古曲音乐不管形式如何，有一颗易于亲近，微怜所感之心是最重要的，而有时，音乐带给人们的远比我们所想象的要多。

有时，古曲民乐，听来，会让我陷入不问世事，物我两忘的境界中。日常生活中，很多便在这样的音感中被我简化。有时，它会带给我沉思，伤感，宁静，安详。它毫无遮拦地进入我的思绪中，呈现无穷无尽的画卷。

古曲民乐对我的征服常常是在不经意间的，比如《高山流水》《云水禅心》它们把我带到安宁的境界中，让我在烦琐的红尘里进入无为的世界中，不再受任何干扰。我常常在《妆台秋思》感受那种彻骨的思念。常常在《阳关三叠》感知离情别意及对远行友人的关怀。我常常在《渔樵问答》中感受那份宁静的与世无争。

音乐带着我的思绪，让自己释放所有的不快与疲惫。在音乐里，有一些是我无能抗拒的东西，在诱惑着我。在音乐之上，有些我想抗拒的东西，在引导着我。它是世间最完美的语言，它能说出你郁结心中永远说不出来的东西。一个喜欢音乐的人，无论他如何亲近音乐，哪怕是如盐溶入水中那样溶入音乐里，也必须是要了解自己的。当我们从现实中，剥离出来，我们应也是有足够的勇气与能力面对我们的人生。

音乐是现实以外最能打动我们生命的。在音乐上，连伤感都是一种快

乐。所以我喜欢音乐，更喜欢古曲音乐，它沉淀了太多太多，让我在浮躁的今天，能在那份古典中寻找到快乐与安宁。

2014年9月

出水莲

一池清水，荡漾着轻轻的笑意，静若处子的绿。伸展的莲叶，尚未走进，眼眸，便被一片绿色击伤，不敢多看，怕被如此的绿与静，濡染出泪来。

就这么安静。掐一朵莲，脚已被温柔地俘虏。池里莲花已成莲蓬，花上不怕没有颜色，已把树叶都染红。心便温柔起来，莲池，厚厚地涂上一层粉绿，涌动着最初的感动，仿佛推开一道远离尘世的门，仿若进入远古的宁静。似乎，所有的声音已被拒绝，还有风。

静得绿，随着思绪飞起。仿佛陈年的酒，醉与非醉之间，别出声，别惊恐天上人间，别惊醒隔世的爱恋。

莲池的岸如烟淡淡，绿尘弥漫，贴着天边，仿佛随月缓缓移动，绿色迷蒙的眼，似浮云无根，如烟柔软。

一如桃花源，一如莲花苑。才知有莲，才知有水，却不知有仙有人有物。醉，不知归。一番美丽轮回在莲中，容颜不改，一如转世的情，绿伞般在季节里摇晃，犹如在岁月的斜道上，莲飘落了禅意，仿佛在静静地守望，等待那曾错失的一道目光。

成片的莲叶相连，相互掩映，一片幽静，绿尘卧水，茎不离。莲的经典，莲的爱恋，被岁月淋漓尽致地演绎，无端的我的眼湿润了许多。烟四散，但见四方游云。岸边的树沉默守候。枝丫如诗，叶如注释。

远山似在脚下这片柔绵的水中，若隐若现。这莲，这山，这绿，这清秀，还有这一片悠然。引来蝶儿，引来红尘中的我。

踩香抚水，仿若进入桃花源中的武陵人，与鹊雀为邻，与莲为伴，恬静在绿荫匝地之间，掩映着或粉或白。风起时，临空而下，不用担心花落，拾阶而上，闭眼接近那份安静，那般的让人沉醉。

小憩，把心放在莲上，便涌动心灵的诗，挂在莲叶上。给心以安宁，给水清静。叶，相依，绿的颜色停于叶上，袭碎了灯红，遗落了雨露，似心河上的那一枚叶如一叶轻舟，也“载不动，许多愁”。

似乎云中，有谁寄锦书来，风穿过发丝的刹那，莲亦舞，沉默地划过几缕绿，抵达视野，颤动心扉。远处，近处，一湖湖波澜不惊的碧水，静静地，蓝色铺散来云锦。

不能惊呼，莲花开放的七月，一如少女丢一方帕，一如少女白衣裙，如粉，似淡。指尖，留一点粉，随一阵清凉，留下一缕薄莲香。让那幽香，走入我沧桑的纸笺。似浪漫似情意。

绿撑起粉与白，白与粉托着绿，风摇起叶时，花不离。夏的流萤，夏的禅，夏的蜂，夏的蝶，醉在这一方绿一方宁静之中，赏莲忘归的我，一起醉在自然的恩赐中。

不能再走近，怕扰乱这一片安静，不能再有响声，怕这样的美丽会因此遗失，怕绿尘落定，不能再观望，怕泪眼中的浑浊濡染这一方美丽，不敢再去乱涂，不敢有何动静，安静地，离开，把心留下。

2013年10月